PENELOPE DOUGLAS

ARDENTE

Traduzido por Carol Dias

1ª Edição

2024

Direção Editorial: **Revisão Final:**
Anastacia Cabo   Equipe The Gift Box
Preparação de texto: **Arte de capa:**
Mara Santos   Bianca Santana
Tradução e diagramação: Carol Dias

Copyright © Penelope Douglas, 2015
Copyright © The Gift Box, 2024

Todos os direitos reservados.
Nenhuma parte do conteúdo desse livro poderá ser reproduzida em qualquer meio ou forma – impresso, digital, áudio ou visual – sem a expressa autorização da editora sob penas criminais e ações civis.
Esta é uma obra de ficção. Nomes, personagens, lugares e acontecimentos descritos são produtos da imaginação da autora. Qualquer semelhança com nomes, datas ou acontecimentos reais é mera coincidência.

Este livro segue as regras da Nova Ortografia da Língua Portuguesa.

CIP-BRASIL. CATALOGAÇÃO NA PUBLICAÇÃO
SINDICATO NACIONAL DOS EDITORES DE LIVROS, RJ
Gabriela Faray Ferreira Lopes - Bibliotecária - CRB-7/6643

D768a

    Douglas, Penelope
        Ardente / Penelope Douglas ; tradução Carol Dias. - 1. ed. - Rio de Janeiro : The Gift Box, 2023.
        240 p. (Fall away ; 5)

    Tradução de: Aflame
    ISBN 978-65-5636-319-6

    1. Romance americano. I. Dias, Carol. II. Título. III. Série.

23-87292   CDD: 813
                CDU: 82-31(73)

*Para Juliet, que acha que todo mundo merece uma
casinha com cerca branca,
Para Fallon, que pensa que, se soubermos o que realmente queremos, então não há escolha,
E para Tate, que sabe que lutar com alguém não é tão
satisfatório quanto lutar por essa pessoa.
Continuem, moças.*

NOTA DE PENELOPE

Ardente é a conclusão da série *Fall Away*, que inclui *Intimidação*, *Até você*, *Rivais* e *Caindo*. Cada livro da série foi escrito para ser lido de forma independente, mas *Ardente* será melhor aproveitado por quem leu, pelo menos, *Intimidação*, já que *Ardente* é uma continuação daquela história.

PRÓLOGO

TATE

Quatro anos atrás...
— Jared Trent — repreendi —, se eu tiver problemas pela primeira vez na vida, três semanas antes de terminar o ensino médio, direi ao meu pai que a culpa foi sua.

Quase corri atrás dele, que me puxava pelo corredor escuro da escola, a música do baile como um zumbido subterrâneo ao nosso redor.

— Seu pai acredita em assumir sua própria responsabilidade, Tate — ressaltou, e pude ouvir o humor em seu tom. — Vamos. — Apertou minha mão. — Acelere o ritmo.

Tropecei quando ele me levou mais rápido escada acima até o segundo andar, meu vestido de baile azul-royal até o chão cobrindo minhas pernas. Era quase meia-noite e nosso baile de formatura, acontecendo lá embaixo, não estava prendendo a atenção do meu namorado. Não que eu pensasse que aconteceria.

Às vezes imaginava que ele simplesmente suportava atividades sociais planejando o que faria comigo quando finalmente estivéssemos sozinhos. Jared Trent tinha algumas pessoas favoritas no mundo e, se você não estivesse nesse grupo, receberia bem pouco da atenção dele. Se não pudesse ficar comigo, então as únicas outras pessoas que suportava eram seu irmão, Jax, e nosso melhor amigo, Madoc Caruthers.

Ele odiava bailes, odiava dançar e detestava conversas monótonas. Mas, embora seu comportamento visasse afastar as pessoas, apenas as motivava a querer conhecê-lo mais. Para sua alegria, é claro.

Mas ele aguentou firme. Tudo por mim. E fez isso com um sorriso no rosto. Ele adorava me fazer feliz.

Corri para acompanhar o ritmo e segurei seu braço com as duas mãos, o seguindo. Ele abriu a porta da sala de aula e a segurou, esperando que eu entrasse. Franzi as sobrancelhas, me perguntando o que ele estava fazendo, mas corri para dentro da sala mesmo assim, com medo de sermos pegos. Afinal, não deveríamos estar perambulando pela escola.

Uma vez dentro da sala deserta, me virei, e ele me seguiu para dentro e fechou a porta.

— A sala de aula da Penley? — perguntei. Não havíamos pisado nesta sala desde o semestre passado.

Seus travessos olhos de um castanho da cor de chocolate brilharam para mim antes de ele responder:

— Sim.

Andei pelo corredor entre duas fileiras de mesas vazias, sentindo-o me observando.

— Onde nos odiávamos — relembrei, com uma voz provocante.

— Sim.

Deixei meus dedos roçarem uma mesa de madeira.

— Onde começamos a nos amar — continuei, brincando com ele.

— Sim. — Seu sussurro suave parecia um cobertor quente na minha pele.

Eu sorri para mim mesma, lembrando.

— Onde eu fui seu norte.

Elizabeth Penley era nossa professora de literatura. Nós dois a tivemos em várias disciplinas, mas apenas em uma juntos. Cinema e Literatura no outono passado.

Quando Jared e eu éramos inimigos.

Ela nos deu uma tarefa na qual teríamos que encontrar parceiros para cada uma das direções cardeais. Jared acabou sendo meu "norte".

Relutantemente.

Meus saltos prateados de tiras — que combinavam com as joias prateadas do meu vestido de costas quase nuas — atingiram o chão quando me virei para olhá-lo ainda parado perto da porta.

E sua expressão neutra e estoica não fez nada para esconder seu lado perigoso. De repente, senti uma vontade de subir nele como se fosse uma árvore.

Eu sabia que ele odiava ternos, mas ele honestamente parecia o melhor entre os demônios vestido como estava. Suas calças pretas sob medida caíam pelas pernas e acentuavam sua cintura estreita. A camisa social preta não era justa, mas também não escondia o corpo, e o paletó preto e a gravata completavam o look de uma forma que emanava poder e sexo, como sempre.

Nos oito meses desde que ficamos juntos pela primeira vez, tornei-me muito hábil em engolir minha baba antes que ela saísse da minha boca.

Felizmente, ele olhava para mim da mesma maneira.

Encostou-se à porta, o paletó empurrado para trás da cintura, e enfiou as mãos nos bolsos, me observando com interesse. Seu cabelo castanho-escuro caía sobre a testa em um caos elegante, como uma sombra escura pairando logo acima de seus olhos.

— No que você está pensando? — perguntei, quando ele continuou parado ali.

— No quanto sinto falta de ver você entrar nesta sala — respondeu, olhando-me de cima a baixo.

Meu corpo esquentou, sabendo exatamente do que ele estava falando. Eu gostava de brincar com ele quando sabia que estava me observando aqui.

— E — continuou — vou sentir falta de como sua mão se levanta no ar como uma bobona para responder perguntas.

Ofeguei, meus olhos se arregalando de raiva fingida.

— Bobona? — repeti. Coloquei as mãos nos quadris e franzi os lábios para esconder o sorriso.

Ele sorriu e continuou brincando:

— E também como você se sentava bem perto da mesa quando estava se concentrando em uma prova e como mastigava o lápis quando estava nervosa.

Meu olhar passou para o lado, onde sua velha mesa ficava atrás da minha.

Ele continuou, empurrando a porta e se aproximando de mim.

— Também vou sentir falta de como você corava quando eu sussurrava coisas em seu ouvido assim que Penley virava de costas. — Ele inclinou a cabeça para o lado e olhei para ele, que se aproximou de mim.

Arrepios percorreram meus braços quando me lembrei de Jared inclinando-se sobre sua mesa e fazendo cócegas em minha orelha com suas promessas quentes. Fechei os olhos, sentindo seu peito roçar no meu.

— Vou sentir falta de ficar sentado a meio metro de distância — sussurrou para mim — e ninguém saber que entrei no seu quarto naquela manhã para fazer coisas com você.

Respirei fundo, sentindo sua testa mergulhar na minha.

Ele continuou:

— Vou sentir falta da tortura de querer você no meio da aula e não poder te ter. Vou sentir nossa falta nesta sala, Tate.

Eu também.

A atração sempre esteve presente entre nós. Mesmo em uma sala de aula lotada, cheia de barulho e distração, havia uma corda invisível cortando o espaço, conectando ele e eu. Ele me tocava mesmo quando não conseguia me alcançar. Sussurrava em meu ouvido a seis metros de distância. E sempre conseguia sentir seus lábios, mesmo quando estávamos separados.

ARDENTE

Sorri e abri os olhos, seus lábios agora a poucos centímetros dos meus.

— Mesmo que você estivesse sentado atrás de mim, sempre pude sentir seus olhos, Jared. Mesmo quando você agia como se me odiasse, sentia você me observando.

— Eu nunca te odiei.

— Eu sei. — Assenti gentilmente, circulando sua cintura com meus braços.

Os três anos em que ele fez de mim sua inimiga pareciam insuportáveis na época. Agora eu estava feliz por tudo ter acabado. Fiquei grata por estarmos aqui. Juntos.

Mas não consideraria o ensino médio uma experiência muito agradável e sabia que ele se sentia muito culpado por isso.

Durante toda a vida de Jared, ele sofreu abandono e solidão. Do seu pai horrível e de sua mãe alcoólatra. Dos vizinhos que ignoraram o que estava acontecendo e dos professores que olharam para o outro lado.

No verão anterior ao primeiro ano, os pais que deveriam tê-lo protegido o machucaram quase irreparavelmente. Seu pai era abusivo, deixando cicatrizes permanentes, e sua mãe não ficava ao seu lado.

Então Jared decidiu que estar sozinho era melhor. Ele excluiu todo mundo.

Mas comigo ele deu um passo além. Vários passos, na verdade. Ele procurou vingança.

Eu era sua melhor amiga na época, mas ele pensou que o tinha abandonado também. Foi o culminar de muitas coisas ruins acontecendo ao mesmo tempo, e Jared não poderia mais ser esquecido. Ele não permitiria isso.

Era eu quem ele poderia tratar mal para se sentir no controle novamente, e então me tornei sua presa. Durante todo o ensino médio sofri nas mãos dele.

Até agosto passado, quando voltei do meu ano no exterior.

Quando Jared empurrava, eu comecei a empurrar de volta. O mundo virou de cabeça para baixo para nós dois, e depois de mais merda do que gostaria de me lembrar, encontramos o caminho de volta um para o outro.

— Temos muitas boas lembranças nesta sala. — Joguei minha cabeça para trás e olhei para ele. — Mas há um lugar onde não temos boas lembranças…

Escorreguei de seus braços e caminhei até a porta, me abaixando para tirar meus saltos.

— Vamos — insisti, com um olhar para trás e um sorriso.

Abrindo a porta, entrei no corredor e fugi, correndo.

— Tate! — Eu o ouvi gritar e me virei, correndo para trás e o observando sair pela porta da sala de aula. Suas sobrancelhas estavam franzidas em confusão ao me observar.

Mordi meu lábio inferior para reprimir uma risada antes de me virar e começar a correr novamente.

— Tate! — chamou de novo. — Você é corredora! Esta é uma vantagem injusta!

Eu ri, a excitação energizando meus braços e pernas, e levantei meu vestido, descendo dois lances de escada e correndo em direção ao Departamento de Atletismo.

Eu podia ouvir as batidas de seu grande corpo se aproximando de mim. Ele estava pulando escadas, e gritei de medo ao abrir a porta do vestiário e me afastar de seu avanço.

Correndo para a terceira fileira de armários, desabei contra as portinhas de metal, minha respiração pesada esticando o busto do vestido, e deixei cair os sapatos.

Tinha deixado meu longo cabelo loiro solto, mas pedi para minha melhor amiga, K.C., arrumar em cachos soltos e ondulados. Dado o esforço, fiquei tentada a afastá-lo do rosto, mas Jared adorava meu cabelo solto e queria deixá-lo louco esta noite.

A porta do vestiário se abriu e cerrei os punhos, ouvindo-o se aproximar.

Seus passos suaves dobraram a esquina como se soubesse exatamente onde me encontrar.

— No vestiário feminino? — perguntou, desconforto estampado no rosto.

Eu sabia que ele ficaria tímido, mas não o deixaria escapar.

Respirei fundo.

— A última vez que estivemos aqui…

— Não quero pensar na última vez que estivemos aqui — ele me interrompeu, negando com a cabeça.

Mas forcei de novo.

— A última vez que estivemos aqui — enfatizei —, você me ameaçou e tentou me intimidar — disse a ele, me aproximando e agarrando sua mão, levando-o de volta ao local perto dos armários onde tivemos nosso confronto no outono passado. Inclinei-me para trás, pegando sua cintura e trazendo-o para perto, então ele pairou sobre mim. — Você invadiu meu espaço e ficou pertinho assim — sussurrei — e eu acabei ficando muito envergonhada na frente de toda a escola. Lembra?

Coloquei tudo às claras para ele. Não poderíamos ter medo de falar sobre isso. Teríamos que rir, porque já chorei o suficiente. Enfrentaríamos nossos medos e seguiríamos em frente.

ARDENTE

— Você foi mau comigo — pressionei.

Ele entrou depois que eu tomei banho, tirou minhas companheiras de equipe do vestiário e fez algumas ameaças enquanto eu tentava ficar de pé, vestida apenas com minha toalha. Aí algumas alunas entraram e tiraram fotos nossas, nas quais nada acontecia, mas estar quase nua com um garoto no vestiário não pareceu tão bom para todos na escola que viram as imagens.

Os olhos de Jared, sempre suaves comigo agora, sempre me mantendo por perto, ficaram aquecidos. Agarrei as lapelas de seu terno e fundi meu corpo com o dele, querendo criar uma boa lembrança aqui.

Seu rosto se aproximou do meu e minha respiração falhou ao sentir seus dedos deslizarem pela parte interna da minha coxa, erguendo meu vestido cada vez mais alto.

— Então estamos de volta ao ponto de partida — sussurrou contra meus lábios. — Você vai me bater desta vez como eu mereço?

A diversão ameaçou surgir e pude sentir os cantos da minha boca se curvando.

Saí de sua sombra, subi no banco central atrás dele e fiquei de pé sobre ele, adorando sua expressão de olhos arregalados quando se virou para me encarar. Colocando as duas mãos contra os armários, agora atrás dele, em cada lado de sua cabeça, me abaixei, ocupando seu espaço e me inclinando para perto.

— Se um dia eu encostar as mãos em você — sussurrei as mesmas palavras de todos aqueles meses atrás —, você vai querer.

Ele soltou uma risada silenciosa, seus lábios roçando os meus.

Inclinei a cabeça, brincando com ele.

— E? — perguntei. — Você quer?

Ele segurou meu rosto com as duas mãos e implorou:

— Sim. — E então ele capturou meus lábios. — Claro que sim.

E eu derreti.

Eu sempre derretia.

CAPÍTULO UM

JARED

Dias atuais...
Crianças são loucas.
Doidas de pedra, com certeza, sem cérebro na cabeça. Se você não está explicando algo para elas, então está explicando de novo, porque elas não ouviram da primeira vez, e assim que você explica, elas fazem a mesma maldita pergunta para a qual você passou vinte minutos explicando a resposta!
E as perguntas. Puta merda, as perguntas.
Algumas dessas crianças falavam mais em um dia do que eu em toda a minha vida, e não dava para fugir disso, porque elas te seguiam.
Tipo, fica a dica, sabe?
— Jared! Eu quero o capacete azul; Connor usou da última vez, e agora sou eu! — choramingou o garoto loiro de meio metro na pista, enquanto todas as outras crianças subiam em seus karts, duas fileiras de seis cada.
Inclinei o queixo para baixo e respirei fundo, me agarrando à cerca em volta da pista.
— Não importa a cor do capacete que você usa — rosnei, tensionando todos os músculos das costas.
O loiro — qual era mesmo a droga do nome dele? — franziu o rosto, ficando mais vermelho a cada momento.
— Mas... mas não é justo! Ele já usou duas vezes, e eu...
— Pegue o capacete preto — ordenei, interrompendo-o. — É o seu da sorte, lembra?
Ele franziu as sobrancelhas, o nariz sardento franzido.
— Ah, é?
— Sim — menti, o sol quente da Califórnia batendo em meus ombros cobertos com uma camiseta preta. — Você o usou quando viramos o buggy de cabeça para baixo há três semanas. Ele te manteve seguro.
— Achei que estava usando o azul.
— Não. O preto — menti de novo. Eu realmente não tinha ideia de que cor ele estava usando.

Eu deveria me sentir mal por mentir, mas não. Quando as crianças se tornassem mais razoáveis, eu poderia parar de recorrer à ciência espacial para obrigá-las a fazer o que eu queria.

— Depressa! — gritei, ouvindo pequenos motores de kart encherem o ar. — Eles vão embora sem você.

Ele correu para o outro lado do portão até as prateleiras de capacetes, pegando o preto. Observei todas as crianças, com idades entre cinco e oito anos, amarrarem os cintos e erguerem pequenos e entusiasmados polegares para cima uns para os outros. Eles seguravam os volantes, os braços finos tensos, e senti um sorriso aparecer nos cantos da boca.

Essa era a parte que não era tão ruim.

Cruzando os braços sobre o peito, os vi partirem com orgulho, cada criança manuseando seu carro com precisão que crescia a cada semana que vinham para cá. Seus capacetes brilhantes reluziam sob o sol do início do verão, os minúsculos motores zunindo nas curvas e ecoando ao longe enquanto aceleravam. Algumas crianças ainda estavam pisando fundo durante toda a corrida, mas outras estavam aprendendo a medir seu tempo e avaliar o caminho à frente. Era difícil ter paciência quando você só queria estar na frente durante toda a corrida, mas alguns rapidamente perceberam que uma boa defesa era o melhor ataque. Não se tratava apenas de ficar à frente daquele carro; tratava-se também de ficar à frente dos carros que já estavam atrás de você.

E, mais do que aprender, eles também se divertiam. Se ao menos um lugar como este existisse quando eu tinha essa idade.

Mas, mesmo aos 22 anos, ainda estava grato por isso.

Quando essas crianças passaram pela minha porta pela primeira vez, elas não sabiam quase nada e agora dirigiam na pista como se fosse molezinha. Graças a mim e aos outros voluntários. Eles estavam sempre felizes por estar aqui, cheios de sorrisos e olhando para mim com expectativa.

Na verdade, eles queriam estar perto de mim.

Para que diabos, eu não sabia, mas tinha certeza de uma coisa. Por mais que reclamasse ou fugisse para o meu escritório, lutando para conseguir um pouco mais de paciência, absolutamente, sem dúvida, queria estar perto deles também. Alguns deles eram uns merdinhas bem legais.

Quando não estava viajando e trabalhando no circuito, correndo com minha própria equipe, eu estava aqui ajudando no programa infantil.

Claro, não era apenas uma pista de kart. Havia uma garagem e uma loja, e muitos pilotos e suas namoradas apareciam, trabalhando em motos e batendo papo.

Something Different, de Godsmack, tocava nos alto-falantes e olhei para o céu, vendo o sol brilhar, me cegando.

Provavelmente estava chovendo em casa hoje. Junho era marcado por tempestades de verão em Shelburne Falls.

— Aqui — Pasha indicou, enfiando uma prancheta em meu peito. — Assine isto.

Eu a agarrei, fazendo cara feia para minha assistente de cabelo preto e roxo por baixo dos óculos escuros, enquanto os karts passavam rugindo.

— O que é isso? — Soltei a caneta e olhei para o que parecia ser um pedido de compra.

Ela observou a pista, me respondendo.

— Um é um pedido de peças para sua moto. Estou apenas enviando-os para o Texas. Sua equipe pode resolver isso quando você chegar lá em agosto...

Deixei cair os braços ao lado do corpo.

— Faltam dois meses — rebati. — Como você sabe que essa merda ainda estará lá quando eu chegar?

Austin seria minha primeira parada quando voltasse às corridas de rua após o intervalo. Eu entendia a lógica dela. Eu não precisava do equipamento até então, mas eram peças no valor de milhares de dólares que outra pessoa poderia conseguir. Prefiro tê-lo aqui comigo na Califórnia do que a três estados de distância, desprotegido.

Mas ela apenas me lançou um olhar furioso, parecendo que eu tinha colocado mostarda em suas panquecas.

— Os outros dois são formulários enviados por fax pelo seu contador — continuou, ignorando minha preocupação. — Papelada relacionada ao estabelecimento da JT Racing. — E então olhou para mim, parecendo curiosa. — Meio vaidoso, não acha? Dando suas iniciais à sua empresa?

Baixei meus olhos de volta para os papéis e comecei a assinar.

— Não são minhas iniciais — murmurei. — E eu não a pago para você ter uma opinião sobre tudo, e certamente não a pago para você me irritar.

Entreguei a prancheta e ela pegou com um sorriso.

— Não, você me paga para lembrar o aniversário da sua mãe — retrucou. — Você também me paga para manter seu iPod atualizado com novas músicas, suas contas pagas, suas motocicletas seguras, sua agenda em seu telefone, seus voos reservados, suas comidas favoritas em sua geladeira e o que mais gosto: devo ligar para você trinta minutos depois de você ter sido forçado a ir a algum evento ou festa e lhe dar uma desculpa terrível sobre por que você precisa sair da reunião social, porque você odeia pessoas, certo? — Seu tom transbordava arrogância, e de repente fiquei feliz por não ter crescido com uma irmã.

Eu não odiava pessoas.

Ok, sim. Eu odiava a maioria das pessoas.

Ela continuou:

— Eu agendo seus cortes de cabelo, administro este lugar e sua página no Facebook… adoro todos os nudes da parte de cima que as garotas enviam para você, aliás… e sou a primeira pessoa que você procura quando quer alguém para gritar. — Ela plantou as mãos nos quadris, semicerrando os olhos para mim. — Agora, eu esqueci. O que você *não* me paga para fazer mesmo?

Meu peito inflou com uma respiração pesada e mastiguei o canto da boca até que ela entendeu a dica e saiu. Eu praticamente podia sentir o cheiro do seu sorriso presunçoso enquanto ela voltava para a loja.

Ela sabia que não tinha preço, e me coloquei nessa. Até aceitava muito do seu atrevimento, mas ela estava certa. Ela aturava muito de mim também.

Pasha tinha a minha idade e era filha do homem com quem eu era dono desta loja de motos. Embora o velho Drake Weingarten fosse uma lenda do automobilismo nos circuitos de motociclismo, ele escolheu ser um parceiro silencioso e aproveitar sua aposentadoria no salão de bilhar na mesma rua quando estava na cidade ou em sua cabana perto de Tahoe quando não estava.

Eu gostava de ter isso como base perto da ação em Pomona, e descobri que realmente me interessava pelo programa infantil que ele patrocinava aqui quando comecei a frequentar a loja de motocicletas há quase dois anos. Quando ele perguntou se queria criar raízes e comprar este lugar, foi o momento perfeito.

Não havia mais nada para mim em casa. Minha vida estava aqui agora.

Uma mãozinha fria deslizou na minha e olhei para baixo para ver Gianna, uma morena de rosto brilhante de quem eu gostava muito. Eu sorri, procurando sua expressão alegre de sempre, mas ela apertou minha mão e roçou os lábios em meu braço, parecendo estar muito, muito triste.

— Qual é o problema, pequena? — brinquei. — Em quem eu preciso dar um chute no bumbum?

Ela envolveu seus dois bracinhos em volta dos meus e pude senti-la tremendo.

— Desculpe — murmurou —, acho que chorar é uma coisa muito menininha de se fazer, não é? — O sarcasmo em sua voz era inconfundível.

Ai, caramba.

Garotas — mesmo as de oito anos— eram complicadas. Mulheres não queriam dizer o que estava errado. Ah, não. Não poderia ser tão fácil. Você tinha que pegar uma pá e desenterrar.

Gianna já vinha aparecendo há mais de dois meses, mas recentemente ela começou no clube de corrida. De todas as crianças da turma, ela era a mais promissora. Preocupava-se em ser perfeita, sempre olhava por cima do ombro e parecia que sempre descobria como discutir comigo antes mesmo de saber o que eu ia dizer — mas ela tinha aquilo.

O dom.

— Por que você não está na pista? — Tirei meu braço de seu alcance e sentei-me na mesa de piquenique para olhar nos seus olhos.

Ela fitou o chão, o lábio inferior tremendo.

— Meu pai disse que não posso mais participar do programa.

— Por que não?

Ela se mexeu de um lado para o outro e meu coração deu um pulo quando olhei para baixo e vi seus tênis vermelhos. Igualzinho aos que Tate usava na primeira vez que a conheci, quando tínhamos dez anos.

Olhando para cima, observei-a hesitar antes de responder.

— Meu pai disse que faz meu irmão se sentir mal.

Apoiando os cotovelos nos joelhos, virei a cabeça para estudá-la.

— Porque você venceu seu irmão na corrida da semana passada — quis confirmar.

Ela assentiu.

Claro. Ela venceu todo mundo na semana passada, e seu irmão — seu gêmeo — saiu da pista chorando.

— Ele diz que meu irmão não se sentirá homem se eu correr com ele.

Eu bufei, mas então endireitei meu rosto quando a vi carrancuda.

— Não é engraçado — choramingou. — E não é justo.

Neguei com a cabeça e peguei o pano da loja no bolso de trás.

— Aqui — ofereci, deixando-a secar as lágrimas. Limpando a garganta, cheguei mais perto e falei em voz baixa. — Escute, você não vai entender isso agora, mas lembre-se disso para mais tarde — comecei. — Seu irmão fará muito ao longo dos anos para se sentir um homem, mas isso não é problema seu. Entende?

Sua expressão permaneceu congelada ao me ouvir.

— Você gosta de correr? — perguntei.

Ela assentiu rapidamente.

— Você está fazendo algo errado?

Ela negou com a cabeça, as duas tranças baixas balançando sobre os ombros.

— Você deveria ter medo de fazer algo de que gosta só porque é uma vencedora e outras pessoas não conseguem lidar com isso? — pressionei.

Seus inocentes olhos azuis tempestuosos finalmente se focaram em mim, e ela ergueu o queixo, balançando a cabeça.

— Não.

— Então vá logo para a pista — ordenei, virando-me para os karts que passavam. — Você está atrasada.

Ela abriu um sorriso que ocupava metade de seu rosto e disparou em direção à entrada da pista, cheia de entusiasmo. Mas então parou e se virou.

— Mas e meu pai?

— Eu cuido do seu pai.

Seu sorriso brilhou novamente e tive que lutar para conter o meu.

— Ah, e eu não deveria te contar isso — provocou —, mas minha mãe acha que você é gostoso.

E então ela se virou e disparou em direção aos carros.

Ótimo.

Soltei um suspiro estranho antes de olhar para a arquibancada onde as mães estavam sentadas. Jax diria que elas estão na idade da loba e Madoc apenas ligaria para elas.

Bem, antes de ele se casar, pelo menos.

Era sempre assim com essas mulheres, e eu sabia que algumas delas matriculavam os filhos simplesmente para se aproximarem dos pilotos e motociclistas que passavam por aqui. Elas apareciam com cabelo e maquiagem feitos, geralmente de salto alto e jeans justos ou saias curtas, como se eu fosse escolher uma e levá-la para o escritório enquanto seu filho brincava lá fora.

Metade delas estava com o telefone na frente do rosto para parecer que não estavam fazendo o que eu sabia que estavam. Graças à boca grande de Pasha, sabia que, enquanto algumas pessoas usavam óculos escuros para disfarçar que estavam olhando para você, essas mulheres estavam dando zoom na câmera para me olhar de perto.

Maravilha. Então criei mais um item da descrição do trabalho de Pasha: não me contar merdas que não precisava saber.

— Jared! — o latido de Pasha ecoou acima de todos os outros sons aqui. — Você tem uma ligação no Skype!

Inclinei a cabeça para o lado, olhando para ela. Skype?

Perguntando-me quem diabos faria uma chamada de vídeo, levantei-me e caminhei pelo café até a loja/garagem, ignorando os sussurros fracos e os olhares de soslaio das pessoas que me reconheceram. Ninguém me conhecia fora do mundo das motos, mas dentro dele eu estava começando a fazer um nome para mim, e sempre seria difícil lidar com a atenção. Se pudesse ter uma carreira sem isso, eu o faria, mas as multidões vinham com as corridas.

Entrando no escritório, fechei a porta e contornei minha mesa, olhando para a tela do meu laptop.

— Mãe? — falei para a mulher, que era uma versão feminina de mim na aparência.

Graças a Deus não parecia com meu pai.

— Ah — murmurou —, então você se lembra de quem eu sou. Estava preocupada. — Ela assentiu de forma condescendente e me inclinei sobre a mesa, arqueando uma sobrancelha.

— Não seja dramática — resmunguei.

Eu não sabia onde ela estava pela mobília atrás dela. Tudo que vi foi muito branco no fundo, então presumi que fosse um quarto. O marido dela — e o pai do meu melhor amigo, Jason Caruthers — era um advogado de sucesso, e o novo apartamento deles em Chicago era provavelmente o melhor que o dinheiro poderia comprar.

Minha mãe, por outro lado, era perfeitamente reconhecível. Absolutamente linda e uma prova de que as pessoas aproveitam as segundas chances que recebem. Ela parecia saudável, alerta e feliz.

— Conversamos a cada poucas semanas — lembrei a ela. — Mas nunca conversamos por vídeo antes, então o que foi?

Desde que larguei a faculdade e saí de casa há dois anos, só voltei uma vez. Apenas o tempo suficiente para perceber que foi um erro. Eu não tinha visto meus amigos nem meu irmão e, embora tivesse mantido contato com minha mãe, era apenas por telefone e mensagem de texto. E mesmo isso foi curto e doce.

Era melhor assim. Quem não é visto não é lembrado, e funcionou também, porque, toda vez que ouvia a voz da minha mãe ou recebia um e-mail do meu irmão ou uma mensagem de alguém da cidade, eu pensava nela.

Tate.

Minha mãe se aproximou, seu cabelo chocolate, igual ao meu, caindo sobre os ombros.

— Tive uma ideia. Vamos começar de novo — cantarolou e endireitou as costas. — Ei, filho. — Ela sorriu. — Como vai? Tenho sentido sua falta. Você sentiu a minha?

Soltei uma risada nervosa e balancei a cabeça.

— Jesus — soltei, junto com o ar.

Além de Tate, minha mãe me conhecia melhor do que ninguém. Não porque tenhamos compartilhado tanto tempo entre mãe e filho ao longo dos anos, mas porque ela morou comigo tempo suficiente para saber que eu não gostava de besteiras desnecessárias.

Conversa fiada? É, não é minha praia.

Colocando minha bunda na cadeira de couro com encosto alto, eu a acalmei.

— Estou bem — afirmei. — E você?

Ela assentiu e notei a felicidade que fazia sua pele brilhar.

— Mantendo-me ocupada. Há muita coisa acontecendo em casa neste verão.

— Você está em Shelburne Falls? — perguntei. Ela passava a maior parte do tempo a cerca de uma hora de distância, em Chicago, com o marido. Por que ela estava de volta à nossa cidade natal?

— Voltei ontem. Ficarei o resto do verão.

Baixei os olhos, vacilando por uma fração de segundo, mas sabia que minha mãe viu. Quando olhei para cima, ela estava me observando. E esperei pelo que sabia que estava por vir.

Quando não disse nada, ela me incentivou.

— Esta é a parte em que você me pergunta por que estou ficando com Madoc e Fallon em vez de na cidade com meu marido, Jared.

Desviei os olhos, tentando parecer desinteressado. O marido dela era dono da casa em Shelburne Falls, mas a deu a Madoc quando ele se casou. Jason e minha mãe ainda ficavam lá quando estavam na cidade e, por algum motivo, minha mãe achou que eu estava interessado.

Ela estava brincando comigo. Tentando me deixar intrigado. Tentando me fazer perguntar sobre casa.

Talvez não quisesse saber. Ou talvez eu quisesse...

Conversar com meu irmão foi fácil nesses últimos dois anos. Ele sabia que não deveria bisbilhotar e que eu mencionaria qualquer coisa que tivesse vontade de falar. Minha mãe, por outro lado, sempre foi uma bomba-relógio. Sempre me perguntei quando ela tocaria no assunto.

Ela estava em Shelburne Falls e eram férias de verão. Todos estariam lá. Todos.

Em vez disso, revirei os olhos e recostei-me na cadeira, determinado a não ceder à sua necessidade de jogar.

Ela riu e eu olhei para cima.

— Eu te amo. — Ela riu, mudando de assunto. — E estou feliz que seu desdém por conversa fiada não tenha diminuído.

— Está?

Ela ergueu o queixo, seus olhos ricos brilhando.

— É reconfortante saber que algumas coisas nunca mudam.

Cerrei os dentes, esperando a bomba detonar.

— Sim, eu também te amo— disse distraidamente e limpei a garganta.

— Então vá direto ao ponto. E aí?

Ela bateu os dedos na mesa à sua frente.

— Você não vem para casa há dois anos e gostaria de ver você. Só isso.

Eu estive em casa. Uma vez. Ela simplesmente não sabia disso.

— Só isso? — perguntei, não acreditando nela. — Se você sente tanto a minha falta, então pegue um avião e venha me ver — provoquei.

— Não posso.

Estreitei os olhos.

— Por quê?

— Por causa disso. — E ela se levantou, revelando sua barriga muito grávida.

Meus olhos se arregalaram e minha expressão se desfez enquanto me perguntava o que diabos estava acontecendo.

Puta merda.

Senti a veia do meu pescoço latejar e apenas olhei para a pista de esqui que ia do pescoço até a cintura e... e não poderia ser real.

Grávida? Ela não estava grávida! Eu tinha 22 anos. Minha mãe tinha uns quarenta anos.

Eu a observei colocar as palmas das mãos nas costas e lentamente se abaixar até ficar sentada. Lambi meus lábios secos e respirei com dificuldade.

ARDENTE

— Mãe? — Eu não tinha piscado. — Isso é algum tipo de brincadeira? Ela ofereceu um olhar simpático.

— Receio que não — explicou. — Sua irmã deve chegar dentro de três semanas...

Irmã?

— E quero todos os irmãos dela aqui para a cumprimentarem quando ela nascer — concluiu.

Desviei o olhar, meu coração bombeando calor por todo o corpo.

Puta merda, ela estava grávida.

Irmã, ela disse.

E todos os seus irmãos.

— Então é uma menina — disse, mais para mim mesmo do que para ela. — Sim.

Esfreguei a nuca, grato por minha mãe ter conversado tranquilamente, para que eu pudesse processar tudo. Eu não tinha ideia do que pensar.

Ela teria uma filha e parte de mim queria saber o que diabos ela estava pensando. Ela era alcoólatra há cerca de quinze anos enquanto eu era criança e, embora soubesse que sempre me amou e, em última análise, era uma boa pessoa, também seria a primeira pessoa a estourar sua pequena bolha e dizer que ela foi uma péssima mãe.

Mas a outra parte de mim sabia que ela havia se recuperado. Ganhou uma segunda chance e, depois de cinco anos sóbria, imaginei que estava pronta para isso. Ela também foi uma mãe substituta perfeita para meu meio-irmão, Jax, quando ele veio morar conosco, e agora ela tinha um sistema de apoio incrível.

Apenas um sistema que não me incluía desde que estive ausente.

Seu enteado, Madoc, e sua esposa, Fallon; Jax e sua namorada, Juliet; o marido da minha mãe, Jason; a governanta, Addie... todos estavam lá ao lado dela, exceto eu.

Neguei com a cabeça e voltei para a tela.

— Jesus... Mãe, eu... Eu estou... — Eu estava gaguejando muito. Não tinha ideia do que dizer ou fazer. Eu não era delicado ou bom com esse tipo de coisa. — Mãe. — Engoli em seco e olhei nos olhos dela. — Estou feliz por você. Eu nunca teria pensado...

— Que eu queria mais filhos? — ela interrompeu. — Eu quero todos os meus filhos, Jared. Sinto muito a sua falta — admitiu. — Madoc e Fallon estão cuidando de mim, já que Jason está terminando um caso na cidade, e Jax e Juliet estão sendo maravilhosos, mas quero você aqui. Venha para casa. Por favor.

Limpei a garganta. *Casa.*

— Mãe, minha agenda é... — Procurei uma desculpa. — Vou tentar, mas é só...

— Tate não está aqui — ela me interrompeu, baixando o olhar. Minha pulsação ecoou em meus ouvidos. — Se é com isso que você está preocupado — explicou. — O pai dela está na Itália por alguns meses, então ela vai passar o verão lá.

Inclinei o queixo para baixo, inalando com dificuldade.

Tate não estava em casa.

Que bom. Minha mandíbula endureceu. Isso era bom. Eu não teria que lidar com isso. Poderia ir para casa, passar um tempo com minha família e isso seria resolvido. Eu não precisaria vê-la.

Odiava admitir isso, até para mim mesmo, mas tinha medo de topar com ela. Tanto que não fui para casa.

Passei a palma da mão pela coxa, livrando-me do suor que sempre surgia quando pensava nela. Embora tenha partido para me curar, ainda havia um pedaço de mim que parecia vazio para sempre.

Um pedaço que só ela preencheu.

Eu não podia vê-la e não desejá-la. Ou não querer odiá-la.

— Jared? — Minha mãe estava falando e eu estabilizei minha expressão.

— Sim — suspirei. — Estou aqui.

— Escuta — ordenou. — Não se trata do motivo de você ter estado ausente. Isto é sobre sua irmã. Isso é tudo que quero que você pense agora. Me desculpe por não ter te contado antes, mas eu... — Seus olhos caíram e ela parecia estar procurando por palavras. — Eu nunca sei o que você está pensando, Jared. Você é tão cauteloso e eu queria te ter comigo para lhe contar isso pessoalmente. Porém, você nunca encontra tempo para voltar para casa, e esperei o máximo que pude.

Eu não sabia por que me incomodava o fato de minha mãe ter dificuldade em falar comigo. Acho que nunca pensei sobre isso, mas, desde que ela divulgou o assunto, percebi que não gostei de tê-la deixado nervosa.

Ela respirou fundo e olhou para mim, seus olhos gentis, mas sérios.

— Precisamos de você — afirmou, suavemente. — Madoc será quem brincará com todos os brinquedos dela. Jax escalará montanhas com ela nos ombros. Mas você é o escudo dela, Jared. Aquele que garantirá que

ARDENTE

23

ela nunca se machuque. Não estou te pedindo. Estou te contando. Quinn Caruthers precisa de todos os seus irmãos.

Não pude evitar… sorri.

Quinn Caruthers. *Minha irmã.* Ela já tinha um nome.

E inferno, sim, estaria lá por ela.

Balancei a cabeça, dando-lhe a minha resposta.

— Que bom. — Um olhar de alívio cruzou seu rosto. — Jax lhe enviou uma passagem de avião por e-mail.

E então ela desligou.

CAPÍTULO DOIS

JARED

Dois anos atrás...

Adorava manhãs assim. De manhã, quando acordava primeiro e podia apenas observá-la dormir por alguns minutos. A pele lisa e brilhante de seu peito subindo e descendo com sua respiração superficial, e sabia que, se deslizasse meus dedos pelas costas dela, por baixo da blusa, sentiria seu suor. Ela superaquece quando dorme.

Relaxei na cadeira ao lado da janela, observando seus lábios rosados e macios franzirem enquanto ela começou a se mexer. Seu pescoço longo e fino me chamou e me desesperei.

Estava desesperado pra caralho para nunca deixá-la. Querendo nunca fazer o que sei que tenho que fazer agora.

Tate segurava meu coração, e poderia engasgar tentando engolir e enterrar a necessidade que tenho dela.

Tentei me lembrar das coisas boas. As coisas que me manteriam vivo em seu coração enquanto eu estivesse fora. As noites chuvosas no meu carro. Como a pele do pescoço dela tinha um gosto diferente da pele dos lábios. Como ela ficava quente debaixo dos lençóis.

Como eu odiava dormir sozinho agora.

O telefone dela começou a vibrar na mesa de cabeceira e apertei os punhos, sabendo que tudo estava prestes a desmoronar.

Quando ela acordasse, teria que machucá-la.

Sua cabeça virou para o outro lado e vi seus olhos se abrirem, seu corpo ganhando vida. Ela inspirou profundamente e lentamente se sentou. Ela me notou de imediato e sustentou meu olhar do outro lado do quarto. Um pequeno sorriso dançou em seu rosto até que ela me viu sem sorrir de volta.

Acenei para o telefone, esperando que atendesse e me desse um minuto. O calor inundou meu peito e meu coração disparou. Eu precisava ser capaz de fazer isso. Por ela e por mim.

Pelo nosso futuro juntos.

Ela olhou para o telefone, deslizando o polegar para cima e para baixo na tela, e depois de volta para mim.

— Eles chegaram — sussurrou. — Estão na Nova Zelândia.

Ela estava falando sobre Jax e Juliet. Eu os levei ao aeroporto ontem e eles deviam estar mandando mensagens para avisar que chegaram em segurança. Provavelmente recebi a mesma mensagem, mas meu telefone estava na mochila, aos meus pés.

— Para onde você está indo? — perguntou, notando a mochila.

Abaixei os olhos, mas os ergui novamente, determinado a não ser um maldito covarde.

— Vou embora por um tempo, Tate. — Tentei manter minha voz suave.

Seus olhos ficaram preocupados.

— ROTC? — perguntou.

— Não. — Inclinei-me para frente, apoiando os cotovelos nos joelhos. — Eu... — Soltei um suspiro, falando devagar. — Tate, eu te amo...

Mas ela tirou os lençóis e começou a respirar com dificuldade, já sabendo onde isso daria. Com seu longo cabelo loiro preso em um rabo de cavalo baixo, pude ver o entendimento estampado em seu rosto.

— Jax estava certo — ela disse.

— Jax está sempre certo — admiti, desejando poder continuar fazendo o que venho fazendo nos últimos dois anos. Basta pegar os lábios dela, apagar as luzes e excluir o mundo.

Meu irmão podia expressar o que todo mundo tinha medo de enfrentar e ele me conhecia como conhece a si mesmo. Eu estava infeliz e não podia mais usar Tate para me segurar.

— Continuando assim... — Balancei minha cabeça, negando. — Eu te deixaria miserável.

Meu irmão sabia que eu odiava o ROTC. Ele sabia, sem que eu lhe contasse, que odiava minha vida em Chicago. Odiava a faculdade. Odiava o apartamento. Odiava me sentir como uma peça perdida de um quebra-cabeça.

Onde diabos me encaixava?

E como Tate ouviu Jax e eu conversando outro dia, agora ela também está atrás de mim. É hora de confessar.

Foda-se, confesse e depois levante-se.

Seus olhos se voltaram para os meus e pude ver as lágrimas se acumulando ali.

— Jared, se você quiser desistir do ROTC, desista — choramingou. — Eu não ligo. Você pode estudar qualquer coisa. Ou nada. Só...

— Eu não sei o que quero! — explodi, gritando para não chorar. — Esse é o problema, Tate. Preciso descobrir as coisas.

— *Longe de mim* — *ela retrucou.*

Eu me levantei, passando a mão pelo cabelo.

— *Você não é o problema, amor.* — *Tentei acalmá-la.* — *Você é a única coisa de que eu tenho certeza. Mas eu preciso crescer e isso não está acontecendo aqui.*

Tinha vinte anos e tudo que sabia sobre mim era que adorava Tatum Brandt.

Há dois anos pensei que isso bastava.

— *Aqui onde?* — *incentivou.* — *Chicago? Shelburne Falls? Ou ao meu redor?*

Cerrei a mandíbula e olhei pelas portas francesas. Só queria agarrá-la e ficar ali. Eu não queria ir embora.

Mas não podia fazer o que ela queria que eu fizesse. Não podia abandonar a faculdade para me encontrar e estar perto dela ao mesmo tempo. O que eu faria? Ficar em casa o dia todo, passear pela cidade, fazer alguns bicos e explorar minhas opções por sabe-se lá quantos anos enquanto ela voltava para casa todos os dias das aulas, sua vida avançando?

Odiava dizer assim, mas a verdade crua? Meu orgulho não aguentaria.

Eu não poderia ser o namorado caloteiro fazendo merda com sua vida enquanto se descobre com ela lá assistindo.

Mas eu voltarei. Sempre vou querê-la.

Ela se sentou na cama onde dormimos lado a lado há quase dez anos. A cama onde fiz amor com ela inúmeras vezes e me senti um molenga agora. Era um covarde porque precisava ir embora, e um covarde porque não queria. Eu me sentia cedendo.

Mas limpei a garganta e encontrei seus olhos, avançando.

— *O apartamento está pago por todo o ano letivo, então você não tem que se preocupar...*

— *Um ano!* — *ela me interrompeu, saltando da cama.* — *A porra de um ano! Você está brincando comigo?*

— *Não sei o que estou fazendo, okay?* — *admiti.* — *Não sinto que me encaixo na faculdade! Sinto que você está se movendo a quilômetros por hora e estou o tempo todo tentando te acompanhar!*

Ela balançou a cabeça para mim, incapaz de acreditar no que estava acontecendo.

Estabilizei a voz, falando com firmeza. Tinha que fazer isso.

— *Você sabe o que está fazendo e o que quer, Tate, e eu...* — *Endureci meu queixo.* — *Estou cego pra caralho. Não consigo respirar.*

Ela se virou para esconder as lágrimas que eu sabia que estavam caindo.

— *Você não consegue respirar* — *repetiu, e meu estômago deu um nó. Ela achava que isso não me machucava também?*

— *Baby.* — *Puxei-a para me encarar.* — *Eu te amo.* — *Olhei em seus olhos*

ARDENTE

27

azuis tempestuosos. — *Eu te amo muito mesmo. Eu só... Só preciso de tempo* — *implorei.* — *Espaço, para descobrir quem eu sou e o que eu quero.*

Seus olhos procuraram os meus e ela abaixou a voz.

— *Então o que acontece?* — *perguntou.* — *O que acontece quando você descobrir a vida que está procurando?*

Endireitei as costas, pego de surpresa. Não havia futuro sem ela. Ela tinha que saber disso.

— *Ainda não sei* — *admiti. Eu não sabia onde pararia, o que estaria fazendo, mas ela era minha. Sempre.*

Eu voltaria para casa novamente.

Ela assentiu.

— *Eu sei* — *ela disse, sua voz ficando entrecortada.* — *Você não veio aqui para me dizer que vai voltar. Que vai ligar ou que vamos trocar mensagens. Você veio para terminar comigo.*

Ela se afastou e tentou se virar, mas eu a peguei.

— *Baby, venha aqui.*

Mas ela abaixou os braços, cortando meu aperto.

— *Ah, apenas some daqui!* — *ela gritou, olhando para mim com fogo nos olhos.* — *Você afasta todo mundo que te ama. Você é patético. Já deveria estar acostumada com isso agora.*

— *Tate...*

— *Só vai embora!* — *gritou, e caminhou até a porta do quarto, abrindo-a.* — *Estou cansada só de olhar para você, Jared. Vai.*

Neguei com a cabeça, estreitando os olhos para ela.

— *Não* — *argumentei.* — *Preciso que você entenda.*

Ela levantou o queixo, em desafio.

— *Tudo que consigo entender é que você precisa viver uma vida sem mim, então vai em frente com isso.*

— *Eu não quero isso.* — *Procurei as palavras para recuperá-la.* — *Não assim. Não quero te machucar. Apenas sente-se para podermos conversar. Não posso te deixar desse jeito* — *pressionei. Por que ela não conseguia entender? Eu não ia deixá-la. Eu voltaria.*

Mas ela negou com a cabeça.

— *E eu não vou te deixar ficar. Você precisa ficar livre? Então vai. Some.*

Engoli o nó duro na minha garganta e a observei. O que diabos estava acontecendo? O arrependimento percorreu meu cérebro enquanto pensava que talvez devesse ter feito isso de forma diferente. Sentar com ela e tranquilizá-la. Mas não sabia como fazer essa merda. Não sabia ser gentil.

28   PENELOPE DOUGLAS

Porra, eu a peguei de surpresa. Embora estivéssemos distantes na semana passada, sabia que ela não esperava por isso.

Depois de tudo que fiz com ela ao longo dos anos, Tate ainda não confiava em mim. Ela não via que estava tentando ser forte. Que estava tentando ser um homem. Tudo o que ela via agora era eu lhe causando mais dor, e ela estava farta.

— Agora — ordenou, com as lágrimas secando em seu rosto.

Deixei meus olhos caírem e todos os músculos dos meus braços ficaram tensos com o desejo de ir até ela. Pegá-la, segurá-la perto de mim e fazer com que se dissolvesse em mim como sempre fazia. Eu tinha que manter Tate em minha vida.

Ela vai esperar por mim.

E, quando peguei minha bolsa e saí, sabia que voltaria. Tinha que fazer isso, mas voltaria para buscá-la.

Eu nem precisei de um ano, também. Apenas seis meses.

Acontece que seis meses foi muito tempo.

— Maravilha — comentou Pasha, espiando pela janela de seu assento na primeira classe. — Entendo perfeitamente o que querem dizer com "estado de passagem" agora.

Ignorei seu desgosto pelo que quer que estivesse vendo lá fora e enfiei meu iPad na minha bagagem de mão, empurrando-a de volta para baixo do assento com o pé.

— Anime-se — suspirei. — Também temos carros, bebidas alcoólicas e cigarros em Shelburne Falls. Você se sentirá em casa.

Ela se recostou em seu assento e pude sentir sua pequena carranca dirigida ao banco à sua frente.

— Estou ansiosa por isso. — Sua voz gotejava sarcasmo. — Posso ficar bêbada esta noite, certo? — confirmou.

Sorri e fechei os olhos por causa do estalo em meus ouvidos enquanto descíamos.

— Enquanto você estiver colada ao meu lado, não dou a mínima para o que você faz.

Eu podia ouvir sua respiração curta e séria, e me perguntei — provavelmente tanto quanto ela — por que senti a necessidade de arrastá-la comigo.

— Isso é estranho — resmungou. — Você é estranho. Por que tenho que estar aqui?

— Porque eu te pago...

— Para isso — terminou. — Bem, algum dia, quando você quiser um rim, isso realmente vai custar caro, cara.

Lambi meus lábios, imaginando a mão invisível de alguém pressionando meu coração para desacelerar aquele filho da puta. Em um minuto, estaria de volta à minha cidade e, embora Tate não estivesse lá, me peguei nervoso. Ver minha casa, a casa dela ao lado, nossa antiga escola... e meu melhor amigo, que não estava falando comigo...

Jesus, eu era um vagabundo.

Virei a cabeça, ainda deitado no encosto de cabeça.

— Pasha? — murmurei baixinho. — O que você quer que eu diga? Que não consigo mastigar minha comida sem você hoje em dia? — Dei de ombros. — Prefiro ter você por perto e não precisar de você do que precisar de você e não te ter comigo.

Suas sobrancelhas escuras — a direita adornada com dois piercings — se uniram e ela me olhou como se tivesse crescido um chifre em mim. Tenho certeza de que ela sabia disso, mas certamente nunca admiti antes. Confiava muito nela, e era um arranjo perfeito, porque ela gostava de ser necessária. A negligência faz isso com as pessoas.

Por mais que gostasse do pai dela, ele era um pai tão bom quanto minha mãe quando eu era criança.

Pasha se virou bem, no entanto. Ela me trouxe de volta quando eu estava me afogando e tomou muitas decisões por mim quando eu não conseguia. Tirou-me da equipe de pit e mostrou-me as motos, conectou-me com patrocinadores e investidores e convenceu-me a comprar a loja. Nada disso aconteceu durante jantares de negócios calmos e razoáveis — estava mais para ela gritando comigo para tirar minha cabeça de dentro do buraco — mas, antes que percebesse, tinha tanta merda acontecendo que não havia tempo para pensar. Ela encheu minha vida de barulho quando o silêncio era muito perigoso.

Eu não apenas precisava dela, mas a queria por perto.

E agora ela sabia disso.

Ela provavelmente pediria outra droga de aumento.

Jax estava esperando do lado de fora do terminal, embora tivesse dito a ele que enviaria uma mensagem quando estivéssemos na esteira de malas.

Mas sorri de qualquer maneira no minuto em que o vi, mal notando Pasha passando por nós para sair para fumar um cigarro.

— Ei. — Passei um braço em volta do pescoço de Jax e o puxei, deixando cair minha mochila no chão.

— Ei — falou, apenas para eu ouvir. — Senti a sua falta.

Deixei meus olhos fecharem por um segundo, de repente sentindo o peso de quanto tempo estive longe dele. Mantivemos contato regular e, embora tenha ficado longe apenas para evitar uma pessoa em particular, Jax também sofreu o preço.

Eu era sangue do sangue dele. O único sangue que ele tinha.

Afastando-me, fiz um balanço de tudo o que não havia mudado. Seu cabelo preto, penteado para parecer que acabou de passar os dedos por ele, e seus olhos azuis do mesmo azul vibrante da última vez que o vi. Nenhuma cicatriz ou hematoma que eu pudesse ver, então sabia que ele estava se mantendo longe de problemas.

Não que Jax entrasse em brigas regularmente, mas o instinto me disse para conferir. Ele ainda vestia jeans e camisetas pretas, quase combinando comigo na minha camiseta. Neguei com a cabeça quando percebi que ele também estava me avaliando, e então ele finalmente relaxou, colocando um braço em volta dos ombros da namorada.

— Juliet. — Finalmente olhei, vendo-a deslizar a mão pela cintura dele.

Ela sorriu e depois me cumprimentou.

— É bom te ver.

Eu não tinha certeza se isso era verdade, mas realmente não me importava. Ela e eu nos dávamos bem, mas não éramos — e provavelmente nunca seríamos — melhores amigos. Eu tinha uma tolerância limitada a conversas fúteis, e ela parecia me considerar cada vez menos cordialmente. Provavelmente por causa de Tate.

Ainda no ensino médio, Juliet usava as iniciais da irmã, K.C. Quando ela começou a namorar meu irmão, há dois anos, recuperou seu nome de nascimento, e ainda demorou um pouco para me acostumar.

Peguei minha mochila e olhei para os dois.

— Ouvi dizer que devo dar os parabéns — disse a Juliet. — Ensinar na Costa Rica? Vocês dois estão prontos para isso?

Juliet tinha acabado de se formar como professora e, como Jax

ARDENTE

também havia vencido o relógio e terminado a faculdade mais cedo, os dois iriam para a América Central no outono. Jax me contou há algumas semanas que ela assinou um contrato de um ano, mas não conversei com Juliet sobre isso.

Ela se virou para olhar para ele, um sorriso conhecedor brincando em seus lábios, como se eles compartilhassem uma piada particular.

— Não existe aventura que seja grande demais — brincou, falando mais com ele do que comigo.

Limpei a garganta.

— Então, onde está nossa mãe?

Jax enfiou as mãos nos bolsos.

— Consulta médica.

— Está tudo bem?

— Sim. — Ele assentiu e se virou, começando a nos levar para fora do aeroporto. — Ela está perfeita. Quando você chega perto do fim, aparentemente tem que ir toda semana. Você deveria vê-la, cara. — Ele riu baixinho. — Ela faz compras como uma louca e toma sorvete depois de cada refeição, mas está feliz demais.

Eu o segui, vendo Pasha vindo em nossa direção, acabando de voltar.

— Por que diabos você não me contou que ela estava grávida? — Cutuquei Jax.

Eu sabia por que minha mãe escondeu isso de mim, mas Jax poderia ter me avisado.

Ele negou com a cabeça, sorrindo para mim.

— Cara, não é da minha conta falar que sua mãe está grávida. Desculpe. — Pelo seu tom divertido, percebi que ele não estava arrependido. — Além disso, ela realmente não queria que você descobrisse por telefone. É por isso que ela estava tentando trazer você para casa.

Uma pontada de culpa começou a me atingir de várias direções quando pensei em toda a merda que teria que resolver. Responder às perguntas da minha mãe, ao tratamento silencioso de Madoc e reencontrar meu irmão...

— Hum... oi. — Juliet se virou enquanto ainda estávamos andando, olhando para Pasha. — Você está com Jared?

Coloquei minha mochila no ombro, olhando para Juliet.

— Desculpe — disparei. — Gente, esta é Pasha. — Apontei meu queixo para a garota ao meu lado. — Pasha, este é meu irmão, Jax, e sua namorada, Juliet.

— Ei — Pasha disse, casualmente.

Juliet apertou a mão de Pasha rapidamente e depois se virou, parecendo confusa. Peguei seu olhar de soslaio para Jax.

— Olá, Pasha. — Jax deu-lhe um rápido aperto de mão e depois olhou para mim depressa antes de atravessar a passarela para o estacionamento. — Por que você não me disse que estava saindo com alguém, cara?

Soltei uma risada amarga, mas fui interrompido.

— Ai — Pasha reclamou, enquanto íamos para o estacionamento. — Você não contou a ele sobre nós, querido? — E massageou meus bíceps com suas unhas rosa-choque.

Revirei os olhos.

— Minha assistente, gente. — Joguei minha mochila no porta-malas do meu velho Mustang, agora carro de Jax. — Ela é apenas minha assistente. Só isso.

Jax balançou o dedo indicador entre nós ao caminhar para o lado do motorista.

— Então vocês dois não são…?

— Ecaaaa — Pasha resmungou, desgosto estampado em seu rosto.

— Então você não é hétero? — ele atirou de volta.

Eu bufei, tremendo de tanto rir e abrindo a porta do passageiro para as meninas.

Pasha colocou as mãos nos quadris.

— Como foi… o que…? — gaguejou, olhando para mim acusadoramente.

Levantei as mãos, fingindo inocência.

Jax estreitou os olhos sobre ela por cima do capô.

— Quando você pensa nas mulheres que não estão interessadas no meu irmão, praticamente só restam as lésbicas.

Pasha resmungou e subiu no banco de trás com Juliet. Bati a porta e fui para o lado do motorista.

Jax se endireitou, me vendo chegar.

— O carro agora é meu. — Ele sabia o que eu estava fazendo.

Eu o prendi com um olhar aguçado.

— E eu não vou de carona. Vou esperar você aceitar isso.

Após cerca de três segundos, ele percebeu que não iria vencer. Finalmente soltou um suspiro forte e andou até o lado do passageiro.

Subindo, liguei o motor e parei, lentamente voltando para o assento. O ronco antigo e familiar do motor me lembrou de muito tempo atrás. Na época em que eu era o rei de um pequeno lago. Quando pensei que sabia tudo.

ARDENTE

As longas viagens noturnas, minha música preenchendo o pequeno espaço, enquanto planejava minha vida em torno de Tate e como iria atormentá-la no único universo que importava.

Uma imagem dela passou pela minha mente, caminhando para a escola. Suas costas se endireitavam quando ouvia meu motor chegando, e eu passava por ela, vendo seu cabelo balançando ao vento no meu espelho retrovisor. Quase desejei que ela estivesse na cidade neste verão.

Eu daria quase tudo para fazê-la me sentir novamente.

Sem mencionar que ela virou meu melhor amigo contra mim. Ele não estava falando comigo e sabia que era por causa dela.

Apertei o cinto.

— Então vamos lá — chamei Jax. — Onde está Madoc?

Ele hesitou, falando suavemente:

— Por aí — comentou. — Ele dirige para o estágio de verão aqui na cidade, mas ainda está morando em Shelburne Falls.

— Que bom. — Assenti, lembrando que era sexta-feira à tarde. — Vou bater na casa dele antes de irmos para casa.

— Cara — Jax insistiu, enquanto eu saía da garagem. — Não acho que Madoc vai estar a fim de...

— Dane-se — soltei, entre dentes. — Já se passaram dois anos. Estou farto das besteiras dele.

CAPÍTULO TRÊS

TATE

As férias de verão não existiam mais quando você chegava à faculdade. Talvez você começasse a fazer um curso de verão, ou conseguisse um emprego no período, ou tivesse uma lista de leituras ou um crédito extra para adquirir, mas o tempo livre lentamente começava a diminuir e, antes que você percebesse, estava fazendo uma coisa que gostava por dia e quinze que odiava.

Bem-vinda à fase adulta, dizia meu pai.

Eu deveria estar grata. No geral, não foi tão ruim. As oportunidades eram abundantes em minha vida e qualquer outra pessoa seria gentil e agradecida. Minha educação garantiria meu futuro.

Eu conquistei. Seria médica algum dia. Talvez perto de casa. Talvez longe. Sem dúvida me casaria e teria filhos. A compra da casa e do carro viriam. As carteiras de ações para garantir uma aposentadoria confortável. Talvez tivesse uma casa alugada nas Bahamas. Eu riria das peças escolares dos meus filhos e os abraçaria quando eles estivessem com medo.

Se eu desse sorte, meus pacientes traria um sentimento de valor para minha vida. Eu ajudaria alguns e perderia outros. Estava preparada para isso. Consolaria muitos e choraria com alguns. Levaria tudo com calma e com a certeza de que fiz o meu melhor.

Minha vida profissional seria dedicada a curar doenças. Minha vida privada seria de ser a esposa e mãe obediente.

Pacientes e paciência.

E até dois anos atrás, estava animada com tudo isso.

Eu queria tudo isso.

— Aí está você. — Ben pegou minha mão, dando um beijo em minha bochecha. — Estavam te chamando há uns cinco minutos.

Eu sorri, colocando a mão em seu peito e me inclinando.

— Desculpe — sussurrei, beijando-o de novo, suavemente nos lábios desta vez. — Eu não poderia exatamente deixar cair a comadre, não é? — brinquei, recuando e colocando meus prontuários na enfermaria.

ARDENTE 35

Os cantos de seu lábio inferior se curvaram com o pensamento nojento.

— Bom ponto — concordou.

— Além disso — continuei —, sou uma mulher pela qual vale a pena esperar. Você sabe disso.

Ele ergueu o queixo e semicerrou os olhos azuis.

— Ainda estou decidindo — provocou.

— Ai. — Eu ri. — Talvez Jax estivesse certo, afinal.

Sua expressão se desfez, o humor desapareceu.

— O que aquele cara disse sobre mim agora? — resmungou.

Eu sorri, puxando minha camisa azul pela cabeça, deixando-me com minha regata branca.

— Ele disse que você é incrível — provoquei.

Ben levantou uma sobrancelha, sabendo a verdade.

Jax, irmão do meu ex-namorado, não gostava de ninguém que tentasse tomar o lugar do irmão na minha vida. Ainda bem que não precisava da aprovação dele.

Dei de ombros e continuei.

— Mas ele acha que sou demais para você aguentar.

Seus olhos se arregalaram e ele sorriu, aceitando o desafio. Deslizando a mão pela minha nuca, ele se aproximou e esmagou seus lábios nos meus.

O calor de seu corpo me envolveu e eu relaxei no beijo, saboreando a fome que sentia saindo dele.

Ele me queria.

Posso não estar precisando dele, mas ele me fazia sentir no controle, e eu definitivamente gostei disso.

Afastando-se, ele sorriu como se tivesse acabado de provar um ponto.

Lambi meus lábios, sentindo o gosto de seu chiclete de hortelã. Ben sempre teve um sabor que conseguia identificar. Menta ou canela nos lábios, colônia nas roupas, Paul Mitchell nos cabelos… e me ocorreu que realmente não sabia como ele cheirava sem tudo isso. As preferências de perfume mudavam com o tempo. O mesmo acontece com shampoos e balas para o hálito. Qual seria o cheiro dele no meu travesseiro? Mudaria ou seria sempre constante?

Ele apontou para o recipiente preto e o pacote de pauzinhos de madeira em cima do balcão.

— Eu trouxe o jantar para você. É sushi — ressaltou. — O salmão era para ser, tipo, um superalimento para o cérebro. — Ele acenou com a mão na nossa frente. — E você está ralando até tarde, então pensei que poderia usá-lo.

— Obrigada. — Tentei parecer animada, sabendo que o que importava era a intenção. Eu odiava sushi, porém ele não sabia disso. — Mas na verdade estou prestes a sair do trabalho. Achei que tinha te contado.

Ele estreitou os olhos, pensando, e então eles se arregalaram.

— Sim, você contou. — Ele soltou um suspiro e negou com a cabeça. — Desculpe. Sua agenda muda tanto que esqueci.

— Tudo bem. — Desfiz meu coque bagunçado, sentindo um alívio instantâneo quando os malditos grampos foram removidos. Quando não estava trabalhando no hospital... dando banhos de esponja e administrando Band-Aids... estava na biblioteca avançando na minha lista de leitura para as aulas de outono, ou no Loop, relaxando. Eu era uma garota difícil de definir ultimamente, mas Ben aceitava.

— Ainda posso comer — ofereci, sem querer ser indelicada. — E agora não preciso me preocupar com o jantar, viu? Você realmente é um salva-vidas.

Ele agarrou minha cintura e me puxou, beijando minha testa e nariz, sempre gentil.

Ben e eu estávamos saindo há cerca de seis semanas, embora a maior parte desse tempo tenha sido à distância. Durante as férias de primavera, estávamos ambos em casa e um dia perdi o controle do carro em uma estrada escorregadia e chuvosa.

E bati direto no carro dele. Que estava estacionado na calçada bem na frente dele e de todos os seus amigos. *Sim, ótimo momento.*

Mas eu entrei no jogo. Saí do carro latindo para ele sobre ser um péssimo motorista e que era melhor ele ter um bom seguro ou eu chamaria a polícia.

Todos riram e ele me convidou para sair.

Passamos algum tempo juntos, voltamos para a faculdade para terminar o semestre e nos reconectamos quando voltamos para casa nas férias de verão.

Como estudamos juntos no ensino médio e tivemos um encontro no último ano que terminou muito mal, foi divertido conversar depois de tanto tempo. Nós nos conhecemos e gostei do tempo que passamos juntos. Não era pisar fundo desde o primeiro dia. Ben era lento.

E calmo.

Era sempre quando *eu* estivesse pronta. Não quando *ele* estivesse pronto.

ARDENTE

E eu ainda não estava nem perto de estar pronta, então foi um alívio.

E a melhor parte? Ele não era intenso. Não ficava bravo ou rude. Não tinha problemas que me deixassem infeliz, e não precisava me preocupar se ele exerceria tanta influência sobre mim a ponto de eu tomar decisões com base nele.

Ele nunca me pressionou ou me desafiou, e eu gostei de dominar o relacionamento. Nunca tirei vantagem disso, mas sabia que era eu quem estava no controle. Era confortável, porém, mais do que isso, era fácil. Nunca me surpreendia com Ben.

Ele era seguro.

Havia terminado seu bacharelado em economia na UMass em maio e faria pós-graduação em Princeton no outono. Eu iria para Stanford para estudar medicina, então estávamos planejando mais tempo separados. Não tinha certeza se o relacionamento continuaria, mas agora estava contente em manter as coisas leves e fáceis.

Ele já havia sugerido que eu deveria me mudar para Nova Jersey com ele e me inscrever na faculdade de medicina lá ou em algum lugar pelo menos nas proximidades. Eu disse que não. Comprometi meus planos para a faculdade uma vez — por um bom motivo —, mas desta vez segui o plano. Aconteça o que acontecer, eu iria para a Califórnia.

— Você vai à minha corrida hoje à noite? — perguntei, suavemente.

— Não vou sempre? — respondeu, e eu sabia que houve um suspiro que ele conteve.

Ben odiava que eu corresse. Ele disse que odiava a multidão, mas eu sabia que era mais do que isso. Ele não queria que a garota com quem estava saindo competisse com os homens enquanto ele ficava sentado à margem.

Mas, mesmo gostando de Ben, também não desistiria do Loop.

Sabiamente, ele nunca me pediu para parar — apenas sugeriu — e eu esperava que ele pensasse que era algo que eu iria superar ou desistir quando fosse para Stanford.

Mas não pararia por nada nem ninguém. Não pararia até estar pronta.

Madoc reclamava da minha segurança, meu pai me repreendia sobre os custos do carro quando precisava de peças ou reparos, e pelo menos uma dúzia de idiotas fazia comentários sarcásticos quando eu entrava no carro todo fim de semana para correr contra eles.

Mas nada disso fez diferença. Essa é a beleza de conhecer sua própria mente. Ninguém lhe diz o que você pode ou não fazer. Quando você tiver certeza de algo, é realmente *muito* fácil.

— Encontro você na pista, então. — Circulei seu pescoço e me inclinei para um beijo, seus lábios gentis deixando um beijo leve nos meus. — Preciso tomar banho e me limpar depois de sair daqui.

Ele se inclinou, acariciando minha orelha.

— E depois da corrida, você é minha, certo?

Eu podia ouvir a brincadeira em sua voz, mas meu coração ainda disparou de qualquer maneira.

Minha.

Um arrepio percorreu meus braços e fechei os olhos, sentindo uma boca quente se mover pela minha bochecha e então sua respiração deslizar sobre meus lábios.

Quero sentir o que é meu. O que sempre foi meu.

O calor se espalhou pelo meu rosto e a necessidade tomou conta do meu estômago. Seus lábios roçaram os meus, nunca tomando, apenas provocando, e eu respirei fundo, a excitação queimando sob minha pele depois de tanto tempo.

Não foi Ben.

Não foi com seus lábios ou com sua respiração que sonhei.

Eu quero te tocar.

Fiquei na ponta dos pés, pressionando meu corpo contra o dele e puxando-o para perto. *Jared.*

E assim, derreti com a memória dele.

— *É tarde demais para implorar* — sussurrou Jared, sua mão passando pela parte de trás do meu cabelo, agarrando-o com força, e me prendendo contra a parede do armário do zelador. — *Isso é o que você ganha quando me fode no meio da aula.*

Fechei os olhos com força e me contorci quando ele empurrou a mão por dentro na parte da frente da minha calça jeans e mergulhou os dedos em mim, trazendo a umidade de volta para girar em torno do meu clitóris.

— Ai, Deus — choraminguei, minha respiração tremendo, e agarrei seus ombros. — Jared.

Ele se inclinou e pude sentir sua respiração quente em meus lábios.

— *Eu quero você nua, Tate* — ordenou. — *Tira tudo. Agora.*

ARDENTE

Encostei o nariz em seu pescoço, sentindo o cheiro da colônia exótica de Ben em vez do sabonete líquido amadeirado de Jared com aquele toque de especiarias que ainda lembrava.

Abaixei-me e soltei Ben.

Droga.

Por que a lembrança dele me deixou mais excitada do que qualquer outra pessoa poderia em carne e osso? Ben me tratava melhor. Seu comportamento fácil não era uma ameaça para mim. Não havia expectativas e a conversa era segura.

Mas velhos hábitos são difíceis de morrer.

Eu ansiava por palavras sujas e mãos ásperas, possessividade e tudo que não fosse o estilo de Ben. Sentia falta de ser o ar no corpo de alguém e de ser desejada como água.

Era perigoso, mas isso era amor jovem, e uma vez quase fui consumida por ele.

— Você está bem? — Ben perguntou, parecendo preocupado.

Dei a ele um sorriso casual.

— Estou bem — assegurei-lhe, inclinando-me para um beijo rápido. Talvez eu ainda não sentisse os fogos de artifício que queria com Ben, mas não havia pressa. Sem qualquer pressão.

Afastei-me para me despedir, mas ele me deu outro beijo rápido nos lábios antes de voltar pelo corredor, me deixando sorrindo com sua atitude tranquila.

Depois de desconectar do computador, corri até o vestiário para pegar minha mochila e as chaves, jogando minha camisa no cesto de roupa suja, o que me deixou com minha calça azul superestilosa combinando.

O vento estava forte e eu mal podia esperar para sair. Já podia sentir os arrepios de antecipação percorrendo meu corpo.

Enviei uma mensagem para Madoc, Fallon, Juliet e Jax, avisando-os que faltaria ao jantar para ajustar algumas últimas coisas no meu G8 antes da corrida desta noite. Eu os encontraria na pista.

Assim que passei pelas portas automáticas, comecei a correr e não pude evitar as risadas que escaparam. Tenho certeza de que pareci ridícula, rindo como uma criança.

Mas amava meu maldito carro. Era rápido, potente e todo meu.

Eu tinha meu Pontiac G8 desde o último ano do ensino médio e só admitia isso para mim mesma, mas ele possuía mais do meu coração do que Ben agora. Dirigir era como uma droga. Entre, sente-se, cale a boca e segure. Era o único momento na minha vida em que sentia que estava em movimento, mas também não precisava trabalhar para realizar nada. Eu estava indo a lugares, mas não chegando a lugar nenhum. Durante horas a fio, dirigia e ouvia música — perdida em minha própria cabeça — mas sempre parecia me encontrar também. Meu chuveiro costumava ser o único lugar para onde eu escapava. Agora era meu carro.

Deslizando para o banco do motorista, joguei minha mochila — carregada com alguns livros e uma muda de roupa — no banco do passageiro e coloquei o sushi que provavelmente daria a Madoc. Liguei o carro, abrindo as janelas e aumentando a música. *Click Click Boom*, de Saliva, saiu dos alto-falantes, vibrando em meu corpo, e inalei o ar doce do início da noite de verão. Passava um pouco das cinco, mas o sol ainda brilhava no céu e a brisa quente soprava pelas janelas, fazendo cócegas em meus cabelos.

Apertei as mãos ao redor do volante de couro, cruzando a rodovia de duas pistas bem acima do limite de velocidade e me sentindo muito mais viva ao volante do que em qualquer outro lugar. Essa era a única coisa que fazia com meu tempo e adorava.

Nem sempre foi assim. Há dois anos estava conectada a tudo, cada dia construía a base para um amanhã que mal podia esperar para saltar. Mas agora...

Agora não conseguia evitar o medo que surgia quando pensava no que aconteceria quando finalmente chegasse ao amanhã. Quando terminasse a faculdade, quando me tornasse médica, quando alcançasse o futuro pelo qual trabalhei... e então?

Por alguma razão, dirigir — correr — me manteve conectada. Conectada a uma época em que meu sangue corria quente sob minha pele e meu coração ansiava por mais vida.

Sempre mais.

Colocando meu braço para fora da janela, sorri para a rajada de vento que soprava contra ele, o ar fluindo entre meus dedos. Aumentando o volume, respirei fundo, meu estômago embrulhando com o aumento da velocidade. Adorava aquelas borboletas.

Voltei para casa rapidamente, embora a última coisa que quisesse fosse sair do carro. Mas lembrei-me que o vento estaria à minha espera mais tarde esta noite e que tudo ficaria bem quando eu estivesse na pista.

ARDENTE

Eu tinha muito trabalho a fazer antes de sair, então estacionei o carro na lateral da casa de Madoc e peguei meu telefone do banco, sentindo-o instantaneamente vibrar em minha mão.

Olhando para baixo, vi o nome de Juliet.

— Ei — respondi. — Recebeu minha mensagem?

— Recebeu a minha? — explodiu, parecendo agitada.

Estreitei os olhos em confusão enquanto saía do carro.

— Não, mas vi você ligar. — Coloquei a mochila no ombro e bati a porta. — Acabei de sair do trabalho, então ainda não verifiquei minhas mensagens. E aí?

Contornei a escada de pedra, subindo os degraus até minha entrada privativa. Jared e eu tínhamos um quarto aqui, e eu ainda o usava de vez em quando. Madoc e Fallon eram como uma família, e precisava de um lugar para onde fugir enquanto todo o andar de baixo da minha casa estava sendo repintado.

— Onde você está? — ela perguntou, e pude ouvir sua respiração animada.

— Acabei de chegar em casa. — Abri a porta e coloquei minha mochila lá dentro, trocando o telefone para o outro ouvido.

— Na casa do Madoc? — indagou, apressada.

Quase ri da urgência dela.

— Tudo bem, cospe logo. Algo está errado? Katherine entrou em trabalho de parto ou algo assim?

— Não — respondeu. — Eu... Eu só preciso que você pare e me escute, ok?

Eu gemi.

— Por favor, me diga que Jax não invadiu o Facebook de Ben e o inundou com pornografia gay de novo — pedi, tirando os sapatos e caminhando em direção ao banheiro particular.

— Não, Jax não fez nada — ela respondeu, mas continuou: — Bem, ele meio que fez. Todos nós fizemos. Eu deveria ter te contado e sinto muito — divagou —, mas eu não sabia que ele estava indo direto para a casa de Madoc e não queria que você fosse emboscada, então...

— O que está acontecendo?! — gritei, abrindo a porta do banheiro.

— Jared está na casa de Madoc! — ela finalmente gritou.

Mas era tarde demais.

Eu já tinha parado.

Um nó esticou minha garganta enquanto eu estava lá, fixando meus olhos nos olhos escuros dele me encarando através do espelho do banheiro, seu aviso chegando um segundo tarde demais.

Jared.

— Tate, você me ouviu? — ela gritou, mas não consegui responder.

Apertei o punho em volta da maçaneta e cerrei os dentes com tanta força que meu maxilar doeu.

Ele ficou em frente ao espelho, de costas para mim, e cada músculo de seus braços e torso nus estava tenso como uma haste de aço enquanto ele se inclinava sobre as mãos e me segurava com um olhar duro.

Ele não pareceu surpreso em me ver. E definitivamente não parecia feliz.

Inspirei respirações curtas e superficiais. O que diabos ele estava fazendo aqui?

— Tate! — Ouvi alguém gritar, mas tudo que pude fazer foi observá-lo se endireitar e pegar o relógio do balcão, prendendo-o no pulso e sustentando meu olhar o tempo todo.

Tão calmo. Tão frio.

Era como uma navalha cortando meu coração enquanto eu resistia à necessidade de apressá-lo. Talvez para bater nele ou para transar com ele, mas fosse o que fosse, eu iria machucá-lo. Cimentei todos os músculos do meu corpo para me manter sob controle.

Ele usava calças pretas justas que caíam na cintura, seus pés e torso estavam nus e seu cabelo estava um caos, como se ele tivesse acabado de secá-lo com uma toalha.

Nossa árvore de infância preenchia suas costas com uma impressionante tatuagem preta, e olhei por cima de seus ombros e braços, notando algumas novas.

Meu estômago tremeu e contraí meu abdômen para resistir.

Já fazia tanto tempo.

Suas roupas pretas, seu humor sombrio, seus olhos quase negros... Meu coração batia forte como um tambor e cerrei os dentes, sentindo meu núcleo apertar.

Ele parecia exatamente como era no ensino médio. Qualquer vestígio de seus dias de ROTC na faculdade se foi. Ele estava um pouco mais musculoso, com mais ângulo no queixo, mas era como há quatro anos, tudo de novo.

Levantei meu queixo, vendo-o pegar o cinto do balcão e se virar, caminhando em minha direção.

ARDENTE

— Tate? — Juliet pressionou, em meu ouvido. — Tate, você me ouviu? Olá?

Ele se aproximou de mim lentamente, passando o cinto pelas presilhas, e meu peito estava em chamas. Meu coração não poderia bater mais rápido, e endureci meus olhos e expressão quando ele parou alguns centímetros à minha frente e pairou.

— Tate! — Juliet gritou. — Eu disse que Jared está na casa de Madoc!

E o canto dos lábios de Jared se curvou em um sorriso, me dizendo que ele ouviu seu aviso inútil.

— Sim — respondi, limpando a garganta e olhando para ele. — Obrigada pelo aviso — eu disse a ela.

Afastei o telefone do ouvido e cliquei para encerrar a chamada.

Seus braços trabalharam, apertando o cinto, mas ele não quebrou o contato visual. Nem eu. Isso era natural para Jared. Cerque, faça-me encolher em sua sombra, ameace apenas com sua presença... mas era tudo em vão.

Porque isso era o quão bem me conhecia agora. Ninguém me dominava. Mantive minha voz calma, tentando parecer entediada.

— Há cerca de vinte outros quartos nesta casa — apontei. — Encontre um.

Seus olhos passaram de ameaçadores a divertidos, e foi exatamente o mesmo olhar que recebi no refeitório no primeiro dia do último ano do ensino médio, quando decidi revidar. Jared sempre teve pressa em me desafiar.

— Sabe — começou, alcançando atrás da porta do banheiro e tirando uma camiseta branca. — Senti seu cheiro assim que entrei no quarto. Estava por toda parte — sua voz aveludada causou arrepios em minha pele enquanto ele continuava — e pensei que talvez fossem apenas sobras do nosso tempo aqui, mas então notei todas as suas coisas. — Ele apontou para os produtos de beleza no balcão do banheiro e depois enfiou os braços nas mangas curtas e puxou a camisa pela cabeça.

Então ele veio aqui sem saber que me encontraria. Pelo menos não estava planejando nada então.

Ele deu um tapinha no bolso da calça e inclinou a cabeça, sorrindo.

— Espero que não se importe, mas peguei emprestados alguns de seus preservativos.

Minha mão doeu de repente e percebi que estava apertando a maçaneta o tempo todo. Eu não sabia se estava com raiva por ele estar se referindo à minha vida sexual ou insinuando planos sobre a sua, mas o idiota não havia mudado. Ele estava esperando minha reação.

As camisinhas eram sobras de um ano e meio atrás, da última vez que fiz sexo. Elas provavelmente já expiraram de qualquer maneira.

— Claro. — Estampei um sorriso tenso no rosto. — Agora, se você não se importa... — Saí da porta, agitando meu braço e convidando-o a dar o fora.

Um milhão de perguntas passaram pela minha cabeça. Por que ele estava aqui? Nesta casa? No meu quarto? Onde estava sua pequena comitiva com quem o vi na TV e no YouTube quando cedi em noites solitárias e pesquisei sobre ele no Google?

Mas então me lembrei de que Jared Trent não fazia mais parte da minha vida. Eu não precisava me preocupar com ele.

Ele passou por mim, roçando meu braço, e comecei a respirar pela boca, porque o cheiro de seu sabonete líquido mexeu com meus nervos. Com minhas memórias e uma época em que eu era completamente dele.

Eu não poderia ficar aqui com ele. Não neste quarto.

Nunca deixei Ben passar a noite quando eu dormia aqui, e ninguém sabia, mas a foto de Jared e da minha volta para casa ainda estava na moldura, escondida na gaveta da cômoda. Junto com minha pulseira com pingentes que ele me deu no último ano. Eu queria que ele saísse da minha casa, mas não fosse embora. Ainda não.

Este quarto desempenhou um papel crucial no início do nosso relacionamento. Foi o primeiro espaço, longe dos nossos pais, que foi nosso — onde podíamos fazer o que quiséssemos e agir da forma que escolhêssemos. Acordar um ao lado do outro, tomar banho juntos, fazer amor sem medo de quem nos ouviria, ficar acordados a noite toda conversando ou assistindo filmes... Quer fosse a cama, o chão, o chuveiro, a parede ou a porra do balcão do banheiro, cada superfície tinha uma memória dele ligada a ela.

Eu ainda não conseguia encarar o fato de que adorava estar aqui e, além do mais, não conseguia encarar o fato de nunca ter deixado Ben — ou qualquer outra pessoa — ficar aqui.

Mas isso não importava. Era o meu quarto e não precisava explicar nada.

Cruzei os braços sobre o peito e observei-o prender a corrente da carteira nas calças e enfiá-la no bolso. Olhei e vi sua mochila na cama, algumas roupas — todas pretas, cinza ou brancas — espalhadas.

— Certifique-se de levar tudo com você quando sair — ordenei, tirando as meias e jogando-as no cesto ao lado da porta. — Este quarto é meu agora.

ARDENTE

— Com certeza — ele disse suavemente, e então terminou com uma voz dura: — Tatum.

Endireitei-me, sentindo de repente a primeira faísca de excitação sob minha pele — fora das corridas, pelo menos — em muito tempo. Eu odiava ser chamada de "Tatum" e ele sabia disso.

Estávamos lá novamente.

Olhei para ele, inclinando minha boca em um sorriso.

— Tatum? — repeti. — Essas são táticas com as quais você chega em casa armado? — perguntei.

Ele virou a cabeça, olhando-me por cima do ombro com uma expressão severa.

Eu ri.

— Os jogadores podem ser os mesmos, Jared — comecei, desamarrando minhas calças e deixando-as cair pela minha perna —, mas o jogo mudou — avisei.

Seus profundos olhos castanhos brilharam levemente enquanto seu olhar varria as longas pernas que ele costumava amar e voltava para minha calcinha branca rendada.

Virei-me para entrar no banheiro, mas parei para olhá-lo por cima do ombro.

— Isso não é o ensino médio — atestei, olhando para ele de brincadeira. — Você está bem longe dos seus domínios.

E então bati a porta do banheiro, cortando sua visão.

CAPÍTULO QUATRO

JARED

Eu fui enganado.

É claro que a gravidez da minha mãe me forçou a voltar para casa, mas eu deveria ter sido avisado em vez de ela mentir para mim.

Tate não estava na porra da Itália.

Ela estava hospedada com Madoc e Fallon, o que Jax deveria ter me contado quando insisti em vir aqui primeiro.

Mas não, ele me deixou subir para tomar banho enquanto esperávamos Madoc chegar em casa; assim que abri a maldita porta daquele quarto, o cheiro dela me atingiu como um tranquilizante de dez toneladas. Fiquei quase tonto.

Mas então me lembrei...

Não. Ela não estava aqui. Estava fora do país. A cama estava arrumada. O quarto estava impecável. Não havia ninguém hospedado aqui.

Coloquei a mochila no chão e comecei a me despir para entrar no chuveiro, mas então percebi que alguém estava dormindo neste quarto.

Os mesmos produtos que Tate costumava usar no cabelo e no rosto estavam pendurados na parte de trás da bancada da pia, e então vi sua escova, entupida com seu cabelo loiro.

E foi aí que eu soube.

Meus olhos se fecharam e eu congelei.

Tate estava em casa.

Ela estava em casa, hospedada com Madoc e Fallon, e imediatamente quis vê-la.

Ela estava bem? Estava feliz? Como ficaria o rosto dela quando me visse novamente?

Depois de tanto tempo, só queria vê-la.

Até que notei os preservativos.

Ela tinha uma pequena caixa em sua bolsa de maquiagem, e eles certamente não eram nossos. Depois que ela começou a tomar anticoncepcionais no ensino médio, paramos de usá-los.

Afastei-me da pia e quase arranquei o resto das minhas roupas, mergulhando no chuveiro antes de quebrar tudo e qualquer coisa no banheiro.

Eu a odiava. Eu queria odiá-la. Por que ainda a queria?

Porra!

Mantive a cabeça sob a água quente por um longo tempo, a forte cascata de calor abafando meus pensamentos enquanto lentamente voltava para terra firme.

Os preservativos eram um gatilho — um lembrete — de que ela estava fazendo sexo com outra pessoa.

Eu sabia disso e ela estava livre para transar. Não estávamos juntos e eu não deveria ficar chateado. Ela nunca me julgou por toda garota que comi antes de namorarmos, e a vida dela não era da minha conta. Eu não deveria estar bravo.

Mas isso não me impediu. A razão nunca me impediu de tentar mantê-la em minha órbita. Depois que saí do banho, esvaziei a caixa no vaso sanitário e dei descarga, e quem quer que ela estivesse transando poderia ir se foder.

E isso foi ainda mais verdadeiro no segundo em que ouvi a sua voz vindo do quarto quando ela chegou. Pela conversa unilateral, percebi que estava ao telefone e me inclinei, apoiando-me na bancada, sabendo que ela estava prestes a entrar a qualquer momento. E então levantei a cabeça, ela abriu a porta e…

E eu a segurei em um transe.

Tudo voltou como uma avalanche. Cada suspiro, cada beijo, cada sorriso, cada lágrima, tudo nela era meu.

Seus tempestuosos olhos azuis, que me cativam desde os dez anos de idade; a forte subida e descida de seu peito, que eu segurei junto ao meu tantas vezes; e as dez emoções diferentes que passaram por seu rosto, cada uma delas dirigida a mim em algum momento ou outro durante o ensino médio. Todos elas me atingiram de uma vez.

Eu ainda a amava.

Meu pulso acelerou e podia sentir isso por todo o meu corpo.

Mas então ela me surpreendeu. Minha natureza era desafiá-la como sempre fiz, e as palavras saíram da minha boca sem pensar. Mas ela não se envolveu. Ela não reagiu.

Eu estava acostumado com a acidez de Tate. Ela era uma gata selvagem que empurrava quando você empurrava, mas essa Tate estava em um nível diferente. Ela era condescendente e quase fria. Eu não conhecia esse jogo.

Saí do quarto, desci as escadas e saí pela porta da frente, tentando tirá-la da minha mente. Ela não era a razão pela qual estava em casa, afinal.

Minha mãe. Minha irmã por nascer. Meus amigos.

Fui para a garagem, vendo o GTO de Madoc finalmente parado lá.

A casa tinha quatro garagens para dois carros, então fui para a aberta e parei na entrada, cruzando os braços sobre o peito e olhando para o meu melhor amigo.

— Você nem me procura quando chega em casa? — provoquei, vendo-o fazer uma pausa e empurrando uma caixa para uma prateleira.

Virando-se, ele encontrou meus olhos com os seus azuis irritados e arqueou uma sobrancelha.

— Sim, é bem assim, não é? — Seu tom entediado meio que me deixou nervoso. — Todo mundo tem que dar o primeiro passo com você?

Entrando na garagem, mantive meu olhar nele. Madoc não era apenas meu amigo. Ele era minha família e não importava o que passamos, isso nunca mudaria. Raiva, problemas, diferenças e até mesmo a distância e o tempo não tirariam meu melhor amigo de mim. Eu não permitiria isso.

— Eu dei o primeiro passo — apontei. — E o segundo e o terceiro. Quantas vezes eu liguei para você, mandei mensagens de texto, mandei e-mails... quem diabos ainda manda e-mails? Mas eu mandei. — Aproximei-me mais, abaixando a voz. — *Você* nunca quis falar comigo. Por quê?

Ele cruzou os braços sobre o peito coberto com uma camiseta branca e abaixou o queixo, parecendo estar procurando por palavras. Suas sobrancelhas loiras se aprofundaram e fiquei chocado com o quão diferente ele parecia.

Madoc nunca calava a boca. Ele poderia vomitar história após história e discutir qualquer ponto num piscar de olhos, mas agora...

Neguei com a cabeça. Ele estava realmente sem palavras.

Ou havia coisas que ele claramente não sabia como dizer.

Ouvi passos atrás de mim e virei a cabeça para ver Jax entrando lentamente na garagem. Ele ficou para trás e permaneceu quieto, como se estivesse esperando para ver o que aconteceria.

Virei a cabeça para trás, estreitando os olhos para Madoc.

— O que diabos está rolando?

Os olhos de Madoc se voltaram para Jax e então ele olhou para mim, soltando um suspiro.

Ok, dane-se isso.

Encarei-o.

ARDENTE

49

— Você se lembra de quando Fallon apareceu depois do ensino médio e te abandonou? Você foi para Notre Dame e afastou todo mundo. Nenhuma ligação. Nenhum contato. Desapareceu. Tivemos que te rastrear. Você era nosso amigo e não te deixaríamos ir embora. Agora eu fui embora e você nem demonstra a mesma preocupação comigo? — Mostrei meus dentes. — Que porra está acontecendo com você?

Madoc passou a mão pelo cabelo e balançou a cabeça, negando. Finalmente, enfiando a mão no bolso, ele tirou as chaves.

— Jax e eu queremos te mostrar uma coisa.

Por mais que odiasse ser o carona em vez de dirigir, decidi que era melhor não desafiar Madoc para ficar com seu próprio carro naquele momento. Como Jax ainda dirigia o meu antigo, eu poderia pressioná-lo, mas Madoc e eu não estávamos em nosso antigo nível de conforto... ainda.

Ele saiu em alta velocidade de sua luxuosa comunidade de casas de classe alta e desceu a estrada tranquila, a última luz do dia ainda brilhando através das árvores em ambos os lados da estrada. Jax estava sentado no banco de trás, mexendo no telefone ao lado de Pasha, que insistiu em vir — porque estava entediada — e Madoc ainda não estava falando comigo. *You Stupid Girl*, de Framing Hanley, tocava no aparelho de som, e eu ainda estava cerrando os punhos por causa do zumbido que percorria meu corpo depois de ver Tate.

Quando entramos na parte mais populosa da cidade e Madoc começou a navegar pelas ruas residenciais, descobri para onde estávamos indo. Passamos pela nossa antiga escola e pela mesma rua que levava onde eu costumava observar Tate indo e voltando da escola todos os dias. A mesma esquina onde eu costumava pegar o caminhão de sorvete com ela quando éramos mais jovens.

E então viramos na Alameda Fall Away, e Madoc parou em frente à minha antiga casa, que agora pertencia a Jax.

Esfreguei as palmas das mãos suadas nas calças, rezando demais para que isso estivesse indo para algum lugar bom, em vez de ruim.

Mas bastou apenas uma olhada pela janela para perceber.

Tentei falar, mas meu peito apertou e minhas palavras saíram sem fôlego.

— O que diabos aconteceu?

Sem esperar que eles respondessem, saí do carro e subi a ladeira até o espaço entre nossas casas. Quanto mais perto eu chegava, menos queria encarar isso.

Dois cabos enrolados em dois galhos em ambos os lados da minha árvore e de Tate iam até o chão, prendendo o pesado bordo no lugar. E no tronco, o que parecia ser uma espécie de suporte de aço cortado na casca por cima e por baixo de um corte de quase 60 centímetros na largura da árvore. Passei a mão pelo cabelo, parando no meio do movimento ao observar a visão e tentar entender o que poderia ter causado isso.

— Tate. — Ouvi a voz rouca de Madoc atrás de mim.

Mas mal o ouvi. Aproximei-me da árvore, passando a mão pelo tronco irregular até o corte raso, deixando meus dedos mergulharem no corte.

E então a casca atingiu minha pele quando fechei o punho.

— Ela não faria isso. — Engoli o tremor na minha garganta.

Esta árvore éramos nós. Ela *nunca* faria isso. Ela nunca tentaria cortá-la!

— Depois que você foi embora, ela ficou fria — começou, e o senti se aproximar. — Ela não falava sobre você. Não voltava para casa nos fins de semana... — Ele parou e desejei não ter que ouvir isso. — Eu a deixei ter seu tempo — ele continuou. — Lembrei-me de como me senti quando perdi Fallon. Perder o primeiro amor é a pior dor que existe.

Exceto que Tate nunca me perdeu. Eu estava voltando por ela.

— Cheguei em casa um dia de setembro depois que você foi embora — Jax interviu. — E os trabalhadores estavam derrubando a árvore.

Não. Fechei os olhos.

Ele continuou:

— Mas, quando eles cortaram, ela os impediu. Ela não conseguiu prosseguir.

— Acho que ela sabia que você nunca a teria perdoado — acrescentou Madoc. — E ela nunca teria se perdoado depois de voltar a pensar com a cabeça.

Mordi o interior da boca para abafar a respiração instável. E então abri os olhos, percebendo o dano e quase a odiando naquele momento.

Como ela poderia?

— Eu entendi a princípio — Madoc me disse. — Estive com você o tempo todo, cara. Sabia o que você precisava fazer.

Finalmente me virei e encontrei seus olhos. Ele e Jax ficaram para trás,

ARDENTE

enquanto Pasha se sentou na grama com seu saco de balas Sour Punch Bites, brincando em seu telefone.

Madoc continuou:

— Mas então ela ficou distante... continuou se afastando... e foi como se lentamente a família estivesse se desintegrando. Todos nós. Ela não era Tate sem você, e sem vocês dois, o resto de nós teve que lutar para manter tudo unido. Para nos sentirmos normais.

Deixei cair a cabeça para trás, olhando para as folhas verdes brilhantes tremulando com a brisa do início da noite. Além do corte, a árvore parecia saudável. Estava reparando, graças a Deus.

— Depois de um tempo — Madoc continuou — e de muita persuasão minha, ela começou a mudar de ideia. Começou a encontrar o lugar dela sem você. Acho que ela se sentia como outra vela o tempo todo.

— Eu não poderia estar ao seu lado e ao lado dela, Jared — explicou Madoc. — Eu não quero entrar nisso. É assunto de Tate, mas tive que escolher e não vou me desculpar por isso. Ela precisava mais de mim.

Embora tenha tido muita dificuldade em entender por que ele não poderia ser amigo de Tate e meu amigo ao mesmo tempo, fiquei feliz porque, quando teve que escolher, ele a escolheu.

Tate me excluiu, me expulsou e não respondia mensagens de texto ou ligações. Mas então percebi que não era só comigo. Ela deve ter ficado diferente com todo mundo.

— Tem mais — Jax disse, hesitante.

Soltei uma risada sem humor, negando com a cabeça. *O que é agora?*

Eles começaram a voltar de onde viemos.

— Dê uma olhada no jardim — indicou Madoc, gesticulando na direção da casa de Tate.

Não precisei caminhar muito. Quando vi a placa de À VENDA do outro lado da garagem, a dor que a história de Madoc havia criado em meu estômago se transformou em raiva total em minha cabeça.

— O que está acontecendo? — rosnei, olhando para o alto poste de madeira branco plantado na grama que prendia a placa de À VENDA à vista de qualquer um que passasse.

A casa dela seria vendida? Meus olhos mudaram de um lado para o outro, a enxurrada de pensamentos mantendo meus pés plantados no mesmo lugar.

Jax deu um passo à frente.

— Tate vai para Stanford no outono. O pai dela passa a maior parte do tempo no exterior — explicou ele e depois se aproximou de mim. — Na semana passada, ele decidiu vender, já que os dois raramente ficam em casa. Ele vai comprar uma casa mais perto do trabalho quando estiver no país.

— E Tate concordou com isso?

— Ela não teve escolha — interveio Madoc. — James não a deixou gastar sua herança na compra da casa. Ela precisa disso para a faculdade de medicina.

Agachei-me, passando a mão pelo cabelo. Inspirei e expirei, tentando manter a calma, mas essa merda estava virando meu mundo de cabeça para baixo. A frieza de Tate, a árvore, a casa...

O que eu pensei que iria acontecer, afinal? Que ela ficaria nesta casa para sempre? Eu sabia que essa merda mudaria e teria que aceitar isso. Tate se afastou de mim e sua vida estava como deveria ser. Ela estava avançando e no caminho certo.

Mas, enquanto meus pulmões se enchiam e se esvaziavam, desejei que os nós em meu estômago ouvissem o que meu cérebro estava tentando transmitir.

Tatum Brandt não é mais sua.

Mas então meus punhos se apertaram e olhei para a casa dela.

E então para a nossa árvore.

E então para a minha casa.

E não pude aceitar aquilo.

Mesmo depois de tudo de bom na minha vida — meus negócios, minha carreira e como cresci —, eu estava satisfeito, mas não muito feliz.

Eu ainda a amava. Eu só queria tê-la.

— Já existe alguma oferta? — perguntei, sem encontrar os olhos de ninguém.

— Eles receberam duas — Madoc revelou.

Claro. Ninguém poderia recusar uma casa clássica como esta. As ofertas viriam rapidamente e seriam muitas.

— James rejeitou ambas, porém — continuou. — Ele não parece estar com muita pressa para vender. É por isso que Tate vai ficar na minha casa por alguns dias. Eles estão fazendo alguns retoques internos para novos compradores.

Passei a mão pelo cabelo novamente, ignorando o fato de que Pasha agora tinha toda a atenção focada em mim, me olhando com os olhos arregalados e comendo seu doce. Houve apenas uma vez em que me viu com muita raiva, então ela provavelmente estava gostando muito desse show.

ARDENTE

Olhei para a casa de Tate. Um tom perfeito de branco com alguns detalhes em verde de verão. Uma varanda grande e linda. Seu gramado bem cuidado se espalhando por uma pequena colina. Lembro-me de adorar ver as luzes brilhando lá dentro nas noites frias de inverno quando estacionava na minha garagem.

E meus malditos olhos começaram a arder e tive que desviar o olhar.

O quintal onde fizemos amor pela primeira vez. As janelas dos nossos quartos voltadas uma para a outra. A árvore que nos conectou.

Mostrei os dentes, inspirando profundamente. Pensei que nada iria mudar.

— Jared. — Madoc pigarreou. — Acabamos de lhe dizer que sua garota tentou derrubar sua árvore. Aquela que você tatuou nas costas. — Sua voz dura ficou mais alta. — Que a casa onde ela mora desde que você a conhece está à venda.

— Ela não é minha garota — lati.

— Ela também não é de mais ninguém! — Madoc revidou. — Tatum Brandt ama uma pessoa. Você. Ela sempre amará você. — Seu rosnado ameaçador foi quase um sussurro. — Ela respira por você, não importa o quanto negue ou tente esconder.

Eu queria acreditar que isso era verdade. Enterrada dentro desta nova e fria Tate estava a garota que ainda era dona do meu coração.

Levantando-me, deslizei a mão no bolso, meus dedos fechando o círculo familiar de argila que continha sua impressão digital. Depois de todo esse tempo, ainda precisava do pequeno fóssil de impressão digital que ela fez quando criança. Eu não poderia viver um dia sem ela.

— Você deveria ter voltado para buscá-la há muito tempo — repreendeu Madoc.

— Eu voltei — rosnei, atacando Madoc. — Seis meses depois de sair, voltei e ela estava com outra pessoa!

Recuei um pouco, minha mão flácida liberando o fóssil e caindo ao meu lado enquanto olhava para sua expressão chocada.

Balancei a cabeça, sem fôlego, quando ele permaneceu sem palavras.

— Sim, eu voltei e já era tarde demais, ok?

Jax sabia, mas Madoc e eu não estávamos nos falando e, pelo que parece, meu irmão não contou a ele.

Eu ainda podia sentir tudo como se fosse ontem.

Fiquei na janela do meu antigo quarto, atordoado e com raiva. Congelado e duro.

Reconhecia vagamente o cara. Gavin alguma coisa. Ele pertencia a um de seus grupos de estudo na Northwestern; eu o conheci há um ano. Cerrei os punhos. Quanto tempo ela esperou depois que eu parti?

Tate estava em seu quarto, os braços em volta do pescoço dele, que a segurava perto, dançando lentamente com ela. Ele a beijou e meu estômago deu um nó.

O cabelo loiro dele — combinando com o dela — era cortado curto, e ela riu quando ele a abraçou e girou.

Seis meses. Ela não pôde nem esperar seis malditos meses.

Eu esperei. Não tinha fodido ninguém. Nada além da minha mão — um perdedor patético ainda ansiando por ela e acreditando que ela esperaria. Mantendo esperança de que eu pudesse recuperá-la.

Meu peito desabou e foquei mais neles, odiando que ela risse, odiando que ele dançasse com ela e odiando que ela tenha seguido em frente.

Eu ainda a amava. Nada daquilo desapareceu para mim.

Caí na janela, minhas mãos agarrando a moldura ao vê-lo beijar seu pescoço. As mãos dele estavam sobre ela e ela estava sorrindo.

Por que ela estava sorrindo? Ela não poderia querê-lo.

Ele caiu na cama, levando-a consigo. Ela montou em sua cintura e eu recuei, esticando minha perna e chutando o vidro, ouvindo-o quebrar, mas não fiquei para avaliar os danos.

Deixe-a seguir em frente, se é isso que ela quer.

Eu também seguirei, e tudo terá terminado.

Saí de casa, entrei no carro e voltei para o hotel em Chicago, onde minha equipe estava correndo.

Vou esquecê-la.

Tentei esquecê-la.

Mas não esqueci.

Eu não sabia quando ela começou a sair com aquele cara, mas sabia de uma coisa. Ela estava de volta ao jogo antes de mim.

— Gavin — lembrou Madoc. — Ela tentou seguir em frente depois que você foi embora. Eles namoraram por alguns meses, mas depois ela terminou. — Ele me olhou bem nos olhos, mas não queria detalhes.

— Eu não me importo — mantive o posicionamento. Não queria saber o nome dele ou o nome de qualquer outra pessoa com quem ela estava saindo.

Mas Madoc seguiu em frente.

— Ela tem estado solteira há mais de um ano, Jared — ressaltou. — Ela não superou você, então terminou as coisas com ele quando percebeu que tentou voltar a se relacionar com alguém rápido demais. Ela demorou muito para se curar, mas precisava tentar seguir em frente com sua vida. — Ele olhou para Jax e depois para mim. — Ela só recentemente começou a sair com alguém de novo — disse ele, calmo.

Lancei um olhar irritado para ele, mas mantive minha voz baixa.

— Quem?

— Ela começou a sair com Ben Jamison nas férias de primavera.

Jesus. Ben Jamison?

— Até onde eu sei — continuou Madoc —, eles estão indo devagar. Ainda não é sério.

Percebi Pasha olhando, sem piscar, para o espetáculo diante dela.

— O que você está olhando? — rosnei.

Ela colocou uma bala de goma na boca.

— Isso é melhor do que TV.

Cruzei os braços sobre o peito, forçando minha respiração a se acalmar enquanto abaixava a cabeça.

— Se ela o quer — declarei para Madoc e Jax, em um tom calmo —, então deixe-a ficar com ele.

Madoc soltou uma risada amarga.

— Tire suas calças.

Levantei a cabeça.

— Por quê?

— Porque eu quero ver como é um homem com uma boceta.

Filho da... Fui direto para o espaço de Madoc, ficando peito a peito e olhando para ele.

Ele recuou um passo, mas permaneceu firme, parecendo querer abrir um buraco na minha cabeça com os olhos.

Jax se interpôs entre nós, me empurrando para trás enquanto eu sustentava o olhar de Madoc.

— Pasha? — Jax ficou na minha frente, com os braços cruzados sobre o peito e olhando nos meus olhos ao falar com minha assistente. — Meu irmão dirige com um amuleto pendurado no espelho retrovisor? — perguntou. — Tem uma impressão digital.

Abaixei meu olhar para Jax.

— Sim — ela respondeu. — E fica em volta do pescoço quando ele está de moto.

Jax continuou, seu sorriso presunçoso me irritando.

— Ele evita loiras como se fossem uma doença contagiosa?

Engoli em seco, ouvindo o bufo de Pasha.

— Não aguenta chegar perto, na verdade — ela respondeu.

Jax continuou, segurando meus olhos:

— Ele tem uma obsessão quase doentia por Seether? Especificamente, as músicas *Remedy* e *Broken*?

— Devo garantir de que elas estejam em todas as playlists — respondeu, repetindo minhas instruções para ela.

Maldição.

Jax baixou o queixo, olhando-me desafiadoramente.

— Agora, podemos passar semanas indo e voltando. Você a quer. Você a odeia. Um dia, você não pode viver sem ela. No outro, você não a suporta. E estaremos todos prontos para nos estrangular enquanto vocês dois ficam nesse vai e volta, mas deixe-me perguntar uma coisa. — Ele ergueu as sobrancelhas com expectativa. — O que você faria se Tate estivesse no quarto dela agora, enrolada na cama e vestindo apenas um lençol? Onde você gostaria de estar?

Minha expressão se desfez, mas meu corpo inundou-se de calor com a ideia de seu corpo quente enrolado entre os lençóis.

Ele respirou fundo, sabendo que tinha acertado em cheio.

— Queremos tudo como estava — disse ele, com firmeza. — E você também.

Neguei com a cabeça e me virei, para longe dos olhos deles.

Sim, eu ainda estava ligado a ela. E daí?

Estava feliz com minha vida.

Muito feliz, de qualquer maneira.

Eu era o homem que pretendia ser para ela quando parti. Com um trabalho que adorava, pude investir no meu futuro e abrir meu próprio negócio. A liberdade de tomar decisões — de passar os dias fazendo um trabalho que eu amava — me deu não apenas segurança, mas também paz. Tinha as crianças na pista, o trabalho na oficina e o tempo e os recursos para explorar minhas ideias e paixões. Eu estava orgulhoso de como passei meus dias e do homem que me tornei.

ARDENTE

Mas meu irmão estava certo.

Ela era e sempre seria a última imagem na minha cabeça quando eu adormecia à noite.

Eu me virei e tirei meu celular do bolso, decidindo que ele estava certo. Chega de brincadeiras.

— Ligue para meu contador. — Joguei o telefone para Pasha. — Compre a casa.

— Jared! — Ela saiu da grama, o choque brilhando em seus olhos. — Esta casa vai custar tudo o que você tem!

Eu não fiz mais do que levantar uma sobrancelha para ela. A mulher ergueu as mãos e desviou o olhar, balançando a cabeça. Ela estava chateada, mas sabia que a discussão havia acabado.

Eu sabia por que ela estava preocupada, e ela tinha todo o direito de estar. A mulher trabalhou muito para construir a mim, meu nome e meu negócio, e mesmo que não fosse o seu dinheiro, ela se preocupava com minha segurança. Eu realmente gostava dela por isso.

Ignorei os leves sorrisos que Madoc e Jax trocaram e comecei a voltar para o carro, chamando por cima do meu ombro.

— E ligue para os caras! — gritei para Pasha. — Quero meu carro aqui.

Tate estava certa. O jogo havia mudado.

Ela não tinha ideia.

CAPÍTULO CINCO

TATE

Esgueirei-me por entre um grupo de pessoas, levando meu copo vermelho para a cozinha para reabastecer.

A casa de Madoc estava uma bagunça.

Fallon estava se divertindo — alternando entre pegar copos usados e conversar com nossos amigos, enquanto o marido está lá embaixo com Jax, jogando sinuca com alguns caras. Juliet e eu nos misturamos na festa, que estava lotada de convidados.

Todo mundo voltou para casa no fim de semana, e eu trouxe Gavin também, tentando acostumar meu pai com um cara novo em minha vida.

— Ei — ele sussurrou em meu ouvido, vindo por trás. — Estou pensando que é hora de sair daqui.

Sorri, tirando a mão de Gavin da minha barriga e girando.

— Não sei se podemos — afirmei. — Nós dois andamos bebendo.

Segurando sua mão, eu o levei até o balcão, ouvindo This is the time, *de Nothing More, subindo pela porta aberta do porão.*

— Madoc nos deixará usar um quarto. Podemos simplesmente dormir aqui esta noite.

Meu batimento cardíaco latejou em meus ouvidos, mas não falei nada. Usar um quarto?

Gavin e eu estávamos namorando há cerca de dois meses e não havia dúvida de que nos dávamos bem. Éramos ambos da pré-medicina, da mesma fraternidade acadêmica, e ele se dava bem com Madoc, embora não fossem próximos.

Jax, por outro lado, ainda não queria ter nenhuma relação com ele.

Meu pai também teve dificuldade em aceitá-lo e eu sei por quê. Seu relacionamento com Jared era próximo e era difícil seguir em frente. Eu entendia aquilo.

Mas estava tentando seguir em frente. Gavin era divertido e inteligente e, quando estava com ele, não pensava em Jared.

Era a única vez que não pensava nele.

Estava tentando encontrar alguma ponta de felicidade novamente, mas, em vez de ficar mais fácil, estava ficando mais difícil.

A cada dia ficava mais e mais evidente que não o amava, e isso estava me incomodando.

Muitas pessoas faziam sexo sem amor, mas percebi uma coisa. Era diferente. Não era tão bom.

— Tenho certeza de que poderíamos encontrar um quarto para dormir — falei baixinho, dando-lhe um sorrisinho.

Ele olhou para mim.

— Você não tem um quarto aqui? — perguntou. — Pensei ter ouvido Madoc mencionar isso uma vez.

Parei, tentando descobrir como responder, e despejei minha bebida, enchendo meu copo com água.

— Eu tenho — concordo. — Mas...

Então eu estremeci, vendo alguns caras invadirem a cozinha, vindo do andar de baixo e gritando ao se infiltrarem no corredor.

— Mas? — ele pressionou.

Olhei para ele, distraída pelo barulho.

— Ei! — alguém gritou. — Olha este vídeo de Trent!

Pisquei, deixando cair meu copo na pia.

Ignorando Gavin, virei o corredor e fui até onde os caras estavam sentados na sala, aglomerados em torno de um iPad. Espiando por cima do ombro de alguém, vi imagens de Jared — enviadas hoje, pelo que parece — acelerando em uma pista cheia de curvas normais e mais fechadas, e mesmo que não conseguisse ver seu rosto por trás do capacete, sabia que era ele. Eu reconheceria seu corpo em qualquer lugar.

Perdi o fôlego observando-o, me permitindo um sorrisinho.

Deus, ele era lindo. A forma como se inclinava e dirigia a moto, com perfeito controle. E ele estava fazendo isso.

Ele estava fazendo o que queria e vivendo como queria. Eu assisti, e não importava o quanto ainda estivesse machucada, estava muito orgulhosa dele.

Senti Gavin nas minhas costas, mas não olhei. A filmagem do vídeo do YouTube mudou para um comentarista, e meu estômago deu um nó ao ver Jared ao fundo.

Ele estava dando autógrafos para algumas crianças, conforme algumas garotas de corrida — aquelas que agitam a multidão com suas roupas sensuais — subiram no ônibus atrás dele. Outro companheiro de equipe agarrou os ombros de Jared atrás dele e sussurrou em seu ouvido antes de ambos começarem a sorrir como se estivessem contando uma piada particular.

O cara então empurrou Jared em direção ao mesmo ônibus que as meninas e o seguiu escada acima, a porta se fechando.

— Cara, isso que é vida — comentou um cara à minha direita.

Recuei e tentei manter uma expressão equilibrada, mesmo que meu coração parecesse estar se partindo.

Gavin me seguiu escada acima, e não sei por que, mas o levei direto para o quarto que era meu e de Jared.

Eu tinha que fazer isso. Não queria mais Jared. Não queria a dor. Não queria correr o risco de ser dele e passar por isso novamente.

Meses de dor de cabeça, meses tentando seguir em frente, e ainda parecia que ele estava em toda parte.

Fiz amor com Gavin e agora poderia fazer amor com ele na cama que foi de Jared e minha, e teria cruzado uma fronteira da qual não haveria retorno. Isso mataria tudo dentro de mim.

Gavin começou a beijar meu pescoço e uma lágrima caiu pelo meu rosto. Minha pele pareceu coberta de lama, ficando mais suja quanto mais ele tocava. Eu não queria isso.

Não deveria fazer isso.

Mas fechei os olhos e inclinei a cabeça para o lado, convidando-o a entrar de qualquer maneira.

Suas mãos seguraram meus seios, esfregando-os em círculos sobre minha camisa enquanto ele tomou minha boca.

Ele enfiou a mão dentro da minha calça jeans e eu respirei fundo. Apertei as coxas para mantê-lo afastado, sem saber o que queria.

Gavin fazia Jared ir embora. Gavin sempre me fazia esquecer. Eu podia fazer isso.

Mas ainda neguei com a cabeça.

Cada segundo disso me fez sentir pior e não queria usar Gavin. Sujar o que estávamos fazendo, só para que eu pudesse me sentir melhor.

A voz de Jared surgiu na minha cabeça: "Você vem virando meu mundo de cabeça para baixo há oito anos. Eu não me canso de você".

Suspirei, sufocando em lágrimas, e empurrei Gavin para longe, cobrindo meu rosto com as mãos.

— Tate, o que há de errado? — Ele parecia preocupado.

Neguei com a cabeça e desabei contra a parede ao lado do banheiro, deslizando para o chão.

— Você tem que ir — choraminguei, baixinho. — Sinto muito, mas você tem que dormir em outro lugar esta noite.

Ele se aproximou.

— Baby, podemos dormir em outro lugar. O que eu fiz?

Neguei com a cabeça novamente.

ARDENTE

— Por favor, vá embora.

Este era o quarto de Jared e meu. De mais ninguém.

— Por favor, saia! — gritei mais alto.

— Tate — ele pressionou.

— Agora! — berrei. — Apenas me deixe sozinha.

Apoiei a cabeça nos joelhos e chorei. Não sei por que me sentia culpada. Eu só fiz sexo com Jared até Gavin aparecer. Não dormia por aí com qualquer um, e Jared afogou sua tristeza e dor em muitas garotas antes de mim.

Por que isso não poderia me fazer me sentir melhor também?

Chorei por um longo tempo, ainda ouvindo a música forte lá embaixo e sem saber se Gavin foi embora, voltou para a festa ou encontrou outro quarto.

A mão de alguém tocou a minha e levantei a cabeça, vendo Madoc ajoelhado.

Meu rosto rachou e não consegui me conter.

— Por que não consigo esquecê-lo? — solucei.

Ele fechou os olhos, passando a mão cansada pelos cabelos, parecendo prestes a chorar.

Em vez disso, ele me puxou e me abraçou, deixando-me liberar tudo.

— Quando Fallon foi mandada embora — começou, engasgando com as próprias lágrimas —, eu tentei me perder em tantas outras mulheres. — Eu o ouvi engolir em seco. — Mas nunca ajudou por mais de um dia e sempre me senti pior depois.

Olhei para Madoc.

— Já se passaram meses. Jared provavelmente seguiu em frente, mas não quero mais ninguém. — Estava soluçando, enxugando minhas lágrimas apenas para sentir que mais vinham para tomar o lugar delas. — Isso dói. Tudo machuca. Quase cortei nossa árvore no outono passado, Madoc. O que há de errado comigo? Por que não consigo superar isso?

Ele levantou meu queixo, lágrimas se acumulando em seus olhos azuis.

— Você quer superar? — perguntou.

Estreitei meus olhos.

— Claro que quero.

Ele inclinou a cabeça.

— Acho que você ainda o ama, Tate, e acho que, no fundo, você sabe que ele voltará para você.

Funguei, abaixando os olhos.

— Não consigo confiar nele. Muita coisa aconteceu. — As lágrimas escorrem pelos meus lábios. — Gavin é um cara legal. Preciso tentar seguir em frente.

Ele cutucou meu queixo, fazendo meus olhos voltarem para os dele.

— Você está forçando — insistiu. — Você se lembra do último ano? Você era mais forte quando estava sozinha, Tate.

Madoc estava certo.

No dia seguinte, rompi meu breve relacionamento com Gavin, juntei-me a meu pai e Jax para trabalhar no meu carro e, naquela primavera, comecei a correr.

Foi só recentemente — mais de um ano depois daquela conversa com Madoc — que comecei a sair com Ben, indo devagar, mas testando o terreno pela primeira vez em muito tempo.

Sentei-me no meu G8, o interior preto fresco e as janelas escuras me envolvendo em meu mundo particular enquanto *My Way*, do Limp Bizkit, soava pelos alto-falantes. A multidão se aglomerava do lado de fora, já derrubando suas bebidas e cambaleando pela pista, e contive meu sorrisinho, não pela primeira vez me sentindo mal por nunca ter participado. Ben queria que eu participasse. Ele ansiava pela namorada feliz que pudesse entrar e sair de situações sociais sem complicações.

Afinal, se eu estava determinada a correr, por que não aproveitar a atmosfera e o hype?

Mas Ben chegou tarde demais para causar uma impressão em minha personalidade. Aprendi no ensino médio que sou quem eu sou e dormia muito melhor à noite quando não pedia desculpas por isso.

Eu não precisava deles e nem precisava da vitória.

Eu só preciso disso, pensei, segurando o volante e a marcha. O sangue em meus braços parecia estar dançando sob minha pele e eu estava pronta.

Sim, Madoc estava certo.

Eu era mais forte quando estava sozinha. E quando Jax me incentivou a participar de algumas corridas no Loop, descobri que havia uma coisa que eu fazia sozinha — uma coisa que possuía — que colocava força em minhas veias.

Não havia culpa, nem pressão — apenas silêncio. E continuaria assim quando Jared aparecesse esta noite.

E ele apareceria.

Eu odiava admitir isso, mas ele colocou um pouco de adrenalina no meu sangue hoje. E não foi apenas por causa de quão bonito se parecia. Uma linda tatuagem cobria mais seus braços do que há dois anos, mas ele ainda tinha o mesmo peito liso e tonificado que agora parecia ainda mais incrível, bronzeado pelo sol da Costa Oeste.

E, claro, bastou um olhar para ele me irritar.

Aos dez anos, Jared era meu amigo. Aos quatorze, meu inimigo; aos dezoito, meu amante; e aos vinte, meu coração partido. Eu o conhecia há mais da metade da minha vida e, embora os papéis tivessem mudado, seu impacto sempre foi devastador.

Sempre.

Inclinei-me, tirando o exemplar de *Folhas de relva* da minha mãe da mochila. Jogando-a no banco de trás, fora do caminho, abri o livro, pressionando o polegar sobre as bordas das páginas e as abanando, a brisa suave do livro flutuando em meu rosto.

Ao encontrar a página 64, fui direto para as linhas que minha mãe havia sublinhado no verso vinte de *Canção de mim mesmo*, de Walt Whitman.

Sussurrei, segurando o livro perto de mim. "Eu existo como sou, isso é o suficiente."

Havia muitas linhas sublinhadas e muitos poemas com orelhas neste livro antigo, mas eu sempre voltava às que minha mãe fazia. Talvez ela tenha marcado para si mesma, ou talvez soubesse que eu precisaria daquilo, mas as marcações estavam sempre ali, sendo a voz para mim que ela não podia mais ser. Embora ela tenha morrido de câncer há mais de dez anos, nunca deixei de precisar dela. Então carregava o livro para todos os lugares.

Inclinando-me, pressionei o nariz na dobra e inalei o cheiro de papel velho enquanto meus olhos se fechavam.

— Cara — ouvi a voz de Madoc —, que excêntrico.

Abri os olhos, deixando escapar um suspiro irritado ao ver sua cabeçona enfiada na janela do lado do motorista.

Você poderia pensar que Madoc era meu namorado, pelo tanto que ele ficava por perto, mas era inútil tentar fugir disso. Ele mandou uma mensagem três vezes para ter certeza de que eu apareceria esta noite. Nunca perdi uma corrida, mas sabia exatamente por que ele pensava que eu poderia desistir. O idiota pensou que eu não tinha respeito próprio.

— Não quero falar sobre isso — avisei, jogando o livro no porta-luvas… o que sempre fazia para dar sorte… e depois saindo do carro.

— Ok. — Ele assentiu, enfiando as mãos em seu short cargo cinza. — Mas, se eu vir você dormindo com seus livros, farei uma intervenção. — Ele apontou o queixo para o banco de trás, cheio de todo o meu material da faculdade.

Lancei um olhar para ele e dei a volta na traseira do meu carro para prender a GoPro que Jax me deu.

— Atrasei minhas leituras de verão por causa dos meus turnos no hospital — expliquei, curvando-me para fixar a câmera — e quero ler essas notas de rodapé antes de as aulas começarem.

— Você está lendo os livros e as notas de rodapé? — Ele olhou para mim como se eu estivesse doida.

Levantei-me, colocando as mãos nos quadris.

— Considerando que você está estudando para ser advogado, pode ser uma boa ideia se aprofundar também em suas listas de leitura.

Ele ficou de olhos arregalados.

— Temos listas de leitura?

Meus olhos se arregalaram, mas então ele riu, claramente brincando. Pelo menos esperava que ele estivesse brincando.

— Bem, você não vai fazer cirurgia amanhã — argumentou. — Então respire agora.

— Não posso. — Eu o afastei, voltando para minha porta. — Eu estou apenas...

— Preocupada de que vai começar a pensar nele? — terminou por mim e eu parei.

Soltei um suspiro, cerrando os dentes.

— Agora não, ok? Você não tem coisas melhores para fazer? Como sua missão de fundar um time de futebol na casa dos Caruthers assim que a faculdade terminasse?

Mas ele me ignorou. Antes que percebesse o que estava acontecendo, Madoc correu para meu banco de trás e começou a recolher meus livros e mochila.

— Madoc — repreendi, tentando agarrar minhas coisas. — Devolve meus livros.

Ele se afastou de mim.

— Peguei.

— Agora! — sussurrei, dentes cerrados.

— Esta noite não. — Ele sorriu, balançando a cabeça.

ARDENTE

— Por que esta noite não? — perguntei, como se não soubesse onde isso estava indo.

Mas então uma voz rouca rugiu no alto-falante e Madoc e eu olhamos para cima.

— Tate! — Meu nome ecoou pela pista. — Você está aqui?

Sorri e levantei uma sobrancelha maliciosa para Madoc.

— Com licença por um momento — pedi, doce.

— Ah, claro — murmurou, inclinando a cabeça em reverência com riso nos olhos.

Contornei a frente do meu carro, pulei no capô e fiquei de pé.

— Aqui! — gritei, sentindo o peso de cem pares de olhos vindos da multidão ao redor cair sobre mim.

Aplausos soaram no ar noturno enquanto pessoas — homens e mulheres — uivavam e batiam palmas, assobiavam e gritavam meu nome, e avistei Fallon e Juliet perto das arquibancadas segurando suas bebidas e gritando seu apoio.

Zack Hager, o locutor, levantou-se na arquibancada com Jax, decidindo claramente a programação da noite. Eles só faziam alterações quando alguém cancelava. Vendo como todos nós marcamos nossos tempos antes do dia da corrida, eles precisavam descobrir quem estava aqui, para que pudessem colocar os pilotos na escalação.

Pulei de volta e olhei para Madoc, encerrando nossa conversa.

— Todos vocês sabiam que ele estava voltando para casa e ninguém me contou — declarei. — Não estou brava, mas não vou ceder a qualquer esquema que você elaborou. Eu sou adulta.

Ele franziu as sobrancelhas e largou minha mochila.

— Pooor favor — resmungou.

Quando percebi, ele estava me agarrando, passando um braço em volta do meu pescoço — me dando uma chave de braço — e esfregando meu couro cabeludo com força com os nós dos dedos.

— Madoc! — berrei, plantando uma das mãos em suas costas e outra em seu bíceps, tentando tirar minha cabeça de seu aperto. — Você não vai me dar um cascudo!

— Cascudo? — rebateu. — Não, adultos não dão cascudos. E somos adultos, certo? — continuou, seu ataque queimando meu couro cabeludo.

— Madoc! — rosnei, minha voz profunda e difícil com as respirações curtas. — Me deixa! — Bati meu pé, finalmente me desvencilhando de seu aperto.

Ele recuou e me endireitei, tentando recuperar o fôlego enquanto ele ria.

— Você é um idiota! — Tirei do rosto o cabelo que estava solto do meu rabo de cavalo.

— Sim. — Fallon se juntou a nós, caminhando com Juliet. — Você descobriu isso agora? — brincou, piscando para o marido.

Eu bufei, arrancando meu elástico do cabelo, porque era uma causa perdida agora.

— Ah, assim ficou melhor. — Madoc sorriu em aprovação para meu cabelo solto. Eu apenas fiz uma careta.

Mas então algo mais chamou nossa atenção quando a multidão ao nosso redor ficou mais barulhenta e todos nós nos viramos em direção à pista para ver o que era aquela comoção.

As pessoas se moveram para o lado para abrir caminho e avistei Jared enquanto os espectadores aplaudiam e gritavam.

Ele estava andando na sua moto do ensino médio — a mesma que Jax mantinha em sua garagem, agora que Jared tinha motos melhores para corridas — e desviou para o lado, dando ré para uma vaga de estacionamento. Não demorou muito para que fosse rodeado por pessoas: velhos amigos, mulheres fanáticas e até caras fanáticos.

Observei-o tirar o capacete e jogar a perna para fora da moto, abrindo um sorriso para seu velho amigo Zack, e meu estômago se apertou quando vi uma jovem descer da moto atrás dele.

Não a reconheci e ignorei a pontada de ciúme de que ela pudesse ser alguém que ele trouxe da Califórnia.

Todos tentavam chamar sua atenção e, mais uma vez, ele era o centro de tudo.

Madoc estalou os dedos na frente do meu rosto, me puxando de volta.

— Você está chateada? — perguntou.

Apertei meus lábios.

— Não.

— Bem, você deveria estar — respondeu. — Esse não é o público dele. É seu — continuou. — Foi você quem eles vieram ver.

Respirei fundo.

— Eu não ligo...

— Agora, alguns deles têm uma boa memória — ele me interrompeu — e talvez estejam interessados em ver que pés de cabra voarão com vocês dois no mesmo espaço, mas, mesmo assim, ele não vai conseguir roubar os holofotes em seu show hoje à noite.

ARDENTE

67

Encarei-o.

— Eu não poderia me importar menos com o...

Mas ele agarrou meus braços e fiquei em silêncio quando me sacudiu.

— Com o que você não se importa? — rosnou, e senti Juliet e Fallon ainda ao meu lado.

Eu respirei fundo, chocada com sua aspereza. Mal pisquei quando ele agarrou a barra da minha blusa preta solta e rasgou uma fenda na lateral.

Cerrei os dentes.

— Madoc, o que diabos você está fazendo? — perguntei, calma.

Ele pegou os dois pedaços e deu um nó no meio da minha barriga.

— Você é a rainha — ele me lembrou e então arrancou a mochila do chão. — Você é dona desta pista e de todos os pilotos nela. Ele ignora esse fato, então ensine-o.

Respirei fundo, não querendo que ele visse o sorriso que eu estava tentando esconder. Sim, eram minhas. A pista, as noites de sexta-feira e as vitórias. Eu não precisava me dirigir a Jared. Mas manteria o que era meu.

Virando-se, Madoc latiu uma última ordem antes de ir embora.

— Juliet, arrume um pouco de batom para ela também.

Minhas sobrancelhas entortaram.

Idiota.

Juliet vasculhou sua bolsa e observei Madoc jogar minha mochila em seu carro, claramente certificando-se de que eu não teria uma desculpa para ser antissocial mesmo depois das corridas.

Olhei para minha camisa.

Que babaca. Mesmo que eu desfizesse o nó, minha camisa ainda estaria rasgada.

— Seu marido é...

— Um problemão? — Fallon terminou, seus olhos verdes sorrindo. — Sim, ele é.

Estremeci quando Juliet tentou passar um pouco de batom vermelho em mim.

— Fique quieta — repreendeu. — Jax odeia gloss, então encontrei esse batom que não o deixa todo brilhante quando o beijo. Ele adora, mas se manchar seu rosto, será preciso mais do que um pouco de cuspe para tirá-lo da pele, ok?

Deixei que ela passasse aquele maldito batom porque... eu não sabia por quê. Talvez fosse uma armadura a mais. Talvez eu quisesse ficar bonita para Ben.

Ou talvez eu tenha visto Jared se sentar, recostado na arquibancada, enquanto uma garota — diferente daquela com quem o vi chegar — colocou a mão em seu joelho, o interesse brilhando em sua pose.

Talvez quisesse mostrar a ele que não precisava dele para causar minha própria impressão.

A amiga com quem ele chegou estava sentada do outro lado, parecendo entediada e desinteressada. Mechas roxas fluíam por seu cabelo preto e, olhando para cima e para baixo em seu corpo, observei sua aparência alternativa e me perguntei como o gosto de Jared havia mudado.

Sempre fui diferente, mas do lado socialmente aceitável. Essa garota era linda, mas muito mais ocupada com cabelo, maquiagem e piercings do que eu imaginava que Jared gostaria. Ele sempre disse que apreciava minha atitude de menos é mais.

Acho que era mentira.

Ela usava jeans skinny enfiados em botas de combate e uma blusa preta sem mangas que caía lisonjeiramente pelo corpo até os quadris. Seus pulsos eram adornados com dezenas de pulseiras de metal e elásticos, enquanto suas orelhas exibiam metal desde o lóbulo até o trago. Seu rosto também tinha alguns buracos.

Ela parecia Fallon, só que mais escandalosa.

Vendo Ben se aproximar dele, provavelmente para quebrar o gelo mais cedo ou mais tarde, fui até lá com Fallon e Juliet, chamando a atenção de Jared quase imediatamente.

Madoc se inclinou para Jared, falando perto, mas o seu olhar permaneceu em mim enquanto Ben agarrou minha mão quando eu subi. Pisquei, sorrindo para ele e torcendo para que não sentisse o suor nelas.

— Tate. — Jared assentiu.

Inspirei e expirei continuamente pelo nariz, mantendo meu pulso sob controle.

— Jared.

— Sua carreira realmente decolou, cara — Ben falou para Jared, admirado. — Parabéns.

— Obrigado — respondeu, sem olhar nos olhos de Ben.

— Esvaziem a pista! — Ouvi Zack gritar à distância, enquanto os pilotos da primeira rodada tomavam posição.

— Então vocês dois finalmente ficaram juntos? — Jared perguntou, suas palavras soando mais como uma afirmação do que como uma pergunta.

ARDENTE

Arqueei uma sobrancelha, voltando-me para a pista e ignorando-o.

Ben se juntou a mim, assumindo que eu não tinha intenção de conversar com Jared. Zack anunciou a próxima corrida e todos nós assistimos enquanto ele e Jax preparavam os pilotos e os expulsavam.

Os motores pesados dispararam, superando os gritos da multidão, e eu sorri para os carros que passavam rugindo, o vento fazendo meu cabelo voar por cima do ombro.

Juliet e Fallon conversavam e Madoc ficou para trás, permanecendo quieto. Jared ficou atrás de mim na arquibancada, o calor de seus olhos cobrindo minhas costas.

Eu senti falta dessa sensação.

— Bem — a voz suave de Jared flutuou atrás de mim —, nosso laguinho certamente já percorreu um longo caminho, não é? Parece que meu irmão se superou com o Loop. Algumas corridas incríveis, novos pilotos interessantes…

Deslizei meus dedos nos bolsos da calça jeans apertada e levantei meu queixo, o canto da minha boca se curvando em um sorriso.

— Mas ainda é um laguinho — concluiu, sua voz dura cheia de desdém.

Quando ele me destruía no ensino médio, era para se sentir melhor consigo mesmo. Mas agora era para me fazer reagir.

Virei-me, encontrando seus olhos, mas nunca lhe dando o que ele queria. Ele poderia se gabar e exibir seu sorriso de satisfação, mas eu não jogava mais esse jogo.

Porém, para minha surpresa, Jared não estava sorrindo. Ele não estava rindo. Não estava brincando. Sua expressão era fria e seus olhos abriram um buraco através de mim.

Não havia raiva, nem diversão, nem tom ameaçador em sua voz…

No que ele estava pensando?

— Esta é Pasha, minha assistente. — Jared apresentou a garota de aparência gótica com quem ele veio e se virou para ela. — Pasha, estes são Tate e Ben.

Assistente? Okay, certo. Homens e mulheres atraentes e desapegados geralmente não eram amigos. A menos que um deles fosse gay.

— Tate? — Pasha repetiu, como se reconhecesse meu nome, e a vi lançar um olhar para mim e depois de volta para Jared. — Tipo a…? — perguntou a ele, parando como se compartilhassem um entendimento oculto.

Estreitei os olhos, percebendo que ele permaneceu em silêncio, com os olhos voltados para a corrida.

E sua expressão interessada tornou-se crítica quando uma sobrancelha se ergueu.

Ela sabia de algo.

Virei-me bem a tempo de ver os pilotos cruzarem a linha de chegada e me perguntei se Jared havia falado sobre mim com ela. Teria sido diferente do seu normal. Ele raramente confiava em alguém, então por que nela?

— Segundo round! — Zack gritou no alto-falante, me fazendo pular. Olhei para a pista, minha expressão focada perdida e...

E agora meu sangue não estava dançando sob minha pele. Estava tremendo. *Merda.*

— Na pista! — Zack gritou, e Ben enganchou meu cotovelo, me puxando para longe.

— Esqueça isso — pediu, segurando meu rosto. — Ele estar aqui não importa.

Abaixei suas mãos suavemente, dando-lhe um meio-sorriso. Fiquei grata pelo que ele estava tentando fazer, mas poderia cuidar de mim mesma.

Deixei Ben me beijar na boca antes de me virar e caminhar até meu carro, ouvindo os assobios dos caras na multidão. Ainda mais esta semana com a pequena alteração improvisada no guarda-roupa que Madoc fez na minha camisa, chamando a atenção de todos. Às vezes me vestia para matar, simplesmente porque era divertido mudar de roupa, mas queria ser notada por dirigir e não por balançar a bunda.

Subindo, estacionei meu carro na linha de largada e sentei ao lado de Jaeger, com Chestwick e Kelley atrás de nós. Era mais uma corrida de quatro carros, o que a tornou interessante, com a pista estreita.

Saí do carro para ouvir as instruções.

Todos os três caras, cercados por suas namoradas e nossos amigos, se aglomeraram na frente dos veículos, enquanto Jax se levantava na torre fazendo seu trabalho técnico e Zack administrava as regras.

Fortaleci meu corpo, determinei que em um minuto estaria no meu carro, com minha música e todo o resto esquecido.

— Tudo bem, pessoal. — Zack nos reuniu, sua careca brilhando na iluminação do estádio. — É uma corrida de quatro voltas. Os primeiros colocados da semana passada conquistaram as duas primeiras vagas esta semana. Sem contatos e sem travessuras. — Ele apontou para todos nós. — Se você não correr limpo, não será convidado a voltar.

Regras que já conhecíamos e difíceis de não quebrar. A pista era mais

ARDENTE

larga do que no ensino médio, mas não larga o suficiente para quatro carros. Não ter contato era quase impossível.

Zack olhou para todos nós e a multidão começou a gritar nomes.

— Estou pronta — avisei, assentindo.

Zack espiou por cima de nossas cabeças, em direção às arquibancadas.

— Senhor Trent! — ele chamou Jared, fingindo formalidade. — Que tal dar uma volta pelos velhos tempos, Sr. Figurão? — brincou.

Ele estendeu as mãos, tentando fazer um grande show e irritar a multidão quando eles começaram a aplaudir.

— Desculpe, cara. — Ouvi Jared dizer ao longe atrás de mim. — Só tem uma corrida que eu aceito, mas não tenho certeza se ela está pronta para me dar o que eu quero.

— Ohhhh — a multidão quase ofegou, e antes que eu deixasse suas palavras serem absorvidas, dei meia-volta e entrei no carro sem olhar para ele.

Todos liberaram a estrada e olhei pelo espelho retrovisor enquanto os motores ganhavam vida. Ele se apoiou nos cotovelos, olhando em minha direção, e desviei a encarada, fechando as janelas e aumentando o volume de *Adrenaline*, do Shinedown.

Nada. Fechei os olhos, deixando a música penetrar. *Nada estava me atrapalhando.*

A faculdade de medicina era um negócio resolvido. A casa não era importante. Ben não me pressionava. Jared não passava de uma tentação em que não se podia confiar.

Eu estava no topo do mundo.

A porta do meu carro se abriu e virei o olhar para ver a "assistente" de Jared entrando no carro.

— O que você está fazendo? — cuspi, observando-a se acomodar e apertar o cinto de segurança.

— Vou junto — respondeu, empurrando os óculos de armação preta até a ponta do nariz.

Fiquei olhando para ela, confusa, porque não tinha certeza se ela estava tentando ser amigável ou me irritar.

Limpei a garganta e olhei para ela.

— Você está dormindo com meu ex-namorado — apontei. — Saia.

Ela estendeu a mão e baixou o volume do meu aparelho de som.

— Não estou dormindo com Jared — ela corrigiu. — Nunca dormi com Jared, nem quero dormir.

Estreitei os olhos, estudando-a.

Ela assentiu, permitindo:

— Embora sejamos próximos, mesmo que ele goste de fingir que não somos. Eu o vi quase chorar uma vez, e isso me fez gostar mais dele, apesar de ele afirmar que isso nunca aconteceu — explicou. — Mas ele não é meu tipo, e te prometo isso.

Ela me olhou firme e séria, e meio que acreditei nela.

E então me perguntei por que me importava.

Aumentei o volume novamente.

— Fora — ordenei, mas ela recusou novamente.

— Estou entediada — argumentou. — E gostaria de vivenciar as origens humildes do meu chefe. Se você tiver sorte, posso começar a gostar de você.

Revirei os olhos.

Vi Zack subir ao pódio com seu megafone e verifiquei se estava na primeira marcha.

— Você é uma distração — deixei escapar, desejando que ela saísse do meu carro. Fiquei tentada a arranjar alguém para retirá-la, mas seria perda de tempo.

— Eu diria que você já estava distraída — retrucou, e olhei para ela, captando sua insinuação.

— Preparar!

Desviei meu olhar do para-brisa, não me sentindo preparada.

— Apontar! — Eu o ouvi chamar e aumentei a música, lançando lhe um olhar de advertência.

Por que ela estava no meu carro? Por que ela achou que eu estava distraída?

E merda, quantas voltas eu tinha que fazer mesmo?

Hm... quatro. Quatro voltas. Assenti com a cabeça para mim mesma. *Sim, quatro.*

— Vai! — gritou, e eu respirei fundo, acelerando o maldito carro com todas as minhas forças.

Puxei a marcha para a segunda e subi para a terceira, suavizando as trocas como sempre. Meu carro era parte de mim e verifiquei meu espelho retrovisor, vendo dois dos carros ainda atrás de mim e Jaeger ao meu lado.

Chegando na primeira curva, deixei Jaeger seguir em frente e fiquei atrás dele na curva. Derrapei, indo para o lado de fora, mas sem precisar diminuir tanto.

ARDENTE

— Uau! — Pasha gritou, enquanto corríamos, e passei a quarta marcha enquanto pisava no acelerador e acelerava, agora na frente de todos.

Eu adoraria dizer que foi apenas habilidade, mas o carro também era uma parte importante. O tamanho e a capacidade de fazer manobras foram fortes fatores.

Subi para a quinta e depois para a sexta, ouvindo a respiração animada de Pasha ao meu lado.

— Achei que, vivendo no mundo das corridas, você estaria acostumada com isso — provoquei, vendo-a segurar a maçaneta acima da porta enquanto tentava manter minha mente longe de Jared, que sem dúvida estava observando cada movimento meu aqui fora.

Pasha respirou fundo.

— Eu dirijo por diversão e assisto corridas, mas quase nunca sou a passageira. — Ela balançou a cabeça, sorrindo. — É diferente.

Quase sorri de volta. Sim, ela estava certa. Ir de carona com Jared foi uma loucura enorme. Sem controle — você simplesmente subia e colocava sua vida nas mãos de outra pessoa.

Era uma experiência totalmente diferente, mas ainda assim emocionante.

Dobrei a próxima curva e a seguinte, lentamente começando a relaxar.

Finalmente desliguei a música.

— Você não me conhece, ok? — eu disse a ela, esclarecendo as coisas. — Tudo o que Jared te disse...

Senti seus olhos em mim e, embora quisesse saber o que ela sabia, não estava abrindo o assunto para discussão.

Ninguém — especialmente pessoas que eu não conhecia — me fazia me sentir mal comigo mesma. E o olhar dela para mim mais cedo me fez encolher.

— O cara com quem você está namorando? — ela começou suavemente. — Ben? Ele é uma rota de fuga para você. Algo para se segurar para não afundar, certo?

Olhei para ela, confusa e chocada ao mesmo tempo. *Rota de fuga?*

— Sabe como eu sei? — perguntou. — Porque você é uma mulher forte e ele é fraco demais para você. Não acredito que você o respeite.

— Isso é ridículo — rebati. — Você não nos conhece. Acabou de nos conhecer. Ele é um cara legal e eu gosto muito dele.

— Tenho certeza que sim — respondeu, parecendo divertida. — Como um amigo.

Apertei o volante, passando pela linha de chegada e continuando para a primeira curva novamente.

— Ele faz o que você manda — continuou. — Ele não discute e não foge. Ele é fácil de lidar, certo? — Quando não disse nada, ela prosseguiu: — Jared continuou tentando te irritar mais cedo, e Ben deveria ter reagido — refletiu. — Como o cara com quem você está namorando, ele deveria ter se ofendido, pelo menos um pouco, mas ele é muito covarde.

Mordi o interior do lábio, o fogo queimando pela minha perna enquanto acelerava.

— Você é forte — avaliou Pasha. — Alguém que gosta de estar no controle. Mas não seria exaustivo, para não dizer chato, estar sempre na liderança? Nunca ser desafiada?

Aumentei o volume da música novamente e neguei com a cabeça.

Ben não era chato.

Ele pode não me deixar excitada, mas também não era rude, agressivo e complicado. E eu não precisava me explicar para...

— Mas Jared? — ela cantarolou por cima da música, interrompendo minha linha de pensamento. — Eu posso imaginar que esse relacionamento jogou você no chão e te fodeu até amanhecer, hein?

Virei meus olhos arregalados para ela, mal notando o carro de Jaeger passando por mim.

— Metaforicamente falando, é claro — acrescentou.

Soltei uma risada nervosa, atordoada e em silêncio. Tive que reconhecer isso nela. A mulher era ousada.

Avancei, virando a curva e errando o carro de Jaeger por um fio. Acelerei, assumindo a liderança novamente e tensionando todos os músculos do meu corpo, correndo forte, sacudindo o volante descontroladamente e fazendo-a rir enquanto eu derrapava nas curvas.

Voando pela linha de chegada mais duas vezes, mal me preocupei em reduzir a marcha quando virei, sentindo o peso do carro puxando e nossos corpos tentando acompanhá-lo.

Ela começou a rir, olhando nervosamente para trás.

— Vai! Vai! Vai! — gritou, sorrindo de orelha a orelha.

— Você é muito estranha, sabia disso? — comentei.

— Considero isso um elogio. — Ela sorriu.

O Camaro laranja de Jaeger parou ao meu lado e desviei para sua pista para interrompê-lo, sabendo que iríamos esbarrar na próxima curva se ele estivesse muito perto. Recuando, ele se colocou atrás de mim, buzinando furiosamente.

ARDENTE

Corri na frente, sentindo a energia até os ossos, como sempre fazia aqui.

Mas também era mais do que isso. Não parecia que tudo acabaria quando a corrida terminasse, como sempre acontecia.

Cruzando a linha de chegada, soltei uma risada feliz, batendo no volante com a adrenalina acumulada dentro de mim.

— Uau! — Pasha gritou, abrindo a janela e uivando.

Eu inspirei fundo, respirando com dificuldade ao falar com ela.

— Foi entediante?

Ela agiu como se não fosse grande coisa.

— Não foi uma merda.

A multidão desceu, batendo no teto, e me movi para sair do carro para poder bater em um deles, por que quem diabos achou que não havia problema em bater no meu carro?

Mas Pasha agarrou meu braço e parei para olhar para ela.

— Você deveria perguntar a Jared sobre a única vez que *quase* o vi chorar — disse ela, seu rosto feliz ficando sério. — Tenho certeza de que você acharia muito interessante.

CAPÍTULO SEIS

JARED

Jax se levantou na tribuna do locutor, olhando para mim com um sorriso no rosto que dizia que eu estava fora de controle. Sim, eu entendia isso.

Tate estava diferente.

Neguei com a cabeça e voltei meu olhar para a pista, vendo-a sair do carro e conversar com os outros pilotos. Tão confiante. Tão forte.

Mas o jeito que a queria ainda era o mesmo.

Jax estava certo. Eu poderia ficar pensando nisso por dias, semanas ou mais dois anos, mas ainda assim chegaria à mesma conclusão que ele chegou esta tarde. Eu amava Tate e sempre a amaria.

Nunca planejei deixá-la. Não de verdade. Vê-la com outra pessoa há um ano e meio me deixou confuso, e pensei que talvez ainda não fosse bom o suficiente, talvez não conseguisse corresponder a ela, talvez ela finalmente estivesse feliz depois de toda a dor que causei, e talvez, apenas uma vez, eu pudesse pensar na felicidade dela e deixá-la em paz pela primeira vez na vida. Talvez, apenas talvez, não devêssemos ficar juntos.

Mas não havia talvez agora. Eu a queria de volta.

De vez.

— Garota — um dos competidores falou lentamente, passando um braço em volta do pescoço de Tate enquanto ela caminhava no meio da multidão. — Eu poderia ter vencido aquela corrida. Você sabe que recuei por pena.

Um canto de seus lábios se curvou em um sorriso enquanto ela voltava para onde Ben estava, a poucos metros de mim.

— Já corremos três vezes — ressaltou, olhando para ele. — Por que continuar competindo comigo se você vai perder de propósito todas as chances que têm?

Eu ri baixinho.

— Bem, se ele vence uma garota — murmurei, fingindo mexer no meu telefone —, o que ele realmente ganhou?

Ouvi o bufo de Madoc a alguns metros de distância e engoli, me arrependendo imediatamente das palavras.

Maravilha. O que diabos havia de errado comigo? Não importava o quanto gostasse de pensar que tinha crescido, estar perto de Tate trazia à tona o valentão novamente.

Eu praticamente pude sentir os olhos de Pasha revirando ao meu lado, e o silêncio caiu sobre a conversa de Tate, me dizendo que todos tinham ouvido o insulto.

— Você não acredita nisso. — A voz monótona de Tate parecia tão segura, que eu sabia que ela estava falando comigo.

Olhei para cima, enfiando meu telefone no bolso de trás e me levantando.

— Você é muitas coisas — continuou, cruzando os braços sobre o peito —, mas não é sexista.

— Olha quem me conhece tão bem — provoquei, agindo como se o namorado dela nem estivesse lá.

E ele não estava. Ele não importava.

Tate levantou uma sobrancelha.

— Você não é difícil de entender, Jared.

— Não, não sou — concordei. — Estou entediado.

— Hmmm. — Ela assentiu, me lançando seu olhar falso e solidário. — Isso mesmo. Tudo isso está em um patamar abaixo de você agora, não é? Somos simplesmente amadores te entretendo com nossa mediocridade. — E então ela levantou a voz, aproximando-se e falando com as pessoas ao nosso redor. — Ele pode levar histórias nossas para seus amigos famosos, rindo de suas "raízes"... — ela parou para adicionar aspas no ar, para alegria de todos que estavam ouvindo. — Nossa, como ele chegou longe enquanto ainda estamos todos confusos nesta cidade sem nome.

Revirei os olhos, sabendo quão errada ela estava. Eu amava o Loop e minha casa e nunca deixei nenhum sucesso que obtive subir à minha cabeça. Qualquer coisa que eu dissesse ou fizesse para dar essa impressão era simplesmente para irritá-la.

Ouvi um pigarro atrás de mim e olhei por cima do ombro para ver Fallon e Juliet sorrindo em apoio à sua garota. Eu estava meio que sozinho. Jax estava na arquibancada do locutor e Madoc estava de lado, claramente sem escolher um posicionamento e apenas aproveitando o show, seus olhos se revezando entre Tate e eu.

— Mas se bem me lembro — Tate falou novamente, enquanto as conversas ao nosso redor paravam e as pessoas começavam a ouvir —, Jared disse que queria correr, não foi? — ela perguntou à multidão, olhando em volta e incentivando-os.

Eles aplaudiram e riram, claramente gostando de onde ela queria chegar com isso.

— Tate? — falei, entre dentes, avisando-a, mas ela me ignorou.

— Sim, sim, ele disse isso, não foi? — ela gritou, agora tendo a atenção de todos. — Ele disse que queria uma corrida, e acho que Zack e Jax ficariam mais do que felizes em ajustar a programação para um ex-aluno do Loop tão prestigiado.

Lancei um olhar duro para o púlpito, vendo meu irmão encostado no corrimão sorrindo pra caramba.

Respirei fundo, cruzando os braços sobre o peito.

— Eu disse que queria uma corrida — esclareci para Tate. — Uma corrida com uma pilota em particular.

Ela sabia o que eu queria. O que ela estava fazendo?

Ela se virou, olhando para a multidão.

— Derek! Derek Roman, onde você está?

— O quê? — Ouvi sua voz profunda à minha direita.

Inclinando a cabeça, vi Roman atravessando a multidão, usando um pano para limpar os dedos. Ele devia estar sob o capô de um carro.

Depois de todo esse tempo, ele não mudou muito. Ainda parecia um rejeitado dos anos 50, com seu cabelo preto penteado e camisetas lisas. Costumávamos nos encontrar muito no Loop quando eu estava no ensino médio, e sabia que ele trabalhava lá com Jax agora, ajudando e tal, mas não tinha falado com ele. Não nos dávamos bem e Tate sabia disso.

— Você e Jared têm assuntos inacabados — Tate o lembrou, e imediatamente senti a irritação dentro de mim quando percebi o que ela estava fazendo.

— Sua última corrida juntos foi um empate, não foi? — Tate sabia a resposta. Ela estava apenas lembrando a todos.

— Não. — Roman balançou a cabeça. — Eu ganhei aquela corrida.

— Ah, ganhou sim — deixei escapar, sentindo o desafio do meu rival como um atiçador quente ao meu lado.

Ele riu, parecendo condescendente, e olhei para ver os lábios de Tate se curvarem em travessura enquanto ela segurava meus olhos.

— Derek — ela disse suavemente. — Que tal uma revanche? Seu Trans Am contra a moto de Jared?

— Essa é uma corrida idiota — Roman revidou.

ARDENTE

— Concordo. — Cobri minha expressão com tédio. — Ele não tem chance.

— Foda-se — ele rosnou.

— Foda-se você — murmurei, mal encontrando seus olhos.

— As tensões estão altas, pessoal. — Tate olhou para a multidão, levantando as mãos. — O que você diz?

Mudei de irritação quando o barulho se tornou ensurdecedor. Gritos, uivos e aplausos ecoaram no ar quente da noite, e eu realmente queria calá-la. Tipo, realmente calá-la.

— Eu não vou fazer esta corrida! — Ouvi Roman gritar. — Uma moto esportiva contra meu carro? Isso não é justo!

— Exatamente. — Neguei com a cabeça, avançando em direção a Tate e ignorando a postura rígida de Ben ao lado dela. — E não tenho nada a provar, então por que faria isso? — perguntei a ela.

— Porque, se você vencer — ela respondeu —, pode competir comigo. — E então ela olhou para Ben. — Você está bem com isso?

Ele ergueu uma sobrancelha, seu olhar duro se tornando divertido. Ela não precisava da permissão dele para correr, mas estava pedindo por respeito. Correr com o ex-namorado — ou participar de qualquer atividade com o ex-namorado — era ultrapassar os limites.

— Não estou preocupado — respondeu Ben, encontrando meu olhar frente a frente ao falar com ela. — Ele vai engasgar com a sua poeira, linda.

"Ohhs" encheram o ar, e eu respirei fundo, quase cansando de tolerá-lo.

— Bem, e eu? — Roman choramingou. — O que eu ganho?

Tate passou por mim e observei quando ela se aproximou, cobrindo os lábios com as mãos e sussurrando algo para ele. Suas sobrancelhas se aprofundaram e depois se ergueram de surpresa, e imediatamente soube que ela o havia convencido.

Eu poderia competir com ele e vencer, conseguindo o que queria dela — um pouco mais de interação —, mas o que diabos ela prometeu a ele?

Ele sorriu e encolheu os ombros.

— Tudo bem! — gritou. — Limpem a pista, pessoal! — E correu para pegar seu carro, eu presumo.

Aplausos soaram quando todos saíram correndo da pista e se amontoaram nas laterais, abrindo espaço para seu carro e minha moto.

E eu fiquei lá, me perguntando o que diabos tinha acontecido. Eu devorava caras como Roman no café da manhã. Isto não era uma corrida. A capacidade de manobra da minha moto por si só era uma vantagem injusta contra ele.

— O que você prometeu a ele? — perguntei, enquanto Tate passava.

— Eu prometi que ele venceria! — ela gritou por cima do ombro, seguindo Ben para fora da pista.

Eu segui.

— Em nenhum planeta ele venceria uma moto esportiva. Ou a mim — adicionei.

Ela estendeu a mão, pegando meu capacete da alça da moto e jogando-o para mim.

— Vá em frente, entre na linha de partida e prove.

Ela ficou lá, parecendo tão segura de si mesma. Tão calma e nada afetada, e não gostei disso. Não gostei nada disso.

Sentia falta da minha Tate. A gata selvagem que revidava e sorria porque estava feliz, não porque estava planejando algo que me fizesse me contorcer. Essa nova mulher fria e calculista era um pouco assustadora e eu não conseguia acompanhar.

Ela se afastou e passei a perna por cima da moto, ligando-a e acelerando o motor, o zumbido agudo alto o suficiente para abafar qualquer outro barulho aqui esta noite. Parei na pista e me alinhei ao lado do Pontiac Trans Am 2002 de Roman.

Eu adorava correr e, embora isso nem se comparasse aos meus locais habituais, meu coração ainda batia como um martelo de duas toneladas.

Jax se aproximou, fixando duas GoPros no meu guidão, uma voltada para a pista e outra para mim.

— Ela mudou — comentei com ele, colocando meu capacete preto.

Ele assentiu, mantendo os olhos focados em sua tarefa.

— Ela é definitivamente mais difícil de impressionar agora, então intensifique seu jogo.

Eu não queria intensificar meu jogo. Não queria jogar nenhum jogo. Ponto. Só queria levá-la para algum lugar. Chorar, brigar, até deixá-la me bater, mas no final de tudo, ela estaria em meus braços, seus olhos azuis tempestuosos focados em mim e desesperados apenas pelo que eu poderia dar a ela. Essa era a minha Tate.

Estremeci, sentindo a mão de alguém apertar meu ombro, e olhei para trás para ver Tate subindo na moto atrás de mim.

Mas que...?

— O que você está fazendo? — brandi, notando que ela prendeu o meio capacete de Fallon em sua cabeça.

ARDENTE

— Montando — ela disse. — Faz parte do acordo.

— Ah, inferno, não! — rosnei, virando minha cabeça ainda mais para fazer uma careta para ela. — É muito perigoso. Saia!

— Se eu não for com você, você não receberá seu prêmio se ganhar — explicou, com a voz calma e uniforme. — E se você desistir da corrida agora, todos vão pensar que você está com medo. — Encolheu os ombros. — Ou é arrogante demais para nos agradar.

— Eu não...

— Ah, olha — interrompeu, sacudindo o queixo com uma voz alegre. — Lá vamos nós.

Lancei meu olhar para Zack saindo do banco do locutor e voltando para ela, que se ajustava no banco traseiro.

Inspirei e expirei, sem saber o que fazer. *Merda!*

— Derek Roman — Zack explodiu no megafone — e Jared Trent correram pela última vez há cinco anos neste outono! Foi uma das noites mais memoráveis que tivemos aqui...

— Saia! — sussurrei por cima do ombro para Tate.

— Não vai acontecer — respondeu. — Não podemos facilitar demais para você, podemos?

Meus olhos quase se arregalaram quando percebi. *Porra*. Virei-me para dizer mais alguma coisa, porém Zack falou novamente:

— Porque também foi a primeira vez que vimos Tatum Brandt correr! — continuou. — Para resolver o empate entre Jared e Derek, fizemos com que as namoradas deles corressem. No entanto, o placar nunca pareceu acertado e agora, cinco anos depois, podemos dar a todos a chance de ver quem é o verdadeiro vencedor!

Aplausos e risadas animadas ecoaram, e olhei por cima do ombro, rosnando baixo para Tate:

— Saia agora — ordenei. — Eu não posso correr com você me segurando!

Eu a ouvi bufar quando passou os braços em volta da minha cintura e se inclinou nas minhas costas.

— É apenas um laguinho, Jared — provocou, jogando minhas palavras de volta para mim.

Neguei com a cabeça, cerrando os dentes.

Ela não me deixaria correr sem ela na moto. Eu não poderia correr como normalmente faria por medo de machucá-la. E recuar agora não era uma escolha porque...

82

— Vocês estão prontos, senhores? — Zack chamou, e eu gemi.

— Não — respondi baixinho. E então gritei para trás de mim: — É melhor você segurar firme. — Acelerei meu motor enquanto o Trans Am de Derek roncava ao meu lado.

Tate apertou os braços em volta de mim e me perguntei o que Ben pensava de tudo isso. Ele estava sem dúvida observando. Tate o avisou antes de subir atrás de mim?

— Vou te fazer pagar por isso, você sabe — ameacei.

Ela se aninhou perto, sua respiração fazendo cócegas em minha orelha.

— Você pode tentar.

Um sorriso que eu não deixaria escapar surgiu em meus lábios.

— Preparar! — Zack chamou, e olhei para frente, tensionando todos os músculos dos meus braços. — Apontar!

Tate ficou rígida contra o meu corpo.

— Vai!

Calor líquido inundou meu corpo, e gritos encheram o ar enquanto disparamos, nossos pneus girando, levantando fumaça e cheiro de borracha quente enquanto descíamos a pista.

Minha traseira balançou com o peso extra ao qual não estava acostumada, e agarrei o guidão com mais força, tentando ficar em linha reta. Derek disparou na minha frente, mas ganhei velocidade de imediato, acelerando na frente dele enquanto Tate soltava uma risada animada. Seus braços assustados se apertaram e adorei sentir seu calor nas minhas costas. Sempre amei tê-la na minha moto.

Mas quando fizemos a primeira curva, pisei imediatamente no freio.

— Merda! — rosnei, sentindo todo o peso extra atrás de mim me levando para o lado e atrapalhando meu equilíbrio. Eu não conseguia fazer curvas como estava acostumado nas corridas, acelerando e curvando-me até o chão, porque não estava na minha moto de corrida e não estava sozinho.

Tate engasgou, seu corpo se acomodando nas minhas costas, já que ela estava sentada mais acima e inclinada.

Abaixei meu pé, roçando o chão e dobrando a esquina, a sentindo balançar nas minhas costas. Derek buzinou, derrapando atrás de mim, e pisei no acelerador, avançando logo atrás dele.

Senti o peito de Tate tremer nas minhas costas e sabia que ela estava rindo. Endureci minha mandíbula.

Pelo menos ela não falou nada sobre estar orgulhosa de si mesma.

ARDENTE

Ganhei velocidade, consegui ir muito mais rápido que Roman, mas as curvas me matavam. Não adiantou.

Ele conseguia fazer curvas mais rápido, porque não precisava desacelerar tanto — ou se preocupar com a segurança de outra pessoa em seu carro — e eu não conseguia me concentrar, porque Tate estava no meu corpo e na minha cabeça, e ela sabia o que estava fazendo. Eu não poderia correr assim.

Meu equilíbrio estava perdido e ela sabia que eu estava preocupado em machucá-la. Em um carro, ela estava um pouco protegida, mas aqui... Eu estava com muito medo e não arriscaria. Ela se moveu, nós cambaleamos e não havia como protegê-la se algo acontecesse.

No momento em que dobramos a quarta curva, Derek já estava se aproximando da linha de chegada, e senti meu estômago revirar enquanto passava, parando lentamente, passando pelo estande do locutor e sentindo o calor do constrangimento cobrir minha pele.

Droga.

O carro de Roman estava cercado de espectadores e ele saiu de dentro, sorrindo de orelha a orelha.

Tirei meu capacete, nunca me senti tão humilhado.

Eu tinha acabado de perder uma corrida de moto para um antigo rival e mal conseguia ficar na frente de uma centena de pessoas com quem estudei no ensino médio.

Eu não vou matá-la. Eu não vou machucá-la.

Mas faria coisas com ela. Bati meu capacete no guidão. *Muitas coisas divertidas.*

Abaixei a cabeça, inspirando e expirando continuamente enquanto Tate descia da moto e se aproximava de mim, tirando o capacete.

— Sabe — ela começou, olhando para Roman —, você o deixou muito feliz. Derek realmente não tem muita coisa acontecendo em sua vida — comentou, parecendo pensativa. — Ele tem alguns amigos e o Loop, mas é isso. Nunca será alguém que subirá alto ou terá o mundo a seus pés. Isso provavelmente o manterá feliz por um mês.

Sua boca se inclinou em um sorrisinho, e olhei para vê-lo rindo com seus amigos, apreciando os elogios e a admiração. A vitória claramente o fez se sentir bem e provavelmente o fez parecer bem. Olhei para Tate, percebendo o que ela estava fazendo por ele.

Neguei com a cabeça e dei um meio-sorriso.

— O que você prometeu a ele se ele ganhasse?
— Nada — respondeu. — Eu apenas garanti a ele que ele venceria.
— Você tinha muita certeza — eu disse, sabendo que ela devia ter contado a ele seu plano de ir comigo.

Ela assentiu.
— Ele gosta de mim e confia em mim. Mais do que gosta e confia em você.
— Ótimo — rebati.

Ela apontou com o queixo.
— Mas olhe para ele. — Sorriu. — Este é provavelmente o melhor que ele se sentiu em muito tempo. — E então olhou para mim. — Ele não precisava de recompensa. Só precisava da vitória.

Olhei para Roman, percebendo que ela estava certa. Ele não era mais uma ameaça para mim e eu tinha muitos motivos para estar feliz. Sem danos causados.

Ela soltou um suspiro duro.
— Mas isso é realmente uma droga para você — brincou, com falsa simpatia estampada no rosto. — Jared Trent, piloto de motociclismo em ascensão da CD One Racing, perdendo para um amador neste laguinho? — Ela riu. — Caramba.

E eu a observei se afastar, meu rosto endurecendo quando ela foi até Ben e passou os braços em volta dele.

Desci da moto, olhando para ela.

Definitivamente era hora de melhorar meu jogo.

Não era excitante há um ano e meio, então por que diabos eu estava excitado agora?

Mudei-me ligeiramente no assento, o redemoinho de calor disparando da minha barriga para a virilha, e observei, querendo que ele a tocasse.

Na verdade, eu queria isso.

Eu o desafiei a deslizar a porra da mão mais acima na coxa dela, para que eu pudesse sentir mais do que senti falta nos últimos dois anos.

Só Tate fazia isso na minha cabeça. Só ela torcia meu corpo assim.

Nada tinha mudado.

— Jared, o que você está fazendo? — Ouvi a voz ofegante de Pasha enquanto ela abria a porta do quarto do hotel.

Virei o copo de gelo e bebi o resto do uísque, a queimação espessa subindo pela minha garganta antes de aquecer meu estômago. Deixando cair o copo no chão, voltei para a cama — uma das muitas camas em que dormi sozinho, completamente fiel a Tate — e senti as lágrimas molharem os cantos dos meus olhos. Mas apertei minha mandíbula, recusando-me a deixá-las cair.

Só quero que todos me deixem em paz.

Respirei pelo nariz, desafiador, desejando esquecer ou aceitar o que vi esta noite pela janela do quarto de Tate.

Ela tinha um namorado.

O teto girou acima de mim e levei as mãos até a cabeça, enterrando-as nos olhos fechados.

Seis meses atrás, Tate me amava e agora eu não era nada. A última vez que não fui nada para ela, a última vez que ela falou duro e tentou me convencer de que eu não importava, roubei nosso primeiro beijo.

E eu sabia que ela havia mentido.

Mas agora... ela me mostrou que estava me esquecendo.

Eu me sentia como no ensino médio. Antes que ela fosse minha.

Não consegui evitar que a primeira lágrima caísse.

— Tate — suspirei, enxugando meu rosto rapidamente.

— Quem é Tate? — Pasha parecia preocupada e eu sabia que ela não entendia nada disso. — Jared, você está chorando?

— Apenas saia — rosnei.

Dei a ela minha chave extra, para que ela pudesse entrar e pegar qualquer coisa que eu pudesse esquecer para a corrida de amanhã, mas, infelizmente, ela deve ter ouvido minha comoção quando chutei a barra portátil e quebrei uma garrafa mais cedo.

— Você tem uma corrida às dez da manhã! — gritou. — Você tem que estar na pista às sete e está bêbado!

Eu me sentei.

— Fora! — gritei. — Dê o fora!

— O que diabos está acontecendo? — Ouvi uma voz masculina e imediatamente soube que é Craig Danbury, o chefe de equipe.

— Ai, meu Deus — resmungou baixinho, provavelmente observando a desordem que eu era quando bêbado.

Não levantei os olhos das mãos, mas vi os sapatos dele perto da porta.

— O que diabos há de errado com ele?

— Não sei — disse Pasha. — E não sei se ele ficará bem amanhã.

Pressionei a cabeça entre as duas mãos, incapaz de me concentrar em nada além dela. Ela não esperou por mim. Por que ela não esperou?

A raiva percorreu meu corpo e eu queria brigar. Queria bater em alguém.

— É melhor que ele esteja bem — Craig retrucou. — Eu não me importo com o que você tem que fazer. Dê a ele uma garota ou um remédio... apenas faça com que ele volte a cem por cento pela manhã.

Ouvi-o sair e balancei a cabeça. Estava perdendo o controle e odiava esse sentimento. Eu nunca quis sentir isso de novo.

As mãos de Pasha pousaram em meus antebraços enquanto ela se ajoelhava na minha frente.

— Jared — implorou —, diga-me o que diabos aconteceu.

Fechei os olhos, sentindo como se meu corpo estivesse balançando.

— Eu perdi Tate — sussurrei, meus olhos queimando.

— Quem é Tate? — questionou. — Ele é seu amigo?

Deixei escapar uma risada amarga, meio que gostando do som disso. Gostaria que nossos novos vizinhos, há dez anos, tivessem tido um menino em vez de uma menina. Eu gostaria que Tate fosse um cara com quem eu tivesse estudado, em vez da garota de quem gostei, intimidei e por quem me apaixonei.

Eu gostaria que meu mundo nunca tivesse girado em torno dela. Talvez nós dois tivéssemos sido mais felizes.

— Beba isso — ordenou Pasha, entregando-me uma garrafa de água.

Agarrei-a preguiçosamente e tirei a tampa, virando a garrafa. Quando terminei, ela empurrou outra para mim.

Neguei com a cabeça.

— Chega. Apenas me deixe em paz.

— Não — insistiu. — Você tem uma corrida amanhã. Uma responsabilidade comigo e com sua equipe. Beba isso e depois vá tomar banho, enquanto eu arrumo algumas aspirinas e comida. Precisamos tirar o álcool de você.

Ela saiu e eu respirei fundo, tentando ignorar os nós no estômago que sabia que não eram da bebida. Engolindo a segunda garrafa de água, levantei-me com as pernas trêmulas e arranquei a calça jeans e a boxer, indo para o banheiro.

Não quero uma vida sem Tate. Não quero nada sem ela.

ARDENTE

Entrando no chuveiro, tropecei ao ligar a água. Estremeci quando o calor atingiu meu corpo, e mesmo que devesse estar sob um jato frio para ficar sóbrio, a onda de calor aliviou meus nervos.

Deixei cair a cabeça para frente, permitindo que a cascata corresse pelo meu pescoço e costas, e de repente me veio a primeira gota de paz que senti a noite toda.

Tate vinha sendo tudo para mim há muito tempo e, de alguma forma, pensei que ela sempre seria. Nunca duvidei disso.

Na verdade, fiz de tudo para permanecer na vida dela, seja para o bem ou para o mal.

E foi aí que percebi. Eu tinha dado a ela muito poder sobre mim.

Meu primeiro instinto esta noite, quando a vi com outro homem, foi bater em alguém, gritar com ela, confrontar os dois, mas algo dentro de mim me impediu.

Eu sempre a pressionei, empurrei e briguei com ela, e não queria mais ser aquele cara. Fui embora em primeiro lugar para poder crescer.

Ouvi a porta do banheiro se fechar e puxei a cortina apenas alguns centímetros para ver uma jovem encostada nela.

Ela me observou e alisei meu cabelo no topo da minha cabeça, tentando identificá-la. Ela parecia vagamente familiar.

— Quem é você? — perguntei, pensando que ela poderia ser uma groupie ou assistente de alguém, mas eu não prestava atenção em outras mulheres há muito tempo, então não tinha certeza.

Seus grandes olhos castanhos pareciam tímidos.

— Pasha achou que você poderia precisar de uma massagem nas costas — respondeu, sua voz soando muito inocente.

Estreitei os olhos e observei-a lentamente começar a tirar a roupa, sustentando meu olhar o tempo todo, enquanto o que ela quer dizer ficou claro.

Congelei, lentamente liberando o ar em meus pulmões.

Seu cabelo castanho-claro caía sobre o ombro e minha frequência cardíaca acelerou pouco a pouco, todas as peças sumindo e ela ficando nua na minha frente.

Sussurrei baixinho, me forçando a dizer a ela para ir embora.

Apenas diga a ela para ir embora.

Ela ficou quieta, mas percebi um toque de brincadeira em seus olhos quando inclinou a cabeça para mim, esperando por um convite.

— Você quer que eu saia? — perguntou gentilmente, tudo em seu olhar me dizendo que ela sabia que eu não iria.

Deixei meus olhos percorrerem seu corpo e quase pude sentir o quão gostosa ela seria se eu a tocasse.

PENELOPE DOUGLAS

Como seria bom ter alguém na minha cama.
Queria que ela fosse embora, mas não queria ficar sozinho.
Os sorrisos de Tate flutuaram em minha mente e endureci meu queixo quando a garota se aproximou, sua presença fazendo os pelos dos meus braços se arrepiarem.
Ela olhou para mim com um sorrisinho e comecei a ficar duro ao pensar nela aberta para mim na cama. Poderia fechar os olhos e ir até ela, me perder no ato e deixar de lado minha raiva e dor e usá-la como fiz com tantas outras mulheres, mas...
Mas nunca ganhei nada com isso.
Amanhã, vou odiar a mim e a atitude barata, porque nada se comparava a foder alguém que se ama.
Agulhas picaram o fundo da minha garganta e engoli o caroço.
— Sim — disse, olhando para ela. — Eu quero que você vá embora.
Confusão e uma pitada de mágoa passaram por seus olhos ao desviar o olhar, provavelmente tentando entender por que eu não a queria.
Fechei a cortina do chuveiro e finalmente ouvi a porta abrir e fechar, uma onda de alívio me atingindo. Por um momento, Tate desapareceu na minha cabeça, e cada centímetro do meu corpo sentiu a rajada de um segundo vento.
Deixei que minha necessidade por Tate me impulsionasse a fazer tantas coisas ruins no passado e tomar tantas decisões erradas, e não tinha percebido o quanto ainda me faltava controle sobre minha própria felicidade.
Ela tinha sido tudo, e me contive, agindo e fazendo todas as escolhas erradas, porque minha cabeça estava muito confusa com ela — e não vou mais fazer isso.
Saí do banho, enrolei uma toalha na cintura e fui para a cama.
Tinha uma corrida amanhã.

Algumas mulheres foram e vieram no ano e meio seguinte, mas nunca porque eu estava com raiva ou querendo vingança. Eu estava tentando seguir em frente, assim como Tate tinha feito. Queria voltar e lutar por ela, mas não antes de ter certeza de que seria bom para ela. E talvez ela não me quisesse de qualquer maneira, já que seguiu em frente. Então eu deixei estar.

Por um ano e meio, lutei entre o que queria e o que achava certo. Aceite-a de volta e ame-a para sempre, ou deixe-a em paz, porque tudo que sempre lhe causei foi dor.

Mas quando cheguei em casa hoje e a vi novamente, estava resolvido. A batalha na minha cabeça não existia mais.

Ela pertencia a mim. Eu fui construído para ela.

Olhei para a pista de dança, a mesa dela cheia de nossos amigos e suas bebidas, enquanto Ben tinha a mão preguiçosa apoiada na sua coxa, e endureci meu queixo para evitar o sorriso.

Esse toque não faria nada por ela.

Não por ela.

Tate não era devagar. Ela gostava de ser alimentada.

I Get Off, de Halestorm, tocava no sistema de som, e alguns de nossos antigos amigos do ensino médio cantavam junto na pista de dança. Sorri para mim mesmo, recordando como aquela música sempre me lembrava dela e como crescemos com as janelas voltadas uma para a outra. Ela se divertiu muito me provocando com aquela janela quando estávamos juntos.

Meu telefone tocou na minha mão e deslizei o polegar sobre a tela para ver uma mensagem de Jax.

> **O que você está planejando fazer quando ela sair com ele esta noite?**

Olhei para meu irmão do outro lado da pista de dança enquanto ele me lançava um sorrisinho conhecedor.

Idiota.

Meu telefone tocou novamente.

> **Você não tem ideia, não é?**

Larguei meu telefone na mesa e ergui meu dedo médio para ele. Ele riu e olhou para Madoc, que compartilhou sua diversão.

O que eu deveria fazer? Arrastá-la para o meu carro pelo cabelo? Sim, isso me daria pontos.

Mas ele estava certo. Não havia como eu viver com ela indo para casa com outra pessoa. Por mais que tenha aprendido a controlar meu temperamento, ela era um gatilho.

Seja qual for o caso que ela teve há um ano e meio, eu estive por perto para testemunhar apenas alguns minutos. Agora era um assunto diferente. Ben não era um cara mau e Tate o conhecia muito bem. Essa merda poderia se desenvolver rapidamente entre eles.

A garota ao meu lado se inclinou em meu braço e olhei para ela, quase desejando poder levá-la para casa. Eu estava sobrecarregado de energia e adrenalina e queria uma garota na minha cama esta noite.

Poderia fingir que iria levá-la comigo. Poderia me convencer disso e deixar o corpo dela trabalhar o meu até o ponto em que eu desligaria, mergulharia e brincaria por um tempo, mas estaria forçando. Só havia uma garota que eu queria e que sabia exatamente do que eu gostava.

— Idiota!

Virei minha cabeça para a pista de dança e vi Pasha empurrando um cara para longe dela.

Ótimo. O aborrecimento me inundou como uma chuva, e me levantei, deixando a mão da garota cair da minha coxa.

Pasha tinha ficado bêbada o suficiente para deixar um cara dançar com ela, e agora voltou a si, não querendo atenção.

O cara — quase vinte anos, pelo que parece — sorriu largamente e agarrou seus quadris, puxando-a para ele.

— Para! — Pasha afastou as mãos novamente e me aproximei, sabendo exatamente o que estava prestes a acontecer.

A pista de dança era praticamente ombro a ombro, então a disputa deles não passava despercebida. Madoc, Fallon e todos os outros na mesa estavam esticando o pescoço para ver o que estava acontecendo.

O cara agarrou o braço dela.

Merda.

Atravessei a multidão a tempo suficiente para pegar Pasha dando um tapa no rosto dele.

— Sua vadia! — gritou, segurando o rosto.

Pulei entre eles, ficando na frente de Pasha.

— Afaste-se! — gritei para o cara, atacando-o, enquanto ele tentava avançar.

— Ela me bateu! — ele rosnou.

Avancei em seu espaço, mantendo meus olhos fixos nos dele.

— Melhor ela do que eu — ameacei.

O cara fez uma pausa, provavelmente pesando suas opções, antes de se virar e sair da pista de dança. Soltei um suspiro, tão irritado com Pasha quanto estava com ele. Ela fazia muito isso. Deixar um cara pensar que tinha uma chance, apenas para desistir quando percebia que afinal não os queria. Ela precisava parar de tentar ser alguém que não era.

ARDENTE

Eu me virei.

— Você está bem? — perguntei, mas ela não estava olhando para mim. Mordendo o lábio inferior, ela balançou a cabeça.

— Eu não sou hétero, sou? — murmurou, como se acabasse de perceber isso.

Assenti, bufando.

— Eu sei.

Sua cabeça se ergueu e seus olhos se estreitaram de surpresa. Ela realmente achava que ninguém suspeitava.

— Meu pai me odeia. — Ela ficou de mau humor. — Agora vai me odiar mais.

Passei um braço em volta do pescoço dela e a tirei da pista de dança.

— Sabe qual a melhor parte de ter uma família? — refleti. — Eles não foram sua escolha, então você não é responsável. O melhor dos amigos é que você pode escolhê-los.

E deslizei meu pé pela perna de uma cadeira de madeira na mesa de Madoc e puxei-a para fora, guiando Pasha para dentro.

— Gente, vocês se lembram da Pasha, certo? — Apontei meu queixo para meus amigos, a onda de calor no lado direito do meu rosto não passou despercebida quando senti os olhos de Tate em mim.

— Ei — murmúrios soaram ao redor da mesa.

Fiquei de pé, segurando as costas da cadeira da minha assistente, enquanto Fallon se levantava e pegava uma garrafa de cerveja do balde. Ela arrancou a tampa e colocou-a na frente de Pasha.

Agradeci a Fallon, sabendo que meus amigos eram a melhor coisa que eu poderia dar a Pasha agora.

Meus olhos foram para Tate, e mesmo que seu olhar estivesse desafiadoramente focado em um espaço vazio do outro lado da mesa, sabia que era a única coisa que ela tinha consciência.

Suas ondas soltas estavam penduradas sobre um ombro, cobrindo seu peito, e ela ficou sentada imóvel e quieta, como se esperasse que eu fizesse ou dissesse alguma coisa.

Baixei meus olhos para a mão de Ben esfregando a parte interna de sua coxa e então percebi que ela também estava com a mão na perna dele.

Fortalecendo meu queixo, me virei para voltar pela pista de dança quando Madoc gritou:

— Cara, sente-se aqui — solicitou. — Vamos.

Eu ri de todos os olhares sobre mim.

— Acho que não — eu disse, e então acrescentei: — Tate está desconfortável.

Seus olhos estreitados me prenderam na hora.

— Nós compartilhamos os mesmos amigos, Jared. Eu dou conta disso.

Inclinei a cabeça, a diversão aquecendo minha pele.

— Sério? — desafiei. — Sua respiração está superficial. Seus punhos estão cerrados. Você dificilmente olha para mim — avaliei, passando meus olhos por seu corpo. — E você não colocou a mão nele — arqueei uma sobrancelha para Ben — até que eu vim até aqui. — Eu sorri, deleitando-me com o silêncio que me cumprimentou. — Você está certa — provoquei. — Você não está desconfortável. Está nervosa.

Eu sabia que estava certo. Sabia que, se sentisse suas bochechas, elas estariam quentes, e se eu colocasse minha mão sobre seu coração, ele estaria acelerado.

Porém, por mais que estivesse satisfeito por ter acertado o humor dela, não pude deixar de me perguntar por que ela não estava pulando da cadeira e me batendo.

Não que Tate fosse excessivamente violenta, mas ela pelo menos estaria gritando comigo.

Em vez disso, o canto de seus lábios carnudos e rosados se curvou em um sorriso sinistro enquanto ela se levantava e me mantinha em transe com seus olhos tempestuosos.

Ela arqueou uma sobrancelha, parecendo divertida.

— Nervosa? — repetiu. — Na verdade, estou me divertindo por você pensar que ocupa mais do que o mínimo da minha memória, Jared. Você era facilmente esquecível. — Ela se aproximou de mim, com seus passos calmos e uniformes. — E na verdade fico bastante entretida quando olho para trás e penso no quanto me iludi sobre você.

Seu tom condescendente me fez cerrar os dentes. O mínimo da sua memória?

Eu era *todas* as suas memórias.

— Sua única maneira de vencer uma discussão é dando um soco — provocou. — Seu comportamento antissocial me entediava demais, e sua falta de habilidade de conversar em público era embaraçosa, para dizer o mínimo.

Que porra é essa?

Meu olhar quente se concentrou nela, e lentamente levantei o queixo enquanto a raiva fervilhava em meu peito.

ARDENTE

Encurtei a distância com um último passo e olhei para ela, inalando seu perfume suave. Mostrei meus dentes, deixando meu temperamento escondido vazar.

— Você gostava das minhas habilidades de conversação quando estávamos sozinhos — apontei, continuando e pronunciando cada palavra. — Dentro do carro, em cima do carro, no meu chuveiro, na sua cama — cheguei na cara dela, rosnando —, em quase todos os andares, em quase todos os cômodos da sua casa, você adorava minhas habilidades de conversação.

Registrei um bufo atrás de Tate, e seus olhos arregalados e furiosos se voltaram para Juliet.

Sua amiga olhou para cima, sua expressão se desfazendo diante do olhar de Tate. Os olhos de Madoc e Jax estavam focados no chão, enquanto eles sabiamente reprimiam a diversão.

Ben apareceu ao lado de Tate, pegando a mão dela e sem me olhar.

— Vamos — disse ele com firmeza.

Tate olhou para mim com fúria aquecendo seu rosto e assentiu.

— Sem dúvida.

Mas quando deixou Ben levá-la embora, ela parou e se inclinou, sussurrando para que só eu ouvisse.

— Você foi bom em algumas coisas — comentou. — Só não para outras.

Meus pulmões se esvaziaram enquanto os observava partirem juntos, e durante todo o tempo os olhares de todos na mesa abriram um buraco na minha cabeça.

Foda-se.

Ela acendeu cada terminação nervosa do meu corpo, e não queria nada mais do que tê-la debaixo de mim. Apesar de ela ter insinuado que eu só servia para uma coisa.

Eu sorri.

Na próxima vez que suas garras saíssem, ela se lembraria de tudo em que eu era bom.

CAPÍTULO SETE

TATE

— Sabe, está tudo bem se tê-lo por perto te deixa nervosa — Ben disse suavemente, segurando minha mão enquanto andávamos pelo caminho de tijolos até minha casa. — Vocês estiveram juntos por muito tempo.

Ofereci um sorriso tenso, apertando sua mão.

— Jared não me deixa nervosa — afirmei. — Ele me irrita.

Subimos as largas escadas de madeira sob o brilho suave da luz da varanda, e olhei rapidamente para a casa de Jax, notando que todas as luzes ainda estavam apagadas.

Optei por voltar para casa, pois imaginei que Jared provavelmente ficaria na casa de Madoc.

Quando ele chegasse em casa, claro. Afinal, ele tinha Pasha e uma mulher com ele.

Parei no meio da escada, virando-me para olhar para Ben, que estava um degrau abaixo.

— Eu convidaria você para entrar — comecei, puxando levemente a frente de sua camisa polo —, mas está realmente uma bagunça.

Um lampejo de decepção cruzou seu rosto, mas ele ofereceu um sorriso rápido, escondendo-o bem.

A bagunça não deveria importar, é claro. E não importava. Afinal, meu quarto estava limpo.

A verdade é que estava muito distraída para convidar Ben para entrar. Ele merecia toda a minha atenção e, naquele momento, meu corpo e minha cabeça estavam muito inquietos. Muito excitados. Eu não poderia levá-lo para casa esta noite.

Ele sustentou meu olhar, estudando meu rosto com um ar de calma. Eu sabia que ele sabia o verdadeiro motivo da minha desculpa, mas ele não disse nada. Apenas assentiu, aceitando o que eu não conseguia colocar em palavras.

Ben era um cara legal. E inteligente. Dizia que eu era bonita e apoiava minhas escolhas. Olhando em seus olhos azuis, quase tive vontade de me perder. De descobrir como seria ter sua pele quente contra a minha. De ver se ele conseguia me fazer sentir tão bem quanto...

Limpei a garganta, tirando a ideia da cabeça.

Eu usaria Ben para me sentir melhor, para sentir qualquer coisa, e nós dois merecíamos mais. É por isso que precisávamos esperar por um momento mais oportuno.

Ele se aproximou, abaixando seus lábios nos meus para um beijo casto. Ele tinha gosto de canela dessa vez, e lentamente respirei seu perfume. Recuando, ele sorriu gentilmente antes de se virar para sair.

Mas o impedi.

Agarrei seu braço e o puxei de volta, abaixando minha cabeça e mergulhando em seus lábios, seu corpo estremecendo de surpresa. Provoquei sua língua com a minha e inclinei a cabeça para o lado, indo mais fundo e aproveitando sua respiração presa. A mão de Ben circulou minha nuca e minhas bochechas esquentaram com sua proximidade.

Era assim entre nós. Agradável. Confortável. Ele beijava bem.

Mas nada acontecia a menos que eu pressionasse. Quando ele realmente tentou chegar à segunda base, me perguntou se estava tudo bem. Eu me senti mal por me sentir decepcionada. Afinal, ele estava apenas sendo educado. Mas era como se ele não soubesse o que queria e estivesse perfeitamente feliz seguindo minhas instruções. Ele esperaria pela minha palavra, e não tinha certeza se isso algum dia me excitaria.

Não é que quisesse ser controlada. Eu só queria me deixar levar.

Ele recuou, sorrindo um pouco mais antes de finalmente se virar para ir para o carro.

Abrindo a porta da frente, entrei em casa, imediatamente ouvindo pequenas garras fazerem *tap, tap, tap* no chão de madeira.

Olhei para cima, sorrindo ao ver Madman vir pelo corredor saindo da cozinha e se levantar, apoiando-se em minhas canelas. Ele deve ter escapado dos limites do quintal de Jax e encontrado o caminho pela nossa porta canina. Jax e Juliet estavam cuidando dele enquanto eu estava na casa de Madoc. Eu poderia tê-lo levado comigo, mas estive tão ocupada esta semana que ele receberia mais atenção com meus amigos.

Ele era apenas um garotinho — um cachorro de rua — que Jared e eu encontramos há dez anos e, embora tenha vivido com Jared a maior parte desse tempo, fiquei feliz por ter sido meu nos últimos dois anos.

O carinha nunca deixou de me fazer rir. Mesmo agora, por mais velho que estivesse, sua energia não vacilava.

Abaixei-me, acariciando o topo de sua cabeça e sabendo exatamente o que o pequeno diabinho queria. Comida, água e massagem na barriga — tudo ao mesmo tempo.

Fui até a cozinha, passando pela bagunça que os pintores haviam feito na sala de jantar esta semana. Lençóis brancos cobriam os móveis e o piso de madeira, e inalei o cheiro familiar de tinta.

De novos começos.

Reabasteci a comida e a água de Madman na cozinha e respirei fundo, fechando os olhos enquanto voltava pelo saguão, saboreando as velhas lembranças.

Minha mãe pintava muito os quartos quando eu era criança. Ela gostava de mudanças, então o cheiro dos produtos químicos realmente me confortava. Era a sensação de lar.

E eu odiava estar perdendo isto. Meu pai recusou duas boas ofertas e, embora não soubesse o motivo, não reclamei.

Entendi que vender a casa era o melhor. Embora sentisse falta de estar perto dos meus amigos e não conseguisse nem pensar em mais ninguém morando aqui, eu sabia que precisava me afastar de Jared. Longe das memórias, longe de seu antigo quarto na frente do meu, longe de um futuro cheio dele aparecendo na cidade sem avisar sempre que lhe apetecesse.

Então, sim, a mudança era necessária, por mais desconfortável que fosse.

Quando eu era pequena, chorei quando minha mãe me fez doar alguns dos meus brinquedos antes do Natal em um dos anos. Ela disse que eu precisava abrir espaço para as coisas novas que o Papai Noel estava me trazendo e, embora não brincasse com as coisas antigas, quase senti como se os brinquedos fossem pessoas. Para quem eles iriam? Eles seriam cuidados e amados?

Mas minha mãe disse que tudo é difícil na primeira vez. Quanto mais você abraça a mudança, mais fácil fica. É por isso que ela repintava os quartos a cada dois anos.

A mudança nos preparava para a perda, e ela estava certa. Ficava mais fácil.

Tive que abraçar a possibilidade de um relacionamento com Ben ou qualquer outra pessoa que aparecesse, e Jared poderia fazer o que quisesse. Era assim que as coisas precisavam ser.

E não importava quão desconfortável fosse estar perto dele, eu sabia que Jared provavelmente estaria em casa para ver sua mãe e presenciar o nascimento de sua irmã. Eu não queria estragar a visita dele.

Peguei meu telefone do bolso e entrei no banheiro, digitando uma mensagem com dedos trêmulos.

Engoli em seco e enviei a mensagem para Jared.

> Deixe-me em paz e farei o mesmo.

Apertei o telefone por cerca de dois segundos antes de colocá-lo na pia e tirar a roupa.

E para ter certeza de que não iria pensar nele ou se ele responderia ou o que diria quando o fizesse, escovei meu cabelo, coloquei meu short de pijama branco fino, um moletom preto da Seether e fui para a cama.

Apaguei a luz, liguei meu telefone no carregador e me enrolei sob as cobertas. Eu não esperaria que ele respondesse. Não esperaria que ele reagisse.

Não esperaria por ele.

Esfreguei os olhos para afastar o sono, finalmente notando uma mensagem de Jared no meu telefone.

> Não posso. E você também não.

Olhando a hora no aparelho, vi que já passava das duas da manhã. Eu estava dormindo há apenas uma hora.

Presumi que fosse meu pai mandando mensagens de texto, já que ele muitas vezes se esquecia da diferença de horário e mandava em horários estranhos. Mas, lembrando-me da minha mensagem para Jared, dizendo-lhe para me deixar em paz, estudei sua resposta novamente. Ele estava insinuando que eu não conseguia me controlar?

— Idiota arrogante — cuspi, meus dedos loucos digitando minha única resposta.

Sussurrei para mim mesma, escrevendo a mensagem:

> Não fale comigo. Não chegue perto de mim.

Bati o telefone de volta na mesa de cabeceira e enfiei o rosto no travesseiro, determinada a mantê-lo fora da minha mente.

Não funcionou.

Soquei a cama. *Que idiota!*

— Pomposo, excessivamente confiante, filho da... — rosnei em meu travesseiro, odiando que pudesse haver um pouco de verdade em suas palavras.

Lembrava-me muito bem do quanto adorei quando ele *não* me deixava em paz. O lugar favorito de Jared era qualquer lugar onde ele pudesse me deixar nua.

Meu telefone tocou e acendeu novamente, e eu pisquei, sabendo que só precisava ignorá-lo.

Mas levantei a cabeça de qualquer maneira, ainda carrancuda, e li o texto flutuando no topo da tela.

> Não vou chegar perto de você. Ainda.
> Prefiro te observar.

Minha respiração ficou presa.

— O quê? — sussurrei para mim mesma, franzindo as sobrancelhas.

Me observar? Engoli em seco e tentei me recompor, sem ter certeza se estava lendo corretamente. Pegando o telefone, tirei as cobertas e fui na ponta dos pés até a ponta da cama, onde espiei pelas portas francesas e através da árvore de folhagem densa.

> Onde você está?

Mandei a mensagem, sem ver a luz vindo de seu antigo quarto. Como ele poderia me observar a menos que pudesse me ver? De repente, me endireitei, um feixe de luz deslizando pelas cortinas transparentes de uma luminária em seu antigo quarto, agora iluminado.

Coloquei meu cabelo atrás da orelha, um calor nervoso incendiando meu peito. Arregacei as mangas e cruzei os braços sobre o peito, meu coração palpitando em batidas rápidas.

Jared apareceu na janela e eu recuei, me escondendo na escuridão.

— Merda — sussurrei, como se achasse que ele pudesse me ouvir. *Por que ele está em casa e não na casa de Madoc?*

ARDENTE

Pelo menos como era ele quem estava com as luzes acesas, podia vê-lo, mas ele não conseguia me ver.

Ele ainda usava a calça preta de antes, mas agora estava sem cinto e camiseta, e ficou ali parado, parecendo saber exatamente onde eu estava. Mesmo daqui podia ver seus olhos brincalhões e sabia, sem dúvida, que se eu abrisse as portas, ele viria. Assim como nos velhos tempos.

Saber disso causou um arrepio nos meus braços.

Ele deixou o telefone na altura da cintura, enviando mensagens de texto, e permiti que meus olhos permanecessem em seu corpo — o abdômen tenso e estreito que tracei com a língua mais de uma vez.

Rosnei baixo, desviando os olhos.

Meu telefone vibrou e deslizei a tela para ver a mensagem.

> Você estava muito mais do que linda na pista esta noite.

Estreitei os olhos, tentando me endurecer contra seu lado suave. Ele raramente demonstrava isso, o que causava mais impacto, e não queria que me dissesse coisas legais.

> Mesmo depois de todo esse tempo, você ainda me mata. Ainda quero você, Tate.

— Não — sussurrei para ninguém, e então, suspirando, me abaixei até a beira da cama, ainda vendo sua forma escura com o canto do olho.

> Sinto falta da maneira como seu corpo costumava se mover com o meu.

Ele mandou uma mensagem novamente. Abaixei a cabeça para frente, lendo os textos conforme eles chegavam.

> Mas nunca esqueci.

> Lembro-me de cada centímetro da sua pele. Cada gosto, cada som que você fazia...

A luz da lua caiu no meu colo e pude ver meus dedos ficando brancos enquanto apertava o telefone.

Ele conhecia cada centímetro de mim e sabia me tocar como um instrumento. Suas mãos e boca exigentes eram tão gananciosas, que deixei cair a cabeça para trás, sentindo uma gota de suor deslizar pela minha espinha.

Merda.

Meus dedos formigaram e eu sabia o que ele estava tentando fazer e não queria que parasse.

> **Parece que é você quem tem poucas habilidades de conversação esta noite.**

Revirei os olhos para a mensagem que ele mandou.

> **Você pode pensar que é diferente, mas não é. Eu sei que você ainda me sente.**

Cerrei os dentes diante de sua arrogância, ao mesmo tempo em que cerrava as coxas ao me lembrar dele.

> **Tantas vezes eu estive dentro de você. Diga-me que você se lembra, ou terei que lembrá-la.**

Fechei os olhos, meu pulso bombeando pelo meu corpo como um tambor.

Jared.

Passei a mão pela coxa, amando a sensação entre as pernas. Já fazia tanto tempo.

— Maldito seja — engasguei baixinho.

> **Você quer que eu pare?**

Respirei fundo e bem rápido ao olhar para a tela.

Faça isso. Diga a ele para parar, disse a mim mesma. Isso é fodido e ele não pode ter você.

Mas minha pele estava em chamas. E me sentia em casa.

Como calor, paz e não importa o que mudasse em minha vida, as pessoas que conheci, as coisas que perdi, ou onde morei... se estivesse na órbita dele, então estava em casa.

Mesmo quando eu tinha onze anos e já fazia um ano desde o dia em

ARDENTE

101

que minha mãe morreu, Jared foi meu farol naquele dia. Ele não saiu do meu lado, mesmo quando o ignorei. Ele simplesmente me empurrou no nosso velho balanço de pneus no quintal por duas horas, até que finalmente parei de chorar e comecei a falar. Ele era meu amigo. Tínhamos uma base sólida.

E então, à medida que ele se tornou homem, os sentimentos ficaram mais fortes. Muito mais fortes.

Sentei-me lá e movi minha bunda em um pequeno círculo, dando-me o prazer da fricção do meu short e calcinha contra a minha pele.

Ele mandou uma mensagem novamente e eu cedi, lendo suas palavras.

> Amava a pele da curva da sua coxa, Tate. A parte onde sua perna encontra seu quadril. Era o paraíso e, mesmo agora, ainda posso sentir o gosto.

Meus olhos tremularam e deixei meu corpo cair de volta na cama enquanto roçava a parte da minha coxa que ele amava.

> Você costumava agarrar meu cabelo com tanta força que quase montava em meu rosto. Seu pai nunca soube como você realmente era má.

Passei a palma da mão sobre meu clitóris através do short do pijama e gemi, pensando em suas visitas matinais secretas antes da escola. Ele entrava sorrateiramente, enterrava a cabeça entre minhas pernas e se esforçava tanto que tinha que colocar a mão na minha boca para não sermos ouvidos.

> No segundo ano, quando você começou a praticar atletismo... suas pernas ficaram tão tonificadas. Achei que você estava tentando me deixar louco de propósito.

Deslizei meu dedo médio entre as dobras do meu short fino e não pude evitar.

Eu ansiava por suas mãos ásperas em mim novamente.

Tensionei cada músculo do meu peito, elevando meus seios, e imaginei seus longos dedos deslizando sob meu moletom, porque ele nunca conseguia tirar as malditas mãos dos meus seios.

> **Você sempre se encaixou perfeitamente, Tate. A maneira como você arqueava seus quadris para mim quando eu te fodia por trás.**

— Porra — gemi com a lembrança, girando meus quadris nas mãos e fechando os olhos.

> **Essa era a sua posição favorita, não era?**

Não respondi, porque ele já sabia. Desde a mesa da cozinha, sempre adorei quando ele me segurava de joelhos.

> **Você também nunca derreteu debaixo de mim. Cada vez que eu empurrava, você empurrava de volta. Eu enfiava meu pau dentro de você, e você empurrava a porra das suas costas para fora da cama, esfregando seus mamilos contra meus lábios e implorando por minha língua. Você sempre gostou muito.**

A dor na minha entrada era muito quente e doce. Eu precisava tanto dele. Ninguém me deixava louca como ele. A onda de necessidade me inundou, e senti a umidade através do meu short enquanto esfregava a protuberância com mais força.

Fechei os olhos, imaginando-o me virando de bruços e deslizando para dentro de mim. O suor cobriu minha testa quando me lembrei, como se fosse ontem, daquela dor fantástica que sempre sentia quando ele entrava em mim. Era uma dorzinha, mas eu adorava. Ele ia tão fundo, e o alongamento e a pressão eram doces.

Abri o telefone para ver sua nova mensagem.

> **Você se lembra da noite de formatura? No meu carro, à beira do lago? Estava tão quente. Seu vestido estava rasgado e caído no chão do carro, e você colocou minha gravata. Era a única coisa que você estava vestindo.**

Lembrei-me. Montei nele no banco de trás com a gravata entre meus seios. Ele não aguentou. Atacou-me como um cachorro selvagem, quase me comendo viva.

ARDENTE

> Tate, você não sabe o que faz comigo. Você me vira a cabeça. Suas palavras, suas risadas, suas lágrimas, seus olhos... você inteira é minha dona.

— Você também — sussurrei, uma lágrima escorrendo pelo canto do meu olho e escorrendo pela minha têmpora.

Engoli em seco, esfregando as pernas para me livrar da dor.

> Sou um homem melhor, mas nunca houve uma mulher melhor para mim. Nunca houve ninguém como você.

Cerrei minhas mãos, precisando gozar. Ofeguei, querendo que ele me fizesse gozar, mas bati meu punho na cama, me recusando a lhe dar essa satisfação.

Ele me machucou demais e não importava a atração física que ainda existia entre nós, isso não mudou. Eu precisava me lembrar disso.

> Quero esmagar a porra das mãos dele quando ele toca em você.

> Mas, honestamente, é muito excitante ver outro homem ter o que eu quero.

Sim, assim como eu o vendo com outra mulher. Eu odiei e doeu, mas também me fez sentir possessiva. Me fez querer lutar.

> Na verdade, estou duro feito aço agora.

Meus pulmões se esvaziaram e arrastei meu lábio inferior entre os dentes, quase sorrindo, mas me contive. Jared — duro e pronto — era uma visão que sempre me deixava com água na boca. Imaginei-o segurando-se agora, embora eu estivesse deitada e não pudesse vê-lo.

Demorou mais um minuto antes que ele mandasse uma mensagem novamente.

> Você parece com calor. Deveria tirar esse moletom antes de ir para a cama.

Meus olhos se arregalaram e saltei da cama, abrindo minhas portas francesas. Ele não me viu, viu? Estava escuro aqui. Aceso lá. Passei a mão pelo cabelo, a vergonha aquecendo meu rosto.

Espreitando para ver a porta, vi Jared ainda parado sob o brilho dourado da lâmpada que ele havia acendido antes. Mesmo através da árvore e da escuridão, pude ver a expressão de satisfação em seus olhos antes de olhar para baixo e mandar uma mensagem mais uma vez.

> **Eu me lembro de tudo, Tate. E sei que você também lembra.**

Deixei o telefone cair na cama, vendo a diversão em seus olhos se transformar em uma ameaça sombria enquanto ele fechava as cortinas e desaparecia.

Porra.

CAPÍTULO OITO

TATE

Corri pela calçada, os tênis amortecendo o impacto enquanto saltava o meio-fio e atravessava a rua. *I Hate Everything About You*, de Three Days Grace, tocava em meus fones de ouvido e estava coberta de suor da barriga até a cabeça.

Eu estava em boa forma e normalmente não buscava velocidade em minhas corridas, mas o fato de estar respirando com dificuldade me fez perceber que tinha ido longe demais e com força. Nunca fiquei sem fôlego em minhas corridas matinais regulares.

Diminuindo a caminhada quando pisei na calçada do meu lado da rua, levantei a bainha da blusa preta e limpei o rosto.

Minhas calças justas pretas estavam úmidas de suor e o tecido coçava minhas coxas.

Elas estavam me irritando.

Meu rabo de cavalo arrastando nas minhas costas estava me irritando. Meus pés doloridos e o fato de não ter conseguido expulsar a energia indesejada do meu corpo estavam me irritando.

Fazia muito tempo que não ficava tão irritada.

Acordei com o som da moto de Jared atravessando meu sono como uma inundação de água quente sobre minha pele, e deitei na cama, esticada no colchão, de repente desesperada por uma de suas visitas matinais. Sempre ficava mais disposta pela manhã, e ter seu corpo nu aninhado entre minhas pernas, implorando para entrar, costumava ser uma ótima maneira de despertar.

Mas ele saiu em disparada e eu certamente não queria o que meu corpo desejava.

Entrei em casa, coloquei minhas chaves, junto com meu iPod e fones de ouvido, na mesa da entrada, e fui para a cozinha, Madman me seguindo. Liguei meu laptop sobre a mesa e comecei a fazer uma omelete, bebendo duas garrafas de água e cortando algumas frutas.

Vinha sendo difícil tentar uma alimentação saudável com o horário que eu mantinha. O hospital sempre tinha caixas de Krispy Kremes, biscoitos e outras guloseimas por lá, e como estava lendo na biblioteca, em casa ou mexendo no carro quando não estava trabalhando ou na faculdade, tive dificuldades de não pegar o que era conveniente com pressa. Felizmente, meus fins de semana eram livres, então preparava a comida com saladas e lanches saudáveis.

Embora ainda conseguisse um donut com cobertura de chocolate sempre que podia.

Sentando-me à mesa, liguei para meu pai para nosso bate-papo por vídeo semanal.

— Ei, pai — cumprimentei-o, cortando um pedaço da minha omelete com espinafre, cogumelos e queijo. — Como está a bela Itália? Está ficando longe de todo o vinho, certo? — provoquei, enfiando o garfo cheio na boca.

— Na verdade, o vinho faz bem ao coração — ressaltou, com riso nos olhos azuis. Meus olhos.

— Sim, um copo — esclareci. — Não cinco, ok?

Ele assentiu.

— *Touché.*

Meu pai não gostava muito de álcool, mas sabia que ele gostava especialmente da comida em certos países para onde foi designado ao longo dos anos. A Itália é um deles.

Mas, há alguns anos, seu estilo de vida finalmente afetou seu corpo. Ele tinha uma agenda agitada, pouca consistência na rotina, maus hábitos alimentares porque estava sempre em movimento e pouco ou nenhum exercício devido às viagens. Ele teve dois ataques cardíacos no exterior e nem me contou. Fiquei furiosa quando descobri.

Agora mantenho um contato melhor para importuná-lo mais. Usei minhas economias e mandei para ele uma esteira no Natal um ano, e até procurei por supermercados em qualquer área em que ele morasse, para poder empurrar saladas e seleções orgânicas nele.

Felizmente, ele aguentou. Ele era meu único responsável há cerca de doze anos e finalmente entendeu e percebeu que eu precisava dele por perto por muito tempo.

— Você está em casa? — perguntou, olhando ao meu redor. — Achei que você estava hospedada com Madoc e Fallon.

Dei de ombros, concentrando-me na minha comida.

— É final de semana. Os trabalhadores não estão aqui e queria trabalhar um pouco no quintal.

Os jardins estavam realmente em ótimo estado. Jax cuidava de tudo enquanto meu pai estava fora e eu na faculdade. Eu realmente só queria estar em casa e sabia que, por mais que tentasse esconder, meu pai conseguia me ler bem.

— Tate, eu sei que isso é difícil — afirmou, suavemente. — Vender a casa, quero dizer. Sei que você vai sentir falta.

Engoli o pedaço de comida na garganta, certificando-me de parecer indiferente.

— Será um adeus difícil, mas nada pode permanecer igual para sempre, certo? — Eu estava tentando permanecer positiva. Não havia nada que pudesse ser feito, e não podia esperar que meu pai continuasse pagando as despesas de uma casa grande da qual não precisávamos mais.

— Querida, olhe para mim, por favor.

Parei de cortar a comida com o garfo e olhei para cima.

Ele me fitou por um momento, mas depois franziu a testa e desviou o olhar. Esfregando o nariz com a mão, soltou um suspiro.

Meu coração afundou e me perguntei o que diabos ele estava tentando dizer.

— Está tudo bem? — disparei. — Seu coração…?

— Estou bem. — Ele assentiu rapidamente. — Eu só…

Estreitei meus olhos.

— É a casa? Foi vendida?

Seu olhar fixou-se no meu e ele hesitou antes de responder.

— Não. — Balançou sua cabeça. — Nada está necessariamente errado.

— Pai, desembucha.

Ele passou a mão pelos cabelos e exalou com dificuldade.

— Bem, estou saindo com alguém, na verdade — começou. — Alguém de quem me tornei muito próximo.

Abaixei meu garfo, endireitando as costas. Saindo com alguém? Lembrei-me dele falando sobre ir a um encontro aqui e ali um tempo depois da morte de minha mãe, mas ele nunca me apresentou a ninguém. Era sério?

Meu pai me observou, esperando que eu dissesse alguma coisa, provavelmente.

Finalmente pisquei, limpando a garganta.

— Pai, isso é ótimo — afirmei, com um sorriso honesto. — Estou feliz por você. Ela é italiana?

— Não. — Ele se mexeu, parecendo muito desconfortável. — Não, ela mora na cidade, na verdade.

— Aqui?

Suas bochechas enrubesceram enquanto ele passava a mão pelo cabelo mais uma vez.

— Isso é muito estranho. — Ele riu, nervoso. — Querida, há cerca de um ano, comecei a sair com uma das... — Ele parou, parecendo que precisava desesperadamente de palavras diferentes para me dizer o que precisava me dizer. — Comecei a sair com uma das suas antigas professoras. Elizabeth Penley — soltou, depressa.

— A senhorita Penley?

A senhorita Penley e meu pai?

— Era esporádico — explicou, parecendo mais que estava se desculpando. — Com minha agenda, a sua e o trabalho dela, sem mencionar que, quando você vinha para casa de vez em quando, queria que nosso tempo juntos fosse apenas para nós. — Ele respirou fundo e continuou: — Parecia que nunca havia um bom momento para te contar.

Acho que eu entendia.

Ele provavelmente poderia ter mencionado isso em algum momento, no entanto. *Jesus.*

— Eu não sabia se iria durar e não queria mencionar nada até ter certeza. Só ficou muito sério nos últimos meses — justificou, como se estivesse lendo minha mente.

Assentindo, tentei absorver a ideia de meu pai me contando sobre alguém novo em sua vida. Ele nunca deu tanta importância a ninguém.

Mas a verdade é que estava preocupada com ele. Sempre me preocupei com ele. Principalmente porque eu não estava mais em casa durante o seu tempo aqui, não conseguia me livrar da culpa por ele estar comendo sozinho, assistindo TV sozinho, indo dormir sozinho...

Embora minha mãe sempre fosse amada e importante, não queria meu pai sozinho para sempre.

— Bem. — Suspirei. — Já estava na hora. E eu adoro a senhorita Penley. Ela é incrível. — Mas então estreitei meus olhos para ele, questionando. — Mas por que, se você não conseguiu encontrar tempo para me contar no Natal, nas férias de primavera ou nas chamadas de vídeo anteriores, você está me contando agora?

Ele ofereceu um sorriso tímido.

— Porque vou pedi-la em casamento.

ARDENTE

— Tate!

Virei minha cabeça para a esquerda, vendo Madoc vindo em minha direção.

— Ótimo — sussurrei, concentrando-me novamente na pista.

Depois da ligação com meu pai, saí — como tantos outros fizeram durante o dia — para praticar algumas voltas pela pista e aproveitar a calma que encontrava aqui, sem a multidão.

Eu estava com dificuldades e não sabia por quê. Gostava de Penley e queria que meu pai tivesse alguém. Seu pedido seria uma coisa boa e eu deveria estar feliz por ele.

Então, por que senti que de repente tudo era demais?

A casa, Stanford, seu relacionamento... Senti como se estivesse navegando sem leme ou âncora.

Então saí para dirigir. Para limpar minha cabeça.

Ficar sozinha, o que Madoc odiava.

— Vamos. — A acidez em sua voz era afiada, e sabia que ele não aceitaria um não como resposta. — Agora.

Olhei para ele outra vez, confusão, irritação e frustração provavelmente evidentes em meu rosto.

— Para onde?

Ele jogou a cabeça para trás.

— Minha casa. Vamos dar uma festa juntos. Fallon disse que te mandou uma mensagem há uma hora.

— Não. — Balancei a cabeça, sabendo exatamente quem veria ali. — Nada de festa.

Ele parou, abrindo o paletó e colocando as mãos nos quadris.

— O que você está vestindo? — perguntei, observando a calça e o paletó pretos e a camisa azul-clara com gravata azul-royal. Suas roupas e cabelo estavam elegantes e estilosos, e nunca consegui superar o fato de que ele acabou com alguém tão alternativo quanto Fallon.

Ele se endireitou, de repente parecendo ofendido. Passando a mão pela frente do corpo, inclinou o queixo para mim.

— Gostoso ou não? — perguntou, ficando brincalhão ao se referir às suas roupas. — Tive que ir para o estágio por algumas horas esta manhã.

110 PENELOPE DOUGLAS

Voltei meus olhos para a pista, decidindo não encorajá-lo.
— Vamos. — Sua voz forte incomodou novamente, voltando ao assunto.
Soltei um suspiro e pulei do capô.
— Pare com isso. Não preciso que você interfira.
Fui abrir a porta, mas Madoc colocou a palma da mão na janela, me impedindo.
— Você vai topar com ele muitas vezes na vida — pressionou. — Reuniões, casamentos de amigos... e quando Fallon e eu tivermos filhos? Ou Jax e Juliet?
Meu coração batia forte quando percebi que Madoc estava certo. Eu encontraria Jared muitas vezes ao longo dos anos.
Merda.
Madoc agarrou meus ombros, me forçando a encará-lo.
— Coloque isso na sua cabeça, ok? — Ele falava comigo como meu pai. — Você é tão importante para nós quanto ele. Você não vai se afastar de novo. Não vamos deixar você ir.
Como uma criança petulante, olhei para ele. Odiava sua persistência.
Embora eu também tenha gostado.
Ele nunca me deixou. Juliet e Fallon ficariam com esses caras para sempre e teriam filhos com eles. E eles sem dúvida se estabeleceriam aqui.
E eram todos meus amigos tanto quanto de Jared.
Tirei as chaves do bolso.
— Tudo bem, mas vou dirigir meu próprio carro.

— Ei — Fallon me cumprimentou, me puxando para um beijo na bochecha. Estava excepcionalmente alegre, então imaginei que ela provavelmente estivesse embriagada, embora parecesse alerta.
Usava uma de suas velhas camisetas cinza — cortada, rasgada e amarrada — transformada em uma regata sexy, quase sem costas. Seu short jeans já estava fazendo Madoc babar quando ele apareceu por trás dela, apalpando sua bunda e enterrando o rosto em seu pescoço.
— Pegue uma bebida — ordenou, sorrindo enquanto Madoc passava um braço possessivo em volta de sua cintura. E então ela me prendeu com seu olhar verde laser. — E relaxe, ok?

ARDENTE

Avistei Ben lá fora, perto da piscina, então deixei meus amigos sozinhos e fui encontrá-lo.

Madoc e Fallon gostavam de ter gente por perto, e Madoc adorava especialmente suas festas. Não porque ele queria beber ou aparecer. Era porque ele amava estar em comunidade. Ele amava seus amigos e gostava de bons momentos e boas conversas. Eu não tinha a menor dúvida de que um dia Madoc acabaria sendo prefeito de Shelburne Falls, porque ele amava muito sua família. E esta cidade era sua família.

E a ideia de Fallon em um vestido de alfaiataria azul ou vermelho com uma bandeira americana pregada nela era muito engraçada, que Deus a abençoe.

Passei pelas portas de vidro deslizantes, ouvindo *She's Crafty*, dos Beastie Boys, preencher o ar do final da tarde, o que finalmente me fez sorrir. Não estava tão lotado como muitas das festas de Madoc, mas havia umas boas trinta pessoas aqui. A maioria vestia shorts de banho e biquíni, enquanto eu ainda usava jeans e camisa do Loop.

Caminhando até Ben, coloquei minha mão em suas costas nuas, mas, antes mesmo que ele tivesse a chance de se virar, senti aquela consciência familiar que sempre fazia os pelos dos meus braços se arrepiarem quando Jared estava por perto.

Ben se virou e me deu um largo sorriso, mas, quando se inclinou para beijar minha bochecha, espiei por cima do ombro dele, incapaz de não olhar.

Mas Jared não estava aqui. Olhei ao redor, examinando a festa, mas não o vi em lugar nenhum.

Eu tinha um sexto sentido estranho e, embora não pudesse ser explicado, sempre sabia quando ele estava perto. Poderia ter sido o modo como meu pescoço esquentava ou minha pele vibrava, ou talvez fosse apenas porque eu esperava que ele estivesse ali, mas assim que o senti, foi tudo o que pude perceber.

Casais farreavam e as pessoas brincavam de jogar água da piscina, mas continuei a olhar em volta e não o encontrei.

Ele tinha que estar aqui, no entanto. Sua assistente, Pasha, servia cerveja do barril para si mesma. Eu tinha visto seu cabelo roxo.

— Você está bem? — Ben se afastou, uma das mãos segurando minha cintura e a outra um prato de comida.

— Sim — respondi, me recuperando. — Estou bem. Eu só... — Respirei fundo lentamente, tentando me livrar do nervosismo e apontando o polegar para trás. — Só vou correr até o depósito e pegar mais algumas garrafas que Madoc pediu, ok? Eu volto já.

Dando um beijo rápido na bochecha de Ben, me virei e caminhei rapidamente até a casa antes que ele visse a mentira em meus olhos.

É claro que Madoc não pediu mais bebidas do depósito de seu pai, mas precisava de um minuto de distância. Desviando das poucas pessoas na cozinha e da ilha de comida, abri a porta do porão e desci as escadas correndo.

O porão estava vazio, já que no início da festa todos costumavam socializar juntos antes das mulheres permitirem que seus namorados — e maridos — desaparecessem na sala de jogos de Madoc. A mesa de sinuca, a rampa de skate e os sofás de couro estavam todos inutilizados enquanto me dirigia pelo corredor até o banheiro em frente ao depósito.

— Meu Deus, amor — o sussurro áspero de um homem alcançou meus ouvidos no momento em que eu estava fugindo para o banheiro. — Não consigo tirar minhas mãos de você. Por que você faz isso comigo, hein?

Sua voz abafada foi acompanhada por barulhos de roupa e respiração alta.

Houve risadas, seguidas por uma voz feminina, dizendo:

— Eu não faço nada, senhor Trent. Juro.

Meus olhos brilharam e meu estômago deu um nó. *Senhor Trent.*

Ouvi o tecido rasgar e a mulher respirou fundo.

Apertando a mandíbula, tirei a mão da maçaneta e avancei em direção à porta do depósito, que estava entreaberta.

— Abra as pernas para mim — ordenou, parecendo tenso.

Parei e escutei, com medo de ouvir, mas com medo de não ouvir.

— Vamos — insistiu, sua voz ficando mais firme. — Mais. Me mostre o quanto você quer isso.

Ai, meu Deus.

Aquele não era Jared. Não poderia ser. Mas a voz era rouca e eu não tinha certeza.

Que diabos?

Coloquei minha mão na porta para me equilibrar.

— Isso dói? — Ele parecia divertido.

— Sim — ela ofegou. — Estou tão aberta por você, amor.

— Você ama isso? — ele provocou, e ouvi um zíper.

— Sim — ela gemeu. — Ai, Deus. Por favor. Me fode! — Seu grito se espalhou pelo corredor e meu coração disparou.

Aquela era a voz de Juliet?

— Eu te amo — declarou, e então soltou um rosnado baixo enquanto ela respirava fundo.

ARDENTE

— Ah, Jax! — a garota gritou, e eu imediatamente soltei um longo suspiro. Jax. *Ai, graças a Deus.*

Não Jared. Apenas o irmão de Jared. Também um senhor Trent. Ok. Eu me sentia melhor agora.

Entretanto por que Juliet estava chamando o namorado de "senhor Trent"? Balancei a cabeça, rindo sozinha. *Crianças excêntricas.*

Virei-me, dando um passo, mas parei na hora. Jared estava bem atrás de mim com os braços cruzados sobre o peito. Ele se recostou na parede oposta e parecia completamente alheio a Jax e Juliet. Seus olhos estavam apenas em mim.

Uma onda de raiva quente tensionou meus membros, e me preparei para o que quer que estivesse por vir.

— Quanto tempo faz? — Ele sacudiu o queixo, referindo-se ao que estava acontecendo no depósito. — Há quanto tempo você não perde o controle assim?

Era uma pergunta retórica. Talvez ele realmente quisesse uma resposta, mas eu nunca lhe daria uma. Fiquei ali, deixando que me visse forte e calma. Seu olhar permaneceu fixo no meu antes de descer lentamente pelo meu corpo, e de repente me senti muito nua.

Eu estava mais vestida do que a maioria das pessoas aqui, mas meus jeans desbotados e rasgados eram justos, e minha regata preta esvoaçante era quase sem costas, presa apenas pelas frágeis alças finas. E como a blusa embelezava mais meu corpo sem sutiã, eu não estava usando.

Senti meus mamilos endurecerem contra o tecido e soube o momento em que ele percebeu também.

Os olhos de Jared esquentaram de fome e seus bíceps esticaram as mangas curtas de sua camiseta preta.

Talvez você nunca saiba o que Jared estava pensando, mas quase sempre sabia o que ele estava sentindo. O homem era tão sutil quanto uma bomba quando estava excitado.

O desejo queimou entre minhas pernas e o calor se espalhou como uma onda em um lago pelo meu corpo. Jared e eu nunca tivemos problemas no quarto, e já fazia muito tempo que não me sentia tão bem quanto ele me fazia sentir.

— Que tal ontem à noite? — continuou, provocando. — Acho que você perdeu o controle lá.

Ignorando meus planos de fugir para o banheiro — já que só estava tentando ter um lugar tranquilo para aliviar minha cabeça dos pensamentos sobre ele e agora ele estava aqui —, passei por ele no corredor para sair do porão. Não ficaria falando com Jared.

Mas então engasguei quando ele me pegou por trás e passou os braços em volta da minha cintura.

— O que você está fazendo? — cuspi.

Seus braços eram como uma faixa de aço, esmagando meu corpo contra o dele. Respirei com dificuldade, quase tropeçando com seu peso caindo sobre mim.

Merda.

— Tate — sussurrou em meu ouvido, desesperado. — Teria sido melhor se eu nunca tivesse partido? Você ainda me amaria se eu continuasse vivendo uma mentira?

Virei a cabeça, prendendo os lábios entre os dentes.

Eu nunca o quis infeliz. Por que ele estava tentando partir meu coração de novo? Eu só queria que ele ficasse comigo.

Não entendia por que ele precisava me deixar para se sentir completo.

Alfinetadas formigaram minha pele, e sua respiração em meu pescoço parecia fluir através do meu sangue. Tê-lo por perto era tão bom.

Fechei os olhos, respirando fundo. Precisava dizer a ele para tirar as mãos de mim, mas não conseguia ver direito.

Porém, antes que percebesse o que estava acontecendo, ele me girou e me levantou, colocando-me na mesa de sinuca. Ele passou um braço em volta da minha coxa e choraminguei quando me puxou para o final da mesa. Comecei a recuar, mas, antes que pudesse me endireitar, ele se inclinou, mergulhando os lábios na pele da minha barriga.

— Ah — gemi, chocada com o que ele estava fazendo. Meu peito subia e descia rapidamente; seus lábios e língua, sem mencionar seus dentes, trabalhavam em meu corpo e deixavam um rastro de sensações abaixo de minhas costelas.

Caí de costas na mesa, incapaz de parar, simplesmente tentando evitar que meus olhos rolassem para a parte de trás da minha cabeça.

Jared.

Ai, meu Deus. Aquela boca. E seus dentes, puxando minha pele como se o tempo não tivesse passado.

Agarrei sua nuca, arqueando meu corpo contra ele.

— Jared, saia de cima de mim — gemi, minhas pálpebras se fechando. — Por favor.

ARDENTE   115

Mas então ele cravou os dentes na pele sensível do meu lado, e fechei os olhos com força, o prazer correndo dentro de mim quase demais.

— Jared, pare! — gritei, empurrando-o para longe de mim, mesmo agarrando seu pescoço, segurando-o contra mim.

Seus lábios deixaram minha pele e, quando abri os olhos, seu olhar quase sombrio, escuro de desejo, se concentrou em meu seio exposto.

Ai, merda.

Na confusão, minha camisa ficou uma bagunça. A alça fina de um ombro havia caído pelo meu braço, assim como a parte da camisa que cobria meu peito.

Jared olhou para mim, erguendo-se ainda mais enquanto eu balançava a cabeça.

— Não — avisei, sabendo o que ele iria fazer.

Mas ele soltou um suspiro baixo e afundou os lábios na minha pele de qualquer maneira, cobrindo todo o meu mamilo com a boca.

Eu gemi, me sentindo toda quente.

Ele girou a língua ao redor da minha carne endurecida, pegando meu mamilo entre os dentes e puxando-o para fora, brincando. Ele foi devagar, mergulhando de volta para sugar com força quase dolorosa, mas eu adorei.

— Eu disse que voltaria para você. Você sabe que sou só eu, Tate — pressionou. — Ninguém mais pode lhe dar isso.

Meu punho apertou a parte de trás de seu cabelo, e a poça de luxúria em minhas entranhas instantaneamente cimentou-se, tornando-se dura e fria.

Acariciei sua bochecha com o polegar, olhando para seu rosto bonito.

— Eu sei que você me amava. Nunca quis você infeliz — falei, em meio à minha respiração instável. — Mas não confio em você. Você sempre me abandona.

Eu o empurrei e pulei da mesa, arrumando minhas roupas antes que tivesse qualquer dúvida sobre ceder.

Sem olhar para trás, subi a escada e voltei para a piscina, sentindo de repente a vontade de voltar para casa.

Ben estava com Madoc e Fallon — Madoc agora de shorts de banho — e todos estavam rindo quando me aproximei dela.

— Pegou as garrafas? — Ben perguntou. — Você ficou fora por um tempo.

Pisquei, lembrando-me das garrafas que disse a ele que estava indo buscar.

Percebendo o olhar confuso de Madoc para mim, apenas neguei com a cabeça.

— Não consegui encontrar o que procurava. Não é nada demais. Então — olhei para Madoc, mudando de assunto —, como vai o estágio?

Madoc enfiou uma batata frita na boca.

— Vai bem. — Ele assentiu. — Eu meio que odeio ver tanta gente arrogante no escritório do meu pai, e os homens são ainda piores, mas vou superar isso.

Ben riu e vi Madoc pegar outro punhado de batatas fritas da tigela.

— Aqui — disse Fallon, agarrando a tigela e enfiando-a no peito do marido. — Você sabe que vai comer todas elas.

Ele deu de ombros e continuou comendo.

Fallon riu.

— Era de se pensar que ele está grávido. — Ela sorriu amorosamente para o marido. — Ele comeu o sushi que você trouxe para casa ontem, e as sobras da geladeira, e depois pediu hambúrgueres da Mining Company. Ele come o tempo todo.

Soltei um suspiro, olhando para Ben para avaliar sua reação.

— Sushi? — perguntou. — O sushi que eu levei para você no trabalho ontem?

— Tate odeia sushi. — Uma voz veio atrás de nós e Jared caminhou até a geladeira, pegando uma long neck.

Os olhos de Ben se estreitaram para Jared, claramente irritados por ele estar aqui, mas intervim para acalmar a mente de Ben antes que qualquer coisa começasse.

— Não se preocupe com isso — falei com Ben. — Pensei ter mencionado para você, mas acho que não.

Jared tirou a tampa, jogando-a no lixo e se virando para olhar para mim. Ele não quebrou o contato visual enquanto levantava a garrafa e tomava um gole.

Eu conhecia aquele olhar. Aquele que dizia que ele estava a dois segundos de bater em Ben ou me beijar. E ambos causariam uma briga.

Olhei para Ben, pronta para sair daqui.

— Algum interesse em sair daqui mais cedo? — perguntei. — Voltar para minha casa?

Ben pareceu aliviado. Eu odiava que meus problemas estivessem nos impedindo de nos divertir, mas pelo menos alguma distância de Jared significaria que poderíamos simplesmente relaxar.

Ele assentiu e pegou minha mão, me guiando.

ARDENTE

— Onde quer que você a beije — Jared falou, por trás de nós, e percebi que os espectadores se viravam para olhar —, apenas lembre-se de que minha língua esteve lá primeiro.

Parei e me virei, olhando para Jared. Não era tão ruim que as pessoas estivessem olhando, que algumas garotas estivessem rindo com a mão na frente da boca ou que Madoc fosse péssimo em esconder seu bufo.

Não, o que realmente me irritou foi ser envergonhada na frente de Ben. De Jared falar de mim como se eu fosse sua propriedade pessoal, tentando me negar a chance de um relacionamento com outra pessoa.

Assim como no ensino médio.

— Ela ainda prefere dar de manhã? — provocou. — É quando ela tem mais energia.

Perdi a compostura, envergonhada com o que ele estava fazendo. *Que merda é essa?*

As pessoas ao redor fizeram "ooh" e riram. O sorriso malicioso de Jared era vil e arqueei uma sobrancelha, sentindo Ben tenso ao meu lado enquanto Jared tentava ensiná-lo sobre mim. Contando a ele todas as maneiras em que me conhecia.

Cerrei os punhos e caminhei lentamente até Jared.

Deixei meu sorriso aparecer em meus olhos enquanto sussurrava:

— Ele sabe quando eu prefiro, Jared.

Era mentira, mas Jared não sabia disso. Seu sorriso desapareceu lentamente e a raiva em seus olhos era evidente, embora seu rosto parecesse calmo.

Virei-me bem a tempo de ver Ben atacá-lo e engasguei quando Jared recuou e Madoc saltou para puxar Ben para longe.

— Seu filho da… — Ben foi interrompido quando Madoc o girou e o arrastou, para longe da multidão.

Jared me puxou para seus braços, Ben esquecido, e os envolveu em minha cintura.

— Você quer jogar? — atacou, dizendo forte cada palavra para que só eu pudesse ouvir. — Desafio aceito, Tatum. Desta vez não quero que você se machuque — continuou, sua respiração batendo em mim enquanto ele falava bem na minha cara — e não quero que você se diminua. Eu só quero você. Está me ouvindo? — Ele me puxou para seu corpo. — Algum dia será meu anel no seu dedo e meus filhos na sua barriga.

Eu me virei, lutando para me libertar, e a raiva tomou conta, aquecendo meu rosto e pescoço.

Ele mostrou os dentes.

— Tatum Brandt é a porra da minha comida — rosnou. — Todos sabiam disso no ensino médio e nada mudou.

Arranquei meu corpo de seu aperto e recuei, atravessando o pátio enquanto ele sustentava meu olhar. Minhas mãos doíam para bater nele, e cerrei os dedos e endureci os braços, encarando-o.

E ele sorriu.

— Aí está minha gata selvagem — comentou, vendo claramente a raiva que eu não conseguia conter. — Você quer me bater, não é? Quer lutar, gritar e me desafiar também, e sabe por quê?

Cerrei os dentes, pensando em como seria bom tirar aquele sorriso do rosto dele.

— Porque você se importa — concluiu. — Você ainda me ama e nada mudou.

Neguei com a cabeça e, antes que pudesse ceder e ser a velha Tate que reagia em vez de superar, provando que ele estava certo, fui embora. Deslizando pelas portas, voltei pela casa e saí pela porta da frente.

Por que ele ainda me irritava? Por que eu ainda...

Não consegui terminar o pensamento. Lágrimas brotaram do fundo dos meus olhos enquanto eu procurava as chaves, sem me importar por estar deixando Ben. De qualquer forma, o dia estava arruinado agora, mesmo que ele fosse louco o suficiente para ainda querer passar um tempo comigo.

Gemi, sentindo meu celular vibrar contra minha bunda. Fiquei tentada a ignorá-lo, mas peguei mesmo assim.

> **Ela disse sim!**

Estreitei os olhos, estudando a mensagem do meu pai. E então fechei-os, sentindo as primeiras lágrimas caírem e meu peito vibrar.

Nem uma única merda mudou.

Tudo muda.

CAPÍTULO NOVE

JARED

A argila do amuleto de impressão digital era tão lisa quanto água quando eu a espremi entre o polegar e o indicador. A fita verde esfarrapada havia se desgastado nas bordas depois de anos sendo manuseada, torcida e abusada.

Mas nada mudou. Ainda era amada.

O verde ainda mantinha a mesma tonalidade vibrante da árvore entre nossas janelas, e todas as pequenas linhas e curvas de sua minúscula impressão digital haviam sobrevivido.

Sofrido, mas ainda sólido. Frágil, mas inquebrável.

Levei a cerveja à boca, esvaziando a garrafa e desejando ter trazido outra.

Sentado na sala de cinema vazia e escura de Madoc, com *Breath*, de Breaking Benjamin, tocando por toda a casa, olhei para a tela preta da televisão — ou telas, na verdade —, vendo meu próprio reflexo olhando para mim. E, pela primeira vez em dois anos, odiei o que vi.

Eu era aquele cara de novo. Aquele que a fez chorar no ensino médio. Aquele que partiu seu coração e deixou de ser seu amigo. Aquele que era um perdedor.

Eu era melhor que isso. Por que fui para cima dela? Por que sempre tentava prendê-la contra a parede?

— Jared. — A voz da minha mãe soou atrás de mim e pisquei, saindo dos meus pensamentos.

Coloquei minha garrafa vazia no porta-copos da poltrona e me levantei, pegando minha jaqueta e deslizando meus braços dentro dela.

— Achei que você tivesse crescido — disse, parecendo mais do que desapontada. Ela deve ter testemunhado o que aconteceu com Tate. E, com seus olhos sérios e lábios franzidos, estava chateada.

Desviei o olhar, endurecendo minha armadura.

— Uma das muitas coisas que amo em você, mãe, é que você não tem a menor ideia de quem eu sou.

Seu queixo se ergueu instantaneamente e a dor brilhou em seus olhos, embora ela tentasse esconder.

Desviei o olhar, a vergonha aquecendo minha pele. Ela não demonstrou raiva, mas não conseguiu esconder a dor em seus olhos. Não é como se minha mãe não tivesse noção. Ela sabia que havia queimado algumas pontes comigo.

E eu quase sempre a lembrava.

Sua mão foi para sua barriga, e olhei para baixo e exalei, vendo seu pequeno corpo carregando seu novo começo.

— Sinto muito — pedi, mal conseguindo olhar nos olhos dela.

— Então isso vai ser algo recorrente?

— O quê? — perguntei. — Brigar com Tate?

— Pedir desculpas — ela respondeu.

Sim, fiz muito isso também.

— Você não é mais uma criança — repreendeu. — Tem que começar a ser o homem que deseja que seus filhos sejam.

Levantei os olhos. *Filhos.*

Ela sabia como deixar claro, não é?

— Você sempre a intimidou. — Ela suspirou e sentou-se. — Sempre. Pode ter sido mais gentil quando ela era pequena, mas tudo que você precisava fazer, mesmo quando tinha onze anos — ela sorriu —, era passar um braço em volta do pescoço dela e levá-la para onde você queria que fosse. E ela sempre te seguiu.

Uma imagem de Tate, de onze anos, andando no meu guidão enquanto eu tinha a brilhante ideia de subir uma rampa e tentar voar pelo ar surgiu na minha cabeça. Eu quebrei um dedo e ela precisou de seis pontos.

— Mas você sempre a protegeu também — ressaltou. — Pulava na frente dela, protegendo-a de uma briga ou do perigo.

Deslizei as mãos nos bolsos e observei seus olhos calmos me fitarem com amor.

— Mas ela era uma menina naquela época, Jared, e ela é uma mulher agora — afirmou com naturalidade, seu tom ficando mais duro. — Um homem que fica na frente de uma mulher nada mais faz do que bloquear sua visão. Ela precisa de um homem ao lado dela, então cresça.

Parei de respirar, sentindo como se tivesse levado um tapa na cara. Minha mãe nunca foi maternal. E ela certamente não deveria dar conselhos aos outros.

ARDENTE

Mas foda-se, ela estava soando meio... inteligente, na verdade.

Eu não tinha que resolver nada para Tate. Ela já era muito forte sozinha, como provou repetidas vezes. Precisava de alguém com quem compartilhar coisas. Alguém para tornar sua vida melhor, não pior. Alguém em quem ela pudesse confiar. Como um amigo.

Eu costumava ser amigo dela. O que é que aconteceu com aquele cara?

Lancei um olhar para minha mãe, sem nunca revelar que ela havia me afetado, e passei por ela, subindo as escadas da sala de cinema.

— E Jared? — minha mãe chamou, eu parei e virei minha cabeça na sua direção. — O pai dela vai se casar — anunciou. — Ele ligou hoje à noite para me avisar para ficar de olho nela. — E então ela respirou fundo e olhou para mim incisivamente. — Não que você esteja ciente dos sentimentos de outra pessoa além dos seus, mas recue, ok? Tenho certeza de que ela está um pouco sensível agora.

James iria se casar?

Eu me virei lentamente, procurando em minha cabeça o que isso significava. Ele estava vendendo a casa. Tate estava indo para Stanford. Ele teria uma nova esposa quando ela voltasse para casa para visitas.

E onde seria a casa dela? O que — ou quem — era a única coisa sólida e constante com a qual ela podia contar?

Abri as elegantes cortinas pretas do meu antigo quarto na minha antiga casa — sem dúvida um upgrade que Juliet fez quando ela e Jax assumiram o quarto depois que me mudei. Como eles ainda estavam na festa de Madoc, eu tinha o lugar só para mim, provavelmente a noite toda.

Joguei minha jaqueta de couro na cadeira no canto e tirei meu celular do bolso, olhando através da floresta de folhas para seu quarto escuro. Nenhuma luz, nenhum movimento e nenhum som vinha da casa, mas ela tinha que estar lá. O carro dela estava na garagem.

Discando para o seu telefone, imediatamente avistei uma luzinha — como uma estrela bruxuleante em um céu escuro — vindo do quarto dela através da árvore. Seu celular.

Observei-o piscar com meus toques e depois ir para a caixa postal, sem resposta.

Apertei meu próprio telefone, o silêncio dela doendo mais do que eu queria admitir. Jogando o celular na cama, tirei os sapatos e as meias e levantei a janela, saindo, um braço e uma perna de cada vez. Pressionei meu peso sobre os galhos das árvores, avaliando sua força.

Depois dos danos causados pela tentativa de corte, não tinha certeza de quão fraca a árvore poderia estar ou quão pesado eu poderia ter ficado desde a última vez que entrei em seu quarto.

Segurando acima de mim, a sensação familiar da casca sob meus dedos me confortando, passei pelo galho em que nos sentamos na primeira vez que nos conhecemos e pelo que ela raspou a perna quando tinha treze anos e escorregou.

Ao chegar às portas francesas, abri-as, pisei no corrimão e pulei no chão.

Ela pulou na cama, respirando com dificuldade, com novas lágrimas cobrindo seu rosto. Parecia confusa e chocada, se apoiando com os braços na cama atrás de si.

— Jared? — Sua voz falhou quando ela fungou. — Que merda você está fazendo?

Observei seus olhos doloridos, as lágrimas alcançando seu queixo me dizendo que ela estava chorando há algum tempo.

Meu Deus, ela me mataria.

A tristeza dela costumava me dar poder, me fortalecendo. Agora parecia que um alicate beliscava meu coração.

Sua blusa azul-clara abraçava cada curva, e pela faixa rosa e apertada onde o lençol não a cobria, eu poderia dizer que estava de calcinha. Seu cabelo ensolarado estava repartido de lado e caía sobre o peito com uma bela perfeição. Mesmo chorando, ela era a criatura mais perfeita do planeta.

E assim como há doze anos, quando nos sentamos um ao lado do outro na árvore pela primeira vez e eu a vi triste por ter perdido a mãe recentemente, não me importei com quem estava no meu caminho ou com o que eu precisava fazer.

Eu só precisava estar na vida dela.

— Eu soube do seu pai — expliquei. Cada parte do meu corpo relaxou, porque era onde eu deveria estar.

Ela desviou o olhar, levantando o queixo desafiador.

— Estou bem.

Imediatamente caminhei em direção à cama e me inclinei, virando suavemente o queixo dela para mim e encostando minha testa na sua.

— Eu nunca vou te deixar de novo, Tate — sussurrei, quase desesperado. — Sou seu amigo para sempre, e se isso é tudo que tenho, então é isso que vou aceitar, porque só quando você está aqui — peguei a mão dela e coloquei-a no meu coração — sinto que minha vida vale a pena.

Seus olhos se encheram de mais lágrimas e seu peito subia e descia mais rápido.

Segurei seu rosto, esfregando círculos em sua bochecha molhada com meu polegar.

— Apenas se solte, amor. Você quer chorar? Então se solte.

Ela olhou para mim, as lágrimas em seus olhos trêmulos enquanto ela procurava os meus, e eu esperava loucamente que ela pudesse encontrar algum vestígio do garoto que a amava incondicionalmente.

E então, como se estivesse vendo isso, ela respirou fundo, fechou os olhos e baixou a cabeça, tremendo de desespero e se soltando.

Sentei-me e puxei-a para o meu peito, deitando-me e segurando-a com força suficiente para transmitir que a abraçaria para sempre se ela quisesse.

Sua cabeça descansou na curva onde meu braço encontrava meu ombro, e sua mão pousou hesitante em minha barriga enquanto ela estremecia com as lágrimas. Levantei as pernas e apenas a segurei, de repente aquecido com a percepção de que nada havia mudado. Compartilhei a cama com ela pela primeira vez há cerca de dez anos — duas crianças encontrando uma âncora uma na outra quando a vida nos lançou muitas tempestades — e, deitado aqui, com as sombras familiares das folhas da árvore dançando no teto, senti como se fosse ontem.

Ela fungou e passou a mão em volta da minha cintura. Esfreguei círculos nas suas costas.

— É tão bobo — murmurou, a dor deixando sua voz grossa. — Eu deveria estar feliz, não deveria?

Apenas continuei esfregando.

Ela respirou fundo e trêmula.

— Eu gosto da senhorita Penley e meu pai não estará sozinho — choramingou. — Por que não posso ser feliz?

— Porque você ama sua mãe — justifiquei, pegando minha outra mão e afastando levemente o cabelo do rosto dela. — E porque há muito tempo tem sido só você e ele. É difícil quando as coisas mudam.

Ela inclinou a cabeça e me fitou, os olhos ainda úmidos e tristes, porém mais calmos agora.

Acariciei seu rosto.

— É claro que você está feliz por seu pai, Tate.

— E se ele esquecer minha mãe?

— Como ele poderia? — respondi. — Ele tem você.

Ela me encarou, seus olhos suavizando, e a puxei para mais perto, colocando sua cabeça sob meu queixo. Enfiando os dedos por seu cabelo macio, rocei seu couro cabeludo e depois arrastei minha mão pelos fios uma e outra vez.

Seu corpo relaxou no meu, derretendo lentamente como sempre acontecia.

— Você sabe que fico uma bobona quando você faz isso — resmungou, mas notei a provocação sonolenta em seu tom.

Fechei os olhos, adorando a sensação de sua perna esbelta deslizando por cima da minha.

— Eu me lembro — sussurrei. — Agora vá dormir. Tatum.

Talvez eu a tenha ouvido dizer "idiota", mas não tinha certeza.

CAPÍTULO DEZ

TATE

Cheesecake.

Caí de costas, o travesseiro sob minha cabeça parecia tão macio quanto uma nuvem no céu da Disney depois de dormir tão bem, e estava estranhamente desesperada por cheesecake.

Doce, cremoso e celestial, e engoli em seco, de repente morrendo de vontade de me entregar.

Mas que...?

Olhei para o outro travesseiro — vazio, mas os restos do cheiro de seu sabonete líquido haviam permanecido, e fiquei feliz por ele ter ido embora. O cheiro que ele deixou para trás era tão suculento que minha boca se encheu de água por causa de cerejas com cobertura de chocolate, champanhe, cheesecake e...

Ele. Meu Deus, eu estava com fome.

Foi tão bom estar em seus braços na noite passada que dormi melhor do que há meses e acordei me sentindo calma e animada ao mesmo tempo.

Indo para o banheiro, escovei meu cabelo e prendi-o em um rabo de cavalo, lavando e enxaguando o rosto depois. Pegando o enxaguante bucal, gargarejei, livrando-me do gosto amargo que sobrou da taça de vinho que tomei quando voltei para casa na noite passada.

Voltei para o meu quarto, dando uma segunda olhada pelas portas francesas, que agora estavam fechadas, e percebi que a janela do seu antigo quarto ainda estava aberta.

Hesitando apenas por um momento, desci as escadas, pronta para devastar a geladeira e os armários e fazer panquecas, ovos e bacon, e talvez um pouco de pão fresco. E talvez um sanduíche de bacon, alface e tomate.

Por alguma razão, um sanduíche parecia muito bom.

Por que estava com tanta fome?

Pulei os dois últimos degraus e imediatamente me endireitei, ouvindo música vindo da sala de jantar.

Virando à esquerda, contornei a entrada e parei ao avistar Jared.

A árvore em suas costas nuas ficou mais alta quando ele estendeu a mão e rolou tinta em uma longa tira na parede e depois voltou ao normal quando ele desceu, os músculos tensos de suas costas e braços flexionando e acentuando o fato de que ele não tinha sido preguiçoso durante seu tempo fora.

Ele ainda usava as mesmas calças pretas da noite anterior, mas agora sem camisa, e notei que suas mãos estavam salpicadas com gotas da cor café com leite que os pintores usavam enquanto rolava a tinta grossa nas paredes cor de linho.

— O que você está fazendo? — deixei escapar.

Sua cabeça virou para o lado e ele olhou para mim e depois de volta para a parede, quase desdenhoso.

— Ajudamos seu pai a pintar este cômodo há uns dez anos, lembra?

Franzi as sobrancelhas, estranhando quão calmo ele parecia.

— Sim, eu lembro — comentei, ainda confusa ao me aproximar e abaixar o som de *Weak*, da Seether, que estava saindo do iPod. — Estamos pagando pessoas para fazer isso agora. Eles estarão de volta para terminar o trabalho amanhã.

Ele olhou para mim novamente, um sorriso brincalhão aparecendo no canto da boca.

E então voltou sua atenção para a parede, me dispensando novamente para continuar pintando.

Fiquei ali, me perguntando o que deveria fazer. Ir fazer um café da manhã que eu não estava mais com vontade de comer ou expulsá-lo?

Ele trocou de mãos, colocando o rolo na esquerda e espalhando distraidamente a tinta que havia pingado na mão direita na perna da calça. Eu quase ri. As calças pareciam caras, mas é claro que Jared não daria a mínima.

Cruzei os braços sobre o peito, tentando conter o sorriso.

Jared estava pintando minha sala de jantar. Assim como há dez anos. Ele não estava me agarrando, brigando comigo ou tentando me deixar nua também. Muito bem-comportado.

Também como há dez anos.

Paciência e paz irradiavam dele, e meu coração perdeu um pouco o ritmo, finalmente tendo alguma sensação de lar pela primeira vez em muito tempo. Era um dia de verão como qualquer outro, e o garoto da casa ao lado estava comigo.

ARDENTE

Enterrei o nó de desespero que carregava comigo e fui atrás dele, pegando o segundo rolo na bandeja. Aproximando-me da parede perpendicular à dele, rolei a tinta, ouvindo seus golpes ininterruptos continuarem atrás de mim.

Trabalhamos em silêncio e continuei olhando furtivamente para ele, nervosa sobre quem deveria falar ou o que eu diria. Mas ele apenas se abaixou, passou o rolo pela bandeja e absorveu mais tinta, parecendo completamente à vontade.

Nós nos revezamos, coletando mais tinta e espalhando-a pelas paredes, e depois de vários minutos, meu batimento cardíaco finalmente desacelerou para uma batida suave.

Até que ele colocou a mão nas minhas costas.

Com sua proximidade, eu enrijeci, mas então ele estendeu a mão para o meu outro lado e agarrou a escada para levá-la de volta para sua área.

Ah.

Continuei rolando tinta enquanto ele se aproximava e trabalhava mais perto do teto, usando um pincel comum para pintar áreas que nenhum de nós conseguia alcançar com o rolo. Tentei ignorar seu corpo pairando sobre mim enquanto pintava até a borda embaixo dele, mas não pude evitar quão bom era tê-lo por perto. Como se os ímãs estivessem se alinhando novamente.

Como acordar com uma chuva de verão tilintando na minha janela.

— Você não pode usar o rolo para fazer curvas — Jared falou, me trazendo de volta ao momento.

Pisquei, olhando para cima para ver sua mão parando no meio do movimento na parede e que ele estava olhando para mim. Olhei para o meu rolo e vi que havia corrido direto para a próxima parede.

Eu zombei e fiz uma careta para ele.

— Está funcionando, não está?

Ele soltou uma risada, como se eu fosse bem ridícula, e desceu, empurrando o pincel para mim.

— Resolva isso aqui. — Ele apontou para seu pincel e me fez subir a escada. — E tente não estragar a moldura.

Peguei o pincel da mão dele e subi a escada, encarando-o ao começar a dar pinceladas curtas e tomando cuidado para não cruzar a fita azul do pintor.

Jared sorriu para mim, balançando a cabeça antes de retomar minha pintura desleixada com um pincel menor, movendo verticalmente pelos cantos em pinceladas lentas.

Respirei fundo e arrisquei:

— Então... — Olhei para ele. — Você está feliz? — perguntei. — Na Califórnia. Correndo... — parei, sem ter certeza se queria ouvir sobre a vida dele lá.

Ele manteve os olhos na tarefa, a voz pensativa.

— Eu acordo — começou — e mal posso esperar para entrar na oficina para trabalhar nas motos. Ou no carro... — adicionou. — Eu amo meu trabalho. Acontece em centenas de salas, cidades e arenas diferentes.

Eu poderia ter adivinhado isso. Pelo que vi de sua carreira através da mídia, ele parecia estar em seu elemento. Confortável, próspero, motivado...

Ele não respondeu à pergunta, no entanto.

— Eu respiro ar fresco o dia todo, todos os dias — continuou, inclinando-se para dar um carinho rápido em Madman, e minhas pinceladas diminuíram enquanto o ouvia. — Eu adoro correr, Tate. Mas, honestamente, é um meio para um fim maior. — Ele olhou para mim, dando um meio sorriso. — Comecei meu próprio negócio. Quero construir veículos personalizados.

Meus olhos se arregalaram e parei de pintar.

— Jared, isso é... — gaguejei, tentando pronunciar as palavras. — Isso é realmente incrível — eu disse, finalmente sorrindo. — E é um alívio também. Que você estará fora das pistas, quero dizer. Sempre tenho medo de que você sofra um acidente quando te vejo na TV ou no YouTube.

Suas sobrancelhas se juntaram e eu estremeci.

Merda.

— Você assiste? — perguntou, em tom divertido, olhando para mim como se eu tivesse sido pega.

Apertei os lábios e redirecionei minha atenção de volta à pintura.

— Claro que assisto — resmunguei.

Eu o ouvi rir baixinho, começando a pintar novamente também.

— Isso ainda vai significar algumas viagens — continuou —, porém menos do que o que faço agora. Além disso, posso construir o negócio aqui se quiser.

Aqui?

Então ele pode querer voltar para casa? Desviei o olhar, gostando da ideia de ele voltar, sem saber por quê. De qualquer forma, não era mais como se eu estivesse aqui.

Ele soltou um suspiro, a respeito de seu trabalho na parede.

— Eu adoro o vento na pista, Tate. Nas rodovias. — Negou com a cabeça, parecendo quase triste. — É o único momento em que você e eu estamos juntos.

Olhei de volta para ele, um nó inchando minha garganta.

Vi seu pomo de adão balançar enquanto ele engolia em seco.

— Eu nunca quis outras mulheres. — Sua voz grossa era praticamente um sussurro. — Eu saí para poder ser um homem para você. Para que eu pudesse voltar para você.

Baixei os olhos, descendo lentamente a escada.

Isso é que era tão difícil de entender. Ele teve que sair e se encontrar — me excluindo de sua vida —, terminando comigo sob o pretexto de não querer me segurar enquanto levava quantos anos para se recompor?

Fixei meus olhos nos seus mais escuros e me foquei nele, vendo um homem que era tão igual e, ainda assim, tão diferente.

Mas talvez não fosse um disfarce, afinal.

Talvez eu tenha tido sorte, porque sempre soube para onde minha direção me apontava e já tinha resolvido. Talvez Jared tenha passado por muitas espirais descendentes, muitas distrações e muitas dúvidas para saber o que realmente o motivava.

Talvez Jared, como a maioria das pessoas, precisasse de espaço para crescer por conta própria.

Talvez tivéssemos começado muito jovens.

— E da próxima vez que você precisar me excluir, Jared? — perguntei, lambendo meus lábios ressecados. — Foram três anos de ensino médio. Desta vez, dois anos.

Ele colocou a mão na minha bochecha, o polegar roçando o canto da minha boca.

— Não foram dois anos, amor.

Eu olhei para ele. Do que ele estava falando?

Ele se abaixou, molhando um pouco mais o pincel.

— Voltei no Natal daquele mesmo ano. Você estava... — hesitou, rolando a tinta na parede. — Você tinha seguido em frente.

Desviei os olhos, porque soube imediatamente do que ele estava falando.

— O que você viu? — perguntei, brincando com o pincel. Eu não deveria me sentir mal. Afinal, tinha todo o direito de seguir em frente.

Ele encolheu os ombros.

— Só o máximo que consegui aguentar. O que não foi muito. — Ele se voltou para mim, sustentando meu olhar.

Eu poderia dizer que ele estava tentando manter seu temperamento sob controle.

— Apareci uma noite — começou. — Tinha acabado de começar no circuito, correndo e fazendo conexões. Estava me sentindo bem e — ele assentiu — muito confiante, na verdade. Então voltei para casa.

Seis meses. Apenas seis meses.

— Eu sabia que você estava com raiva de mim. Você não falou nada quando liguei ou respondeu as mensagens, mas finalmente estava um pouco orgulhoso de mim mesmo, embora nunca seria verdadeiramente feliz sem você também. — Ele abaixou a voz para quase um sussurro: — Eu apareci e você estava com alguém.

Ele piscou algumas vezes e senti meu estômago revirar, porque o machuquei. Eu queria vomitar.

Era disso que Pasha estava falando? A vez que ela o viu quase chorar?

Mas não deveria me sentir mal por isso. Jared fez sexo com inúmeras mulheres antes de ficarmos juntos, e tenho certeza de que muitas desde que nos separamos.

— Foram seis meses, Jared. — Peguei algumas toalhas de papel e me virei para ele, limpando a tinta de suas mãos. — Tenho certeza de que você já estava com outra pessoa a essa altura.

Ele se aproximou, estendendo a mão para brincar com uma mecha do meu cabelo.

— Não — sussurrou. — Eu não estive com ninguém.

Meus olhos dispararam.

— Mas... — Estremeci, meu estômago apertando. — Eu vi você. Vi garotas por toda parte ao seu redor. Nas pistas, penduradas em você em fotos...

Eu não segui em frente porque pensei que ele havia feito isso, mas também nunca pensei que ele estivesse se contendo. Eu assumi...

Ele soltou um suspiro forte, voltando-se para sua pintura.

— As mulheres vêm com a multidão, Tate. Às vezes elas querem fotos com os pilotos. Outras vezes, simplesmente ficam por aí como Maria Gasolinas. Eu nunca quis ninguém além de você. Não foi por isso que fui embora.

Uma vibração percorreu meu peito, e sabia que meu coração ainda o queria também. Ninguém nunca foi tão bom como ele.

— Foi tão difícil viver sem você, Tate. — Sua voz parecia cansada. — Eu queria te ver e conversar contigo, e vivi tanto tempo com você como o centro de tudo, eu só... — hesitou, sua voz ficando grossa. — Eu não sabia quem eu era ou o que lhe ofereceria. Eu me apoiei demais em você.

ARDENTE

Olhei para baixo, percebendo que ele tinha sido mais sábio do que eu. Jared foi embora porque sabia que precisava muito de mim. Eu não tinha percebido o quanto precisava dele até que ele já se foi.

— Eu também me apoiei em você — engasguei com minhas palavras. — Eu disse isso no meu monólogo do último ano, Jared. Você era algo que eu esperava todos os dias. Depois que você foi embora, constantemente sentia como se o vento tivesse sido tirado de mim.

No último ano do ensino médio, quando finalmente me cansei de ver meu amigo de infância me intimidando, levantei-me na frente de toda a turma e contei nossa história. A perda, o desgosto, a dor... Eles não sabiam o que estavam ouvindo, mas isso não importava. De qualquer forma, eu só estava falando com Jared.

Seus olhos tímidos me instigaram quando ele disse:

— E agora?

Suspirei, mergulhando distraidamente o pincel na tinta.

— E agora — comecei —, eu sei que posso me sustentar sozinha. Não importa o que aconteça, ficarei bem.

Ele olhou de volta para a parede, respondendo quase com tristeza.

— Claro que você vai. — E então ele perguntou: — Então *você* está feliz? — repetiu minha própria pergunta para mim, e me questionei por que ele queria saber disso. Eu acabei de dizer que ficaria bem.

Mas acho que ele sabia que isso também não significava exatamente que eu estava feliz.

Não.

Não, eu não estava feliz. Ele tinha sido uma peça do quebra-cabeça e nada preenchera o espaço em sua ausência.

Ignorei a pergunta e continuei pintando.

— Você tem alguém agora? — sondei. — Alguém com quem está saindo?

Alisei a parede com movimentos curtos e rápidos, como se estivesse acariciando Madman, enquanto o observava com cautela.

Ele mergulhou o pincel na tinta.

— Depois que vi que você havia seguido em frente, tentei também — ele me disse. — Saí com algumas mulheres desde então, mas... — Ele parou e me lançou um olhar provocador de soslaio. — Ninguém está esperando por mim.

Levantei uma sobrancelha, cravando o pincel na parede. *Algumas mulheres.*

Agora eu estava com ciúmes.

— Estou orgulhoso de você por ter entrado em Stanford — mudou de assunto, me confundindo. — Está animada? — perguntou.

Assenti, dando-lhe um sorriso tenso.

— Sim, estou. Vai dar muito trabalho, mas adoro essa parte, então... — parei, engolindo o nó na garganta.

Eu queria ir para a Califórnia. E definitivamente queria ir para a faculdade de medicina. Mas não queria pensar em como as coisas estavam mudando para sempre aqui. O casamento do meu pai. A casa à venda. Ter Jared por perto, mas não ter Jared.

Ele parou de pintar e olhou para mim incisivamente.

— Qual é o problema?

— Não há problema — respondi.

Ele se aproximou de mim, inclinando a cabeça como se soubesse que eu estava mentindo. Como se ele soubesse que eu ainda não estava feliz.

Levantei meus ombros até as orelhas, negando.

— Eu disse que não há problema! — Eu ri e depois olhei para baixo. — E você está pingando tinta nos meus pés!

Eu me enrolei na ponta dos pés, a tinta do pincel dele caindo na minha pele.

— Ai, merda — falou, surpreso, e levantou o pincel, me acertando no rosto. Rosnei, fechando os olhos com força.

— Ai, merda! — Jared deixou escapar novamente, rindo. — Desculpe. Sério, foi um acidente.

— Sim. — Abri os olhos novamente, apertando os olhos através da tinta que cobria meus cílios no olho esquerdo. — Acidentes acontecem.

E então eu disparei, passando meu pincel em seu rosto e peito, fazendo-o recuar.

— Não! — gritou, estendendo as mãos e ainda rindo. — Para!

Eu me lancei contra ele novamente e ele pegou seu pincel, molhando meu braço.

Eu fiz uma careta.

— Argh! — rosnei. — Você vai pagar por isso!

E corri atrás dele, que foi para o hall de entrada. Estendendo meu braço, eu o peguei pelas costas, passando meu pincel para cima e fazendo a árvore tatuada ali parecer um pouco coberta de neve.

Ele se virou e agarrou meu pulso, puxando minhas costas contra seu peito.

Eu me contorci, fazendo seu pincel cair no tapete.

— Solta! — ordenou, fazendo cócegas nas minhas laterais. — Larga isso agora!

ARDENTE

— Não! — Eu ri, mantendo os cotovelos travados ao lado do corpo para me proteger do seu ataque.

Ele agarrou meu pulso, puxou-o para cima, expondo minha axila, e fez cócegas. Eu me curvei, gritando em uma mistura de terror e alegria quando meu próprio pincel caiu no chão.

— Jared! Para! — gritei, meu estômago apertado de tanto rir.

Ele me soltou, envolvendo ambos os braços em volta da minha cintura, e ficamos ali parados, respirando com dificuldade e tentando nos acalmar.

Foi tão bom. Me divertir com ele novamente.

Coloquei meus braços sobre os dele, minha respiração presa na garganta, mas meu coração ainda disparava enquanto eu absorvia seu calor nas minhas costas. Minha regata era o único tecido que separava sua pele da minha e, sem pensar, virei a cabeça, me aconchegando nele.

Seu hálito quente caiu em minha orelha e me inclinei para ele, sentindo os músculos do meu ventre contraírem e desejando seu toque.

Já fazia muito tempo desde que fui tocada assim. A sensação dos lábios de Jared contra meu cabelo era mais íntima do que o ato mais sexual que alguém poderia fazer comigo.

Levantei meu queixo, provocando-o com meus lábios, que roçavam os dele. Uma emoção passou por mim, enviando tremores pelo meu estômago quando o senti endurecer contra minha bunda.

Inalei seu cheiro.

— Jared — mal sussurrei. Lancei minha língua e passei ao longo de seu lábio superior.

Ele estremeceu, respirando fundo, e senti uma onda de orgulho por ainda ser capaz de deixá-lo sem palavras.

Esticando a mão em volta do meu rosto para manter minha boca perto da dele, ele brincou:

— Achei que seríamos amigos. — E então eu engasguei quando ele colocou a outra mão sobre meu ombro e a deslizou por cima da minha camisa, reivindicando meu seio na palma da mão.

Fechei os olhos com um gemido.

— Bons amigos — esclareci. — Muito bons amigos. — E senti seus lábios se curvarem em um sorriso contra os meus.

— Tate!

Uma batida soou na porta e eu pulei, piscando.

O quê?

Não.

— Tate, você está acordada? — Fallon chamou, e olhei para Jared, sentindo meu corpo esfriar de repente. *Caramba.*

A dor onde eu precisava dele me fez gemer, e o observei piscar devagar e com força, deixando escapar um suspiro frustrado.

— Porra — disse, fervendo, mas me deixando ir.

Eu ainda podia senti-lo através da calça, forte e duro, e era por mim. *Droga, Fallon!*

Ela abriu a porta e nós dois nos endireitamos, sabendo quão culpados parecíamos. Eu tinha certeza de que meu corpo estava todo vermelho. Podia sentir o calor da minha pele.

— Ah. — Ela parou de repente, franzindo a testa. — Ei.

Desviei meus olhos, alisando minhas roupas.

— Estávamos pintando.

Jared bufou atrás de mim, mas o ignorei.

Fallon assentiu.

— De pijama — ela disse mais para si mesma do que para nós. — Perfeitamente normal.

Arqueei uma sobrancelha para ela, que estava lá de short de treino e regata. Corremos aos domingos e eu estava atrasada.

— Jared? — Limpei a garganta, incapaz de esconder a diversão do meu rosto quando me virei. — Vá para casa.

Ele me lançou seu sorrisinho de sabe-tudo, e estremeci quando acariciou a minha bunda com a palma da mão e passou por mim, saindo pela porta da frente. Inclinando-se, deu um beijo na testa de Fallon.

— Seu *timing* é uma droga — resmungou e passou por ela.

ARDENTE

CAPÍTULO ONZE

TATE

Cada um dos meus amigos trazia algo diferente para minha vida.

Juliet acreditava que o amor conquistava tudo e que todos mereciam uma vida em uma casinha de cerca branca. Fallon acreditava que as escolhas vinham acompanhadas de confusão e, se realmente soubéssemos o que queríamos, não haveria escolha. Jax acreditava que as oportunidades não deveriam ser desperdiçadas e que quanto maior o risco, maior a recompensa.

E Madoc era como eu. Era ele quem eu ouvia quando queria saber minha própria opinião com uma voz mais grave.

E a melhor parte sobre ele é que eu era uma entidade separada de Jared na sua mente. Ele se preocupava com meu bem-estar, mesmo que isso não atendesse aos interesses de seu amigo.

> Desculpe pela sua festa.

Mandei a mensagem para ele depois que voltei da minha corrida com Fallon. Já produzi drama suficiente nos últimos dois anos e sempre senti que não estava fazendo minha parte como amiga. Madoc nunca se importou, no entanto.

> Madoc: Nada para se desculpar. Você está bem?

Peguei uma maçã e subi as escadas correndo, desesperada por um banho, pois minhas roupas estavam grudadas na minha pele.

> Sim. Eu ficarei bem. Não se preocupe.

> Madoc: Você precisa falar com Ben.

Parei, deixando cair a cabeça para trás e suspirando. *Jesus*. Era como se ele pudesse ler minha mente.

Bati meus polegares nas teclas, enviando minha resposta.

> Eu nem sei o que está acontecendo ainda, ok?

Madoc respondeu:

> Sim, você sabe.

Revirei os olhos, tirando os sapatos e ligando o iPod dock e ouvindo *The Boys of Summer*, da The Ataris surgir.

Meu telefone tocou novamente.

> Ok, dane-se Jared. Responda isso... você pensa em Ben?

Coloquei meu telefone na pia e me olhei no espelho. Eu não estava ignorando sua pergunta. Ele simplesmente não precisava ouvir a resposta.

Claro que pensava em Ben. Mas não pensava nele como pensava em Jared, e foi isso que me deixou um pouco envergonhada.

Ben e eu não tínhamos nos comprometido a sermos exclusivos e ainda não tínhamos ficado íntimos. Mas sabia que ele queria isso. Inferno, ele queria isso no ensino médio.

Mas estávamos saindo juntos, e se Fallon não tivesse aparecido esta manhã, eu teria ido além com Jared, apesar de qualquer obrigação que pudesse ter com Ben.

Meu telefone apitou com outra mensagem, e olhei para baixo, quase me culpando por ter mandado uma mensagem para Madoc esta manhã.

> Você o quer, precisa dele e vive por ele?

Neguei com a cabeça, sorrindo com a visão do meu amigo. *Sim, ok.* Então, quer Jared fosse um fator importante ou não, ainda não me deixaria levar e nem me sentiria toda apaixonada por Ben. Conseguiu seu ponto.

> Ele te deixa com tesão?

ARDENTE

Madoc continuou e peguei meu telefone novamente.

— Sério? — deixei escapar, com seu vocabulário grosseiro.

> **Você quer rastejar em cima dele pela manhã?**

Ele continuou, e eu soltei um suspiro alto.

Sim. Cale a boca agora.

Estiquei os polegares, digitando para dizer exatamente isso a ele, quando outra mensagem apareceu antes de eu terminar.

Que diabos? Ele teve aulas de como digitar tão rápido?

> **Ele te deixa com tesão? Faz seu interior tremer e latejar? Você se masturba pensando nele?**

— Madoc! — rosnei para o meu telefone, apertando-o com força. — Mas que...?

Meu telefone tocou novamente.

> **Por que tão quieta? Responda minhas perguntas, Tate!**

Filho da... Cerrei os dentes.

— Eu falaria se você calasse a boca, idiota — me irritei.

Ele mandou uma mensagem novamente, e eu simplesmente deixei cair os ombros, voltando para o quarto, derrotada.

> **Ok, bem rápido: Ben ou Jared?**

Oi?

> **Ben ou Jared?**

Ele insistiu novamente.

> **Não pense. Basta dizer o primeiro nome que vier à sua cabeça.**

Minha boca se abriu, exalando um suspiro frustrado.

— Mas que...

Ben ou Jared!!!

Meus polegares tremiam enquanto eu tentava digitar, mas meu cérebro parecia como se pequenos fios elétricos estivessem destruindo cada folículo capilar do meu couro cabeludo.

Apertei o telefone, tentando encontrar as letras.

Agora!

— Argh! — Joguei-me na cama, caindo de costas no colchão e batendo nas laterais com os punhos, desistindo.

Idiota.

Apertei a ponta do nariz, tentando lembrar qual era o objetivo da conversa.

Madoc era Madoc. Ele te deixaria louca com quinze perguntas para que você descobrisse a resposta sozinha, em vez de levar dois segundos para ele mesmo dar a resposta. Ele sentia que a viagem era mais importante que o destino.

Assim como eu.

Enfiei a mão no cabelo e esfreguei o couro cabeludo, exalando uma risada com a ironia.

Meu telefone tocou na palma da minha mão e eu gemi.

Nossa, você está quieta hoje.

Balancei a cabeça, divertida e exausta ao mesmo tempo. Eu trouxe meu telefone acima de mim, digitando minha resposta.

Muito engraçado.

Sua resposta veio imediatamente.

Devo lhe dizer o que fazer?

Sim.

Mas você já sabe.

ARDENTE

Digitei rapidamente:

> Diga assim mesmo.

Seu texto demorou apenas um momento.

> Diga ao cara com quem você está saindo que seu namorado está de volta.

Deixei meus braços voltarem para a cama e fechei os olhos, suspirando. *Sim, isso é o que eu estava pensando também.*
Meu telefone tocou novamente.

> And he's gonna be in trouble...

Mas que...?

> Hey-la, hey-la, my boyfriend is back

Ele continuou cantando *My boyfriend's back*, de The Raveonettes, e o riso fez cócegas em minha garganta.

— Você está drogado — sussurrei para mim mesma.

Mordi o lábio entre os dentes e a sensação quente de antecipação começou a me preencher pela primeira vez em anos. Peguei meu telefone e digitei.

> You see him comin', better cut out on the double

Continuei a letra, sorrindo.

Ele mandou uma mensagem novamente enquanto me dirigia ao banheiro para tomar banho.

> Muito bem, jovem Padawan. Muito bem.

Depois de tomar banho e me limpar, coloquei um short jeans velho e uma camiseta preta para trabalhar no meu carro. Apesar da falta de chuva — meu clima preferido —, o céu estava lindo, quase sem nuvens, e a brisa leve soprava os aromas perfumados do verão por todas as janelas da casa.

Desci as escadas aos pulos — com nova energia em meus passos — e parei para ouvir melancolicamente a música dos garotos que vinha pelo ar da casa ao lado. Olhei pela janela e vi Madoc, Jax e Jared do lado de fora, perto do Mustang de Jax, olhando por baixo do capô.

Jared vestia jeans e tinha uma camiseta branca pendurada no bolso de trás e, ai, meu Deus... uma leve camada de suor esfriou minha coluna enquanto eu observava a inclinação suave e musculosa de suas costas, do pescoço até a cintura.

O sol batia em sua pele nua, boas músicas completavam o cenário e não queria estar em outro lugar.

Indo para minha garagem, apertei o controle da porta, a luz do sol atingindo os pneus e depois o capô e o para-brisa dianteiro do velho Chevy Nova do meu pai.

Peguei um pano limpo de uma mesa de trabalho e coloquei no bolso de trás antes de amarrar meu cabelo em um rabo de cavalo.

Meus pés formigavam dentro dos meus velhos tênis pretos e surrados, então, antes que pudesse me acovardar, saí.

Imediatamente senti os olhos de Jared em mim quando destranquei meu carro, alcancei a porta do motorista e abri o capô. Eu tentava não olhar para onde ele estava, mas então percebi que isso era um pouco infantil.

Espiei ao levantar o capô e vi Fallon vindo em minha direção. Atrás dela estava Jared, de costas para mim e olhando por cima do ombro. Aqueles malditos olhos castanhos não estavam no meu rosto, no entanto.

Com as sobrancelhas franzidas, ele parecia quase irritado enquanto seu olhar deslizou pelas minhas pernas, subindo lentamente pelas minhas coxas e até minha cintura. A legião de borboletas que você normalmente sente em uma montanha-russa agora estava flutuando entre minhas pernas, e respirei lentamente para me acalmar.

Seu olhar faminto encontrou o meu e então ele se virou, um modelo de controle.

Mas o negócio era esse. Se Jared não tivesse realmente mudado tanto, então a necessidade que ele sentia não estava sendo forçada a desaparecer.

Estava se acumulando.

E foda-se, se eu ficasse na linha de visão dele quando estivesse sobrecarregado...

ARDENTE

Voltei para a minha garagem, reunindo as poucas ferramentas que precisaria enquanto Fallon pegava um banquinho da bancada para ficar comigo e me observar. *Wish You Hell*, de Like a Storm, foi trazida do quintal de Jax, e me ocupei, mergulhando sob o capô para realizar trabalhos de manutenção.

Durante a hora seguinte, Juliet chegou, depois de terminar suas aulas voluntárias na escola. Ela correu, deu um longo beijo em Jax e veio se juntar a Fallon e a mim enquanto eu substituía algumas velas de ignição, limpava algumas conexões e realizava as tarefas semanais regulares, como verificar o óleo e a pressão dos pneus.

— Ei.

Olhei por baixo do capô para ver a assistente de Jared, Pasha, se aproximando.

— Se importa se eu ficar por aqui? — perguntou.

Apontei meu queixo para outro banquinho.

— Claro que não. Sente-se.

Ela sentou, levantando os óculos até o topo da cabeça. Ela era quieta e fofa, e fiquei realmente aliviada por ela parecer fácil de se conviver, apesar de sua atitude.

Mesmo com o cabelo preto com mechas roxas, os piercings nas sobrancelhas e o cinto preto com tachinhas, ela ainda parecia incrivelmente inocente. Usava jeans skinny e uma camisa de flanela preta e cinza, com as mangas arregaçadas. Seu cabelo estava enrolado em ondas soltas e, além da maquiagem pesada nos olhos, ela tinha o rosto limpo.

Juliet chutou as sapatilhas para o chão e colocou os pés em um apoio do banquinho.

— Então Madoc está pressionando você bastante? — perguntou a Fallon, continuando a conversa sobre Madoc querer filhos.

Fallon assentiu, engolindo a bebida de sua garrafa de água.

— Sim — começou, com um suspiro. — Quero dizer, ele não está me causando uma sensação de culpa ou algo assim, mas caramba... — Ela riu.

Eu sorri, olhando por baixo dos meus cílios para ver Jared se abaixar no chão para pegar alguma coisa embaixo do carro. Seus braços grossos, manchados de graxa, o sol e o suor na barriga tensa...

Desviei o olhar.

— Oi. — Ouvi uma voz masculina atrás de mim.

Abaixei a cabeça, saindo de debaixo do capô para ver Ben.

— Ei — deixei escapar, surpresa.

Ele estava com as mãos nos bolsos e sorriu, parecendo ansioso. Ou hesitante.

Peguei meu pano e limpei as poucas manchas das minhas mãos. Fallon e Juliet pararam de conversar, Pasha se levantou para explorar minha garagem e Ben e eu tínhamos um oceano entre nós.

Não era fácil como há dois dias.

Olhei para minhas amigas, tentando parecer calma.

— Só um minuto, pessoal — avisei, e não perdi o olhar que trocaram. Passei por Ben, dando-nos alguma distância para longe de seus ouvidos. Estando perto, foi difícil encontrar seus olhos, mas eu consegui.

— Ben, sinto muito pelos últimos dias — falei, suavemente. — Eu sei que as coisas têm sido estranhas.

Meu intestino torceu e não queria machucá-lo. Quase desejei que ele fosse um idiota para que isso pudesse ser mais fácil.

— Eu sei. — Ele assentiu, olhando em volta antes de encontrar meus olhos. — Mas acho que sei por quê.

Seus olhos se voltaram para a casa de Jax, e segui seu olhar, vendo Jared de costas para nós, mas apoiando as mãos no capô e olhando por cima do ombro, observando.

— Ele não decide a minha vida — expliquei. — A faculdade de medicina está se aproximando e, com a casa à venda, tudo está simplesmente...

— Então ele não é a razão pela qual não dormi aqui? — Ben interrompeu. — Ou mal consegui ficar sozinho com você em dois dias?

Ele não estava bravo. Suas sobrancelhas levantadas e seu tom gentil me disseram que ele já sabia as respostas. Não que Ben esperasse sexo, mas ele sabia que seria o próximo passo entre nós. Eu estava me aquecendo e agora fiquei fria.

Fiz uma careta, desejando que ele não estivesse certo.

Eu sabia que ainda queria Jared. A química não mudou e, não importava o que desse errado entre nós, éramos ótimos na cama.

Mas ainda havia amor ali também. Mais do que nunca, na verdade. Eu não sabia se o queria de volta e ainda não estava pronta para tomar essa decisão, mas estava certa de que não queria Ben com a mesma paixão.

E ele não merecia nada menos.

Ele me deu um sorriso triste e se inclinou.

— Estou feliz por você ter me dado uma chance. — Beijou minha bochecha. — Boa sorte em Stanford.

ARDENTE

E se virou, voltando para o carro.

Eu o observei partir, sentindo-me um pouco arrependida. Ele facilitou muito para mim. Mas, não importa o que aconteceu, foi a coisa certa a fazer.

Virei-me, recusando-me a olhar nos olhos de Jared, porque sabia que ele ainda estava observando, e voltei para o meu carro. Pasha ainda estava na garagem, assistindo à partida de Ben enquanto ele acelerava pela rua, Juliet e Fallon continuando a conversa.

— Bem. — Fallon esfregou o pescoço, agindo como se elas não estivessem tentando escutar. — Estou determinada a aproveitar ao máximo esse tempo apenas nós dois, mas você conhece Madoc... — ela parou, parecendo divertida. — Quanto mais, melhor. Ele quer cinco. Eu disse um. Chegamos a um acordo de cinco.

Juliet começou a rir e percebi que elas ainda estavam conversando sobre os planos de Madoc de engravidar a esposa o mais rápido possível. Fallon ainda tinha dois anos de pós-graduação na Northwestern, então sabia que ela preferia esperar.

— Esta é sua mãe? — Pasha chamou.

Olhei para cima e a vi inclinada sobre uma bancada, observando uma moldura na parede. Eu conhecia a foto que estava pendurada ali. Minha mãe, meu pai e eu na Disneylândia quando eu tinha cinco anos.

— Sim — respondi, prendendo a última tampa sob o capô.

— Como ela faleceu? — perguntou.

Olhei para ela, confusa.

— Como você soube que minha mãe morreu?

Sua boca se abriu ligeiramente e ela hesitou.

— Hum... Eu — gaguejou, suas sobrancelhas despencando ao procurar por palavras. — Bem, eu...

E então ela soltou um suspiro, olhando para mim com um pedido de desculpas na expressão.

— Ele meio que me faz mandar flores para o túmulo dela todos os anos no dia 14 de abril — admitiu, estremecendo.

Fiquei paralisada, com a mão no boné, e olhei boquiaberta para Pasha.

— O quê? — sussurrei, em grande choque.

— Tate. — A boca de Juliet ficou aberta e vi seus olhos lacrimejarem.

Corri meus olhos para Jared, vendo-o fechar o capô e sorrir para seu irmão, uma piada passando entre eles.

— Por favor, não diga a ele que te contei — resmungou Pasha. — Ele vai reclamar, e então terei que ouvir.

Flores. Ele mandava flores para minha mãe.

Como eu não sabia disso?

Acho que era porque eu ainda estava na faculdade todo mês de abril, mas meu pai deveria saber. Ele não teria me contado?

— O que eles estão fazendo? — Fallon indagou, e olhei para ver sua expressão confusa focando nos caras, todos vestindo suas camisas e entrando no Mustang com Jared no banco do motorista.

— Jax? — Juliet chamou, levantando-se.

Ele colocou a metade superior para fora da janela do passageiro, olhando para ela por cima do capô.

— Estamos apenas levando o carro para um test drive! — gritou, acima do ronco profundo do motor. — Volto logo!

Jared colocou seus óculos escuros pretos e agarrou o volante, as linhas tensas de seu antebraço visíveis daqui. Ele me lançou um rápido olhar, com uma sugestão de sorriso em seus lábios, antes de aumentar o volume da música e sair da garagem.

E, como se o trovão estivesse apenas esperando o relâmpago, ele rugiu pela rua como uma tempestade que não podia ser contida.

Meu coração acelerou, querendo fazer parte da tempestade.

Sorri para minhas amigas.

— Entrem no carro.

— O quê? — As costas de Juliet se endireitaram e Fallon começou a esfregar as mãos.

— Ah, sim — brincou, levantando-se.

— O que vamos fazer? — Juliet perguntou, parecendo nervosa quando Pasha deu um passo à frente.

Ignorei a pergunta e simplesmente balancei as sobrancelhas, pronta para alguma travessura, enquanto as três se amontoavam no meu G8.

ARDENTE

CAPÍTULO DOZE

JARED

— Então... — Madoc apoiou o braço na porta do passageiro, batendo os dedos enquanto eu dirigia. — Dois dias. Você ainda não perdeu o toque, hein?

Segurei o volante com a mão esquerda, o braço esticado como uma barra de aço, e pressionei as costas no banco.

— O que você quer dizer?

— Ela acabou de terminar com Ben — ressaltou, falando sobre Tate. — Você sabe que foi isso que aconteceu agora.

Desci para a quarta marcha, ganhando velocidade.

— Eu não sei de nada.

— Não me venha com isso — retrucou. — Você já está planejando como vai dormir na cama dela esta noite.

Soltei uma risada, olhando pela janela. *Maldito Madoc.*

Quando vi Ben aparecer, fiquei imediatamente tenso, odiando a maneira como ele olhava para ela. Sabendo o que ele queria dela. Eu não tinha ideia se eles estavam dormindo juntos e não me importava. No que me diz respeito, ela já estava cansada de ver o tempo passar.

Madoc estava errado. Eu não queria estar na cama dela. Quer dizer, eu queria isso, mas, acima de tudo, só a queria de volta.

— Tive uma ideia — Jax falou, do banco de trás.

Encontrei seus olhos no espelho retrovisor, vendo seus dedos travados no topo da cabeça enquanto se acomodava no banco.

— Que ideia, irmãozinho? — Madoc perguntou.

Jax sorriu para mim ao falar com Madoc.

— Bem, ele poderia simplesmente superar isso e pedi-la em casamento.

Eu congelei na hora, olhando pelo para-brisa dianteiro.

Casamento. Meu punho apertou o volante, me perguntando como meu irmão achava que algum de nós estava pronto para isso. Ou ele estava apenas lançando alguma ideia maluca por aí?

Nunca pensei que não me casaria com Tate. Mas ainda parecia distante.

Madoc estava olhando para mim, e sabia que Jax estava esperando por uma reação, mas isso não era da conta deles. Eu queria Tate para sempre, mas primeiro precisava recuperá-la. Por que diabos ela diria sim agora?

Jax limpou a garganta.

— Vocês dois se amam há mais tempo — pontuou, suavemente. — Não parece certo que você seja o último a se casar.

Meus olhos dispararam, fixando-se nos dele no espelho.

— O quê? — deixei escapar.

— Seu merdinha. — Madoc virou a cabeça, olhando para Jax em choque.

O último a se casar? Significa que...

Os olhos de Jax caíram para seu colo e nunca o vi tão vulnerável.

— Não consigo dormir sem ela ao meu lado — quase sussurrou, falando sobre Juliet. — Adoro chegar em casa e sentir o cheiro da comida dela. Ver como ela aquece a casa. — Ele ainda não estava olhando para nenhum de nós e meu peito estava apertado. — Ela me dá tudo — continuou, olhando para nós dois. — Eu quero dar a ela meu sobrenome. Vou fazer o pedido.

— Quando? — Madoc perguntou, e fiquei surpreso que ele conseguisse falar, porque eu ainda estava tentando entender o assunto.

Jax iria pedir Juliet em casamento.

— Depois da despedida de solteiro de Zack na sexta-feira — respondeu. — Suponho que, depois que ela se tornar minha noiva, ir a clubes de strip provavelmente estará na minha lista de coisas que não devo fazer.

Merda. A despedida de solteiro. Aquela que eu não planejava ir, já que não achava que estaria na cidade.

Eu tinha me esquecido disso.

Zack, parceiro de Jax no Loop, que ajudava nas corridas, estava noivo desde que o conhecia. Finalmente pronto para dar o passo à frente, ele enviou um e-mail em massa, convidando todos os caras da cidade com mais de 21 anos para o Wicked, um clube sofisticado a cerca de meia hora de distância.

Fiquei surpreso que Fallon e Juliet os deixassem ir. Bem, não Fallon, na verdade. Ela nunca me pareceu do tipo ciumenta.

Dei uma olhada casual para trás, tentando esconder a dúvida que estava sentindo. Não que meu irmão não fosse um bom marido ou Juliet uma boa esposa, mas ele ainda tinha apenas 21 anos.

ARDENTE

— Jax — comecei. — Tem certeza…

— Ei — interrompeu Madoc. — Que droga é essa? — Ele espiou pela janela aberta do lado do motorista.

Segui seu olhar, minhas sobrancelhas instantaneamente se juntando. *Mas que…?*

Tate parou ao meu lado em seu G8, com Fallon no carona e Juliet e Pasha atrás.

Ela recostou-se em seu assento, parecendo confortável e casual, e eu neguei com a cabeça para ela, porque ela estava na contramão.

— Vocês estão na pista errada! — gritei para a janela fechada de Fallon.

Ela colocou a mão atrás da orelha, murmurando um "o quê?" e então se virou para Tate, as duas sorrindo.

— O que diabos elas estão fazendo? — Jax se sentou, apoiando os braços sobre o banco da frente.

Olhei para frente, notando a placa de pare, e estendi o pé, freando bruscamente.

Merda.

Tate também parou, e ela e Fallon saltaram para frente com o movimento repentino.

Joguei a cabeça para fora.

— Abaixe a janela! — gritei, desviando meu olhar além do sinal de pare para observar os carros que se aproximavam.

Ela estava tentando machucar todas elas?

A boca de Tate se curvou em diversão, mas Fallon estava sorrindo ao abaixar a janela.

— Onde é que vocês vão? — Madoc gritou, antes que eu tivesse chance.

— Não importa. — Fallon encolheu os ombros. — Estaremos indo rápido demais para vocês nos seguirem.

Meus olhos se arregalaram, enquanto Madoc e Jax riam, fingindo insulto.

— Ahhhh.

Madoc cutucou meu braço.

— Elas estão falando merda, Jared — ele me incentivou, e reprimi o sorriso quando senti a adrenalina em meus músculos.

Saindo do carro — já que a rua estava silenciosa de qualquer maneira —, caminhei até o de Tate e me inclinei na janela de Fallon.

— Isso é um desafio? — perguntei a Tate.

Ela negou com a cabeça, tentando me afastar.

— Eu não perderia meu tempo — provocou. — Já venci você uma vez.

Eu sorri, arqueando uma sobrancelha.

— Já? — retruquei, insinuando que a deixei vencer nossa única corrida há quatro anos.

Sua expressão se desfez, ficando séria, com os lábios franzidos, enquanto se concentrava na estrada, acelerando o motor.

Voltei para o meu carro, rindo baixinho.

— Coloquem os cintos de segurança — ordenei a Madoc e Jax, subindo e colocando o meu.

Madoc rapidamente agarrou o dele, com a respiração trêmula de diversão. Acelerei o motor, vendo Tate me olhar enquanto fazia o mesmo. Adorei a expressão travessa em seu rosto.

— Gente — Jax avançou. — Os policiais olham para o outro lado por uns cinco minutos nas noites de sábado, quando minha equipe faz isso, mas...

— Você já colocou o cinto de segurança? — Madoc interrompeu, gritando pela minha janela para Fallon. — Vá em frente! — ordenou a sua esposa.

— Você também. — Ouvi Jax gritar e me virei para ver Juliet saudando-o. — Merda — praguejou atrás de mim, e sabia que ele odiava o que estava prestes a acontecer.

Madoc sintonizou o iPod em *Girls, Girls, Girls*, de Mötley Crüe, e olhei para ele.

Ele encolheu os ombros, parecendo inocente.

— Não olhe para mim. Está no seu iPod, cara.

Revirei os olhos, sem vontade de explicar que não era eu quem carregava música nele. Pasha gostava de mexer comigo. De vez em quando, uma música de Britney Spears ou Lady Gaga acabava entre uma música do Slipknot e uma do Korn.

Independentemente disso, aumentei o volume e desliguei o ar-condicionado. O calor na pista me mantinha irritado e alerta. Uma lição que aprendi nos últimos dois anos.

Ouvi *Blow Me Away*, de Breaking Benjamin, saindo dos alto-falantes de Tate, e olhei, balançando a cabeça e incapaz de esconder o sorriso.

— Está pronta? — gritei.

— Tem certeza? — ela atirou de volta.

Pequena... Ela esqueceu que eu fazia isso para viver?

— Pela principal, passe por dois semáforos — desafiei —, o primeiro a voltar para casa vence — eu disse a ela.

ARDENTE

149

Sem hesitar, ela assentiu.

— Preparar! — Madoc gritou, e Tate e eu aceleramos nossos motores repetidas vezes, olhando um para o outro, meu pé ficando mais pesado a cada segundo. — Apontar! — gritou novamente, e a excitação de Fallon a dominou quando seu braço bateu na porta uma e outra vez.

Tate encontrou meus olhos e então nós dois voltamos para a estrada, prontos.

— Vai! — Madoc rugiu e o inferno começou.

— Merda! — sibilei.

Tate e eu disparamos, mas ela devia estar em segunda marcha, porque não hesitou em ganhar velocidade enquanto disparava e cortava bem na minha frente, bem a tempo de desviar da caminhonete que estava parada no sinal à nossa frente.

— Eu disse que ela era boa — Jax disse, com naturalidade, mas o ignorei.

Passando para a segunda e depois para a terceira, pisei no acelerador, desviando para a esquerda, agora que ela havia tomado a minha pista, e acelerei ao lado dela.

Madoc segurou a maçaneta acima da porta, olhando para elas ansiosamente. Mudei para a quarta marcha, avançando lentamente e grato pela rua deserta.

— Jared, vá para a outra pista — aconselhou Jax.

— O que você acha que estou tentando fazer? — rebati, pisando no acelerador até chegar à sexta marcha.

Olhando para frente, avistei um sedã branco vindo em nossa direção e meu coração ficou preso na garganta, vendo-o em minha linha de direção.

Meu pescoço se esticou para ver Tate, um brilho de fogo em seus olhos, e ela balançou a cabeça para mim, me dizendo para nem tentar.

— Jared — Jax avisou, enquanto Madoc segurava.

Afundei o pé, ficando cara a cara com Tate.

— Jared! — Jax gritou, e ouvi o sedã branco buzinando freneticamente.

Os olhos assustados de Tate brilharam para os meus e eu sorri. Girando o volante, com os músculos dos braços doendo, coloquei os pneus dianteiros e traseiros do lado do motorista no meio-fio, sentindo o carro chegar ao fundo antes de conseguir o ângulo que precisava.

— Puta que pariu! — Jax xingou e Madoc riu.

O carro branco zuniu entre o carro de Tate e o meu, ainda buzinando. Olhei e vi Tate nervosa, virando a cabeça para olhar para trás, então disparei.

Seguindo em frente, acelerei mais dezesseis quilômetros por hora e virei o volante para a direita, entrando na pista dela com espaço suficiente para interrompê-la.

— Uau! — Madoc rugiu, e avistei Jax pelo espelho retrovisor com a cabeça para trás, as mãos sobre os olhos.

Balancei a cabeça e abaixei o queixo, concentrando-me na estrada à frente. Felizmente, esta rua não permitia estacionamento na calçada, então havia muito espaço e nenhum veículo escondendo os pedestres.

Chegando à principal, freei, girando o volante para a direita e pisando no freio para reduzir a velocidade do carro.

— Vai, vai! — Madoc gritou quando ouvi os pneus de Tate cantando atrás de mim.

Olhei pelo espelho retrovisor e percebi que ela girou, mas se recuperou quase com a mesma rapidez.

— Todos mantenham os olhos abertos! — berrei. — Vai ter um monte de gente aqui.

Enquanto os domingos eram tranquilos nos bairros — até a tarde, pelo menos — o centro da cidade estava sempre movimentado. As pessoas faziam compras, almoçavam, iam ao cinema ou simplesmente aproveitavam a praça.

Acelerei na frente, enquanto Tate ziguezagueava atrás de mim, tentando ver o que estava à frente. Também pude ver os movimentos animados das outras três garotas.

— Ai, merda! — Jax exclamou, e olhei de volta para a estrada.

Pisei no freio — vendo uma van da empresa saindo de ré em uma garagem e saindo para a rua — enquanto Tate desviou de mim, pegando a pista em sentido contrário para dar a volta e se aproximar de mim.

— Porra! — rosnei, puxando o volante e seguindo atrás dela.

— Por que você simplesmente não deu uma volta? — Jax gritou, tirando o cinto de segurança e aproximando-se da frente.

— Cai fora — reclamei, e então olhei para frente, para seu ganho significativo. — Meu Deus, ela é boa.

Ouvi Jax engolir em seco.

— Sim, ela tem ótimos reflexos. Melhor do que você, aparentemente.

Mudando para a quinta marcha, ganhei velocidade e depois passei para a sexta, começando a ver o primeiro semáforo à frente.

— Vamos — Madoc insistiu, e empurrei minhas costas com força no assento, apertando o volante.

ARDENTE

Juliet e Pasha continuaram se virando, nos observando pela janela traseira. Os pedestres na calçada começaram a prestar atenção, e os vi no meu espelho retrovisor girando para observar os dois idiotas em alta velocidade — como eles provavelmente estavam nos chamando agora — correndo pela rua deles. Alguns caras ficaram de olhos arregalados, apontando enquanto nossos carros passavam, e ouvi gritos de alegria pelas janelas abertas.

O semáforo à frente ficou vermelho e Tate pisou no freio, o barulho estridente atraiu a atenção de todos do lado de fora diretamente para nós.

Pisei no freio com tudo o que tinha, derrapando e parando bem ao lado dela.

— Ai, merda! — alguém do lado de fora gritou. — São Jared e Tate!

Mas meus olhos estavam nela.

Ela observou o semáforo, olhando ansiosamente para mim e afastando o sorriso do lábio inferior. Eu poderia dizer que sua perna estava balançando para cima e para baixo, porque seus ombros e sua cabeça pareciam estar vibrando.

— Jax — chamei, respirando com dificuldade. — Você ainda está de boa com a polícia?

— Sim — respondeu, em um tom hesitante. — Por quê?

— Porque sim. — E indiquei a câmera de trânsito empoleirada no topo do semáforo; olhando da esquerda para a direita e não vendo nenhum carro imediato, bati as costas no banco e acelerei, passando pelo sinal vermelho.

— Filho da…! — Ouvi o xingamento de Tate, mas sua voz foi sumindo enquanto me afastava.

Madoc inclinou a cabeça para trás, explodindo em gargalhadas, enquanto Jax bufava perto do meu ouvido.

As pessoas do lado de fora aplaudiram, uivando e rindo. Olhei pelo espelho retrovisor para ver Tate avançando lentamente pelo semáforo, seguindo meu exemplo e então decolando quando percebeu que era seguro.

Mudei para a quarta e depois para a quinta — o sol quente do verão não era nada comparado à lava que rugia sob minha pele.

Meu Deus, eu a amava pra caralho.

Mesmo estar na pista — o que eu adorava — não era tão bom quanto a sensação de quando ela estava perto de mim.

— Jared — Jax avisou. — Desacelera.

Olhei para frente, um sorriso provocando meu queixo.

— Jared — repetiu, sua voz mais dura.

Eu o ignorei, mudando meus olhos da esquerda para a direita, procurando por perigo ao me aproximar do próximo semáforo.

— Jared! — Madoc gritou, e passei a sexta, meu coração disparado e minha respiração falhando dolorosamente em meu peito.

— Ai, merda! — Jax uivou, e todos nós prendemos a respiração quando o semáforo ficou verde, e eu voei pelo cruzamento sem diminuir a velocidade.

E então soltei um suspiro, chegando com segurança ao outro lado.

— Ai, graças a Deus — Madoc ofegou e depois olhou para mim. — Você é um idiota.

Eu prendi o ar.

— O quê? — Eu agi inocente. — Estava verde.

Tate avançou na minha traseira, mas então a vi derrapar e virar à esquerda atrás de mim.

— O quê? — falei mais para mim mesmo do que para os rapazes, observando-a pelo retrovisor.

— Ela está cortando pela escola — Jax adivinhou, olhando pela para-brisa atrás dele.

— Merda — sibilei, lembrando que os portões estavam abertos para os treinos de domingo. Ela poderia dirigir até o estacionamento da frente, contornar a lateral da escola e sair pelo portão dos fundos quase sem trânsito ou interrupção.

— Você não disse que caminho seguir para casa — ressaltou Madoc.

Sim, eu sei. Por que não pensei nisso?

Dei a volta na praça, entrando em uma rua lateral e correndo pela área menos movimentada, onde os pequenos comércios fechavam aos domingos.

Continuei acelerando, meus nervos disparando com a necessidade de ir embora. Eu não me importava de vencer.

Os vencedores geralmente não se importam.

Eu queria isso, aqui e agora, com ela. Precisava vê-la. Era frustrante não saber onde ela estava.

Contornando mais duas esquinas e passando por uma placa de pare, acelerei na esquina para Alameda Fall Away no momento em que ela estava dobrando a esquina do outro lado.

— Vai! — Madoc gritou e eu estava prestes a dar um soco nele. O que ele pensava que eu estava fazendo?

A toda velocidade na rua vazia, nós dois corremos para frente, e parei bruscamente no meio-fio, seguido por Tate nem meio segundo depois, o barulho alto de nossos pneus enchendo toda a vizinhança.

ARDENTE

— Sim! — Madoc gritou, uivando pela janela. — Uau!

Deixei minha cabeça cair para trás, meu peito expelindo cada grama de ar que estava prendendo. Jax me deu um tapinha no ombro, apertando forte uma vez, e saiu do carro atrás de Madoc.

Tate e o resto das garotas saíram do G8, sorrindo e rindo enquanto Madoc e Jax as abraçavam para um beijo.

Esfregando a mão no rosto, sentindo a fina camada de suor, saí do carro de Jax e olhei para Tate, com os braços cruzados enquanto ela se apoiava no capô e me encarava.

Seu peito subia e descia — ela ainda estava recuperando o fôlego — e o calor em seus olhos era...

Jesus.

Respirei fundo, sabendo o que ela queria. Sabendo de tudo que ela ainda mantinha refém em seu cérebro e coração que ela não deixaria escapar. Ela ainda era aquela garota inocente e tímida que me deixou colocar as mãos nela no laboratório de química há quatro anos, mas vestia a armadura de uma mulher que ainda não queria confiar. Não que ela confiasse completamente em mim há quatro anos.

Dei-lhe um meio sorriso, contando com meus olhos tudo o que ela já sabia.

Nada mudou. Especialmente nossas preliminares.

— Precisa de alguma coisa? — perguntei à minha mãe, segurando o telefone entre a orelha e o ombro e prendendo o cinto. Eu tinha acabado de sair do banho, enquanto Jax, Juliet, Madoc e Fallon levavam Pasha e se juntavam a alguns amigos para jantar no Mario's.

Tate ficou em casa para trabalhar em sua lista de leitura, e eu tinha e-mails, orçamentos e um monte de merdas que Pasha me deixou para examinar, que terminei pouco antes de entrar no chuveiro e minha mãe ligar para ver como eu estava.

— Bem, já que você perguntou... — sugeriu, parecendo alegre. — Jason terá que faltar ao meu check-up amanhã no médico. Gostaria de ir comigo?

Eu parei. Ela queria que eu fizesse o quê?

— Para o ginecologista? — Encolhi-me, pegando meu relógio para colocá-lo de volta.

Eu a ouvi bufar.

— Ele é obstetra e ginecologista. Não torne isso estranho.

Pegando o telefone, procurei uma das camisetas pretas de Jax, já que ainda não tinha ido buscar minhas coisas que ficaram na casa de Madoc.

—Hum, bem... Eu realmente prefiro não ir, mas se você precisar de mim...

Eu a ouvi rir baixinho do outro lado da linha.

— Você é uma preciosidade.

Revirei os olhos, tirando o telefone da orelha para vestir a camisa.

— A que horas devo buscá-la?

— Meio-dia — respondeu. — E obrigada.

Assenti, embora ela não pudesse me ver. Eu estava tentando ser mais legal. Achei que ela merecia. Mas era muito difícil tentar mudar nosso relacionamento quando estávamos do mesmo jeito há tanto tempo. Como você passa de não gostar e não respeitar alguém a fazer as duas coisas?

Isso não aconteceria da noite para o dia. Nem mesmo perto disso. E parecia que sempre haveria uma rixa entre nós.

Mas Quinn Caruthers — minha futura irmã mais nova — teria tudo. Ninguém ficaria em seu caminho, muito menos eu.

Eu enterraria qualquer ressentimento remanescente da minha infância por ela.

Fui até a janela, observando Tate sentada de pernas cruzadas em sua cama com uma série de livros espalhados diante dela.

Seus braços bronzeados estavam parcialmente cobertos por seus longos cabelos espalhados ao seu redor e, quando ela se levantou para fazer algo com seu iPod, eu grunhi baixinho, sentindo meu pau apertar e depois inchar.

— Tenho que ir — disse à minha mãe. — Vejo você amanhã. — E desliguei.

Segurando meu telefone ao meu lado, eu a observei por dois segundos — refrescante, linda, doce e me deixando maluco — antes de descer correndo as escadas, mandando mensagens de texto enquanto andava.

> Venha aqui fora.

Peguei minha jaqueta de couro e as chaves, correndo para a garagem e apertando o controle remoto.

Acrescentei "por favor", só para garantir, e subi na moto.

Liguei a ignição, saí da garagem e parei na frente da casa dela, destravando o capacete preso na lateral.

Eu sabia que ela poderia resistir, mas, para meu alívio, a porta da frente se abriu.

Ela saiu, cruzando os braços sobre o peito, o que eu sabia que ela fez por uma questão de modéstia. Ela estava de pijama — shorts e camiseta —, então não usava sutiã.

Parecendo confusa, desceu a passarela de tijolos e inclinou a cabeça.

— O que você está fazendo?

Levantei o capacete, esperançoso.

— Passeio noturno? — sugeri. — Sua coisa favorita no verão.

Ok, não era sua coisa favorita, mas quase.

Ela olhou para mim como se eu fosse louco.

— Estou de pijama, Jared.

— E você vai ficar com eles — respondi. — Prometo.

Ela semicerrou os olhos, sem se divertir com a minha piada, e lutei para conter o sorriso.

Seu short de pijama xadrez vermelho era curto e incrível, e a ideia de suas coxas, parecendo tão suaves e flexíveis como sempre, enroladas em minha cintura era uma emoção que definitivamente me permitiria ter agora. De qualquer maneira que eu conseguisse.

Ela me olhou, as rodas em sua cabeça girando, mas não perdi a centelha de tentação que ela era péssima em esconder.

— Só um minuto — suspirou, cedendo e girando.

Ela mergulhou dentro de casa, pegando um moletom localizado logo após a porta e seus tênis pretos. Vestiu o moletom, tirando o cabelo por baixo, e depois se sentou nos degraus mais altos para calçar os sapatos, deixando-os desamarrados.

E a quantidade de raiva e tesão percorrendo a merda do meu corpo enquanto ela corria escada abaixo, seus longos cabelos dançando na brisa leve e seu sorriso fechando meu coração, me deixou muito feliz por ela não estar sentada na minha frente.

Em vez disso, ela subiu atrás de mim e lhe entreguei o capacete.

Suas coxas nuas roçaram a parte externa das minhas, e quando ela passou os braços em volta da minha cintura, fechei os olhos, saboreando a frustração.

— Está pronta? — quase engasguei com minhas palavras.

Ela se aconchegou com força, roçando minha orelha com alguma coisa — talvez o nariz?

— Você cheira bem — sussurrou, e apertei o guidão.

Filha de uma...

Ela estava fazendo isso de propósito.

— Estou tomando isso como um sim — eu disse, colocando meu capacete.

— Você geralmente toma o que quer — retrucou. — Não é?

Neguei com a cabeça enquanto seu queixo descansava em meu ombro, determinado a não cair naquela situação. Nós decolamos, voando pela rua, sua frente se inclinando para as minhas costas e seus braços apertando ainda mais.

Dando algumas voltas, conduzi-nos em direção às longas ruas da cidade, onde poderíamos dirigir a uma velocidade razoável, mas não muito rápida. Cruzando facilmente os trechos calmos da estrada, eu a senti relaxar e se inclinar mais para mim, seu corpo se movendo em sincronia com o meu quando eu ziguezagueava para mudar de faixa ou virar.

Ela estava linda. Como sempre. Meu corpo estava espremido entre suas coxas apertadas e ela permaneceu perto. Sua cabeça — ou queixo ou bochecha — nunca saiu das minhas costas, e dirigimos pelas estradas desertas e ruas do bairro como costumávamos fazer. Na época em que percebemos como era horrível estar separados e o quanto queríamos estar juntos, não importava o que estivéssemos fazendo. Nós simplesmente tínhamos que estar nos tocando.

E depois de cerca de meia hora, ela também se lembrou.

Suas mãos deslizaram por baixo da minha jaqueta e pela minha cintura, seus dedos lentamente se espalhando pela minha barriga.

Respirei com mais dificuldade enquanto ela acariciava meu abdômen, arrastando as unhas pela minha pele, onde cada um dos meus músculos estava em alerta, graças a ela.

Uma de suas mãos desceu pela parte interna da minha coxa e senti uma vibração no peito.

Ela roçou minha orelha com seus lábios úmidos e suspirou meu nome.

— Jared.

Mantive as mãos rígidas no guidão, quase com medo de perder o controle.

Estendi a mão para trás, pegando sua coxa. Aquela pele macia logo acima do joelho me provocava. Incitando-a para que se aproximasse, me esforcei para me controlar, sentindo o calor entre suas pernas abraçar minhas costas, e nos levei de volta para casa antes de ceder à tentação e parar em um beco.

ARDENTE

Na frente da minha casa, tirei o capacete e sentei lá, porque as malditas mãos dela não pararam e me senti muito bem.

— Senti falta de andar com você. — O calor de seu sussurro cobriu meu ouvido. — Não como na corrida de sexta à noite, mas navegando assim. É como dançar, a maneira como me movo com o seu corpo.

Virei minha cabeça, inclinando-me em sua boca enquanto ela roçava minha orelha.

— É sim. O tipo de dança em que sou bom.

E eu sibilei quando ela estendeu a mão e pegou meu pau, massageando-o e tornando-o dolorosamente duro. Ele estava tentando perfurar meu jeans.

— Porra.

Apertei sua coxa e depois cedi. Torcendo meu corpo, deslizei um braço sob os seus e agarrei sua coxa com o outro, puxando-a para frente para montar em mim.

Ela não hesitou. Agarrando minha nuca, me puxou para seus lábios, e eu peguei sua boca com a mesma força.

Jesus Cristo.

Os beijos de Tate eram como um jogo. Ela entrava, movendo-se rapidamente, e lambia, mordia e massageava, depois me liberando cedo o suficiente para me levantar e me deixar esperando. Ela sempre brincava, deixando-me provar sua língua ao lamber a minha, e depois tirava tudo, e eu era um drogado que precisava de outra dose.

E o corpo dela. Sua barriga apertada e pernas perfeitas movendo-se contra mim e em mim não eram nada comparadas a como ela parecia nua e se movendo da mesma maneira.

Agarrando sua bunda com as duas mãos, a empurrei em meu pau, pressionando-a para que me sentisse profundamente.

Então me inclinei para frente, empurrando-a de costas na moto, desesperado para deslizar a mão por cima do moletom dela.

Mas eu apenas fiquei ali sentado, pressionando minha testa na dela enquanto nós dois respirávamos com dificuldade. Eu sabia que ela queria isso. Sabia que eu queria pra caralho.

Exceto que de repente fui surpreendido por onde isso nos levaria pela manhã. Nós transaríamos, provavelmente a noite toda, e adoraríamos cada segundo disso. Eu sabia que ela não diria não se eu a levasse para dentro agora, mas...

— Você quer entrar? — ofegou, pegando meu rosto em suas mãos.

— Jared, por favor.

Apertei os olhos, meu pau parecia que entraria em combustão se não chegasse até ela, mas... droga...

Eu não queria apenas trepar.

Eu queria que ela me amasse novamente. Queria que dissesse que era minha.

E eu também não queria ter que intimidá-la por causa disso.

Respirando fundo, sentei-me e balancei a cabeça.

— Não.

Seus olhos se arregalaram.

— É o quê?

Soltei um suspiro, sentindo que preferia mastigar papel alumínio a dizer não para ela novamente.

Peguei suas mãos e a puxei para cima.

— Vamos — insisti, descendo da moto. — Vou acompanhá-la até a porta.

Ela parecia absolutamente atordoada quando desceu da moto e colocou o cabelo atrás da orelha.

— Você está falando sério?

Eu quase ri. Ela sempre esteve no controle no passado, e isso certamente era novo para nós dois.

Coloquei meu braço em volta de seu ombro, subindo sua passarela.

— Tire a semana — eu disse a ela. — Vá para o seu trabalho. Leia seus livros. Dê um grande mergulho no Lago You — provoquei, subindo as escadas da varanda. — E se, no final da semana, você estiver pronta para me dar isso — eu a virei e coloquei minha mão em seu coração —, então eu aceito isso. — E deslizei a minha mão entre as pernas dela, segurando sua boceta.

Ela estremeceu, seus olhos se arregalando novamente enquanto ela se acalmava.

Inclinei-me, beijando seus lábios suavemente, e então voltei para a casa de Jax antes que tivesse a chance de repensar minha decisão estúpida.

Tate e eu transaríamos.

Esperava que amanhã, quando ela estivesse pronta para admitir que me queria também, mas até lá...

Eu não perderia dias, semanas ou mesmo meses dando voltas e mais voltas. Eu teria o coração dela primeiro.

Entrando em casa, notei Jax, Juliet, Pasha e Fallon enrolados no sofá e no carpete assistindo a um filme, então fui até a cozinha e encontrei Madoc, sentado à mesa, fazendo um sanduíche.

ARDENTE

Sentei-me lentamente em uma cadeira e recostei-me, precisando dormir e da perspectiva do meu melhor amigo.

— Você está bem? — perguntou, enchendo seu pão com mostarda.

Neguei com a cabeça.

— Não.

Olhei para ele, pronto para fazer algo que nunca tinha feito antes, e confiar nele. Eu queria que ele me dissesse que ela estava bem. Que eu era bom para ela e que era tudo que ela precisava.

Mas seus assustados olhos azuis estavam voltados para baixo e ele recuou um pouco.

— Sim, bem — ele disse, cautelosamente —, seu pau está duro, cara, e isso está me assustando. Conversamos depois.

E ele pegou abruptamente o prato e a lata de refrigerante, levantando-se e saindo da cozinha.

Olhei para baixo para ver que, de fato, ainda estava completamente excitado com o episódio lá fora.

Meu peito tremeu de tanto rir.

— Você não gosta? — gritei atrás dele. — Freud disse que todo mundo é bissexual, certo?

— Sim, vá se foder — respondeu.

Deixei minha cabeça cair para trás, rindo pra caramba.

CAPÍTULO TREZE

TATE

Uma semana.

Ele me pediu para tirar uma semana, provavelmente pensando que eu tiraria um dia, mas no final ele estava certo.

Vai entender.

Eu precisava de tempo e não conseguia acreditar que era ele quem me dizia que precisávamos ir mais devagar.

No dia seguinte, tinha me sentido péssima por causa de Ben. Por tentar forçar algo que eu queria, mas não sentia.

Afinal, Ben era estável, previsível e calmo. Tudo o que Jared não era.

E eu estava cansada de ser um clichê.

A boa menina sempre quer o menino mau, certo?

Então tentei mudar minhas preferências, apenas para descobrir que não era uma questão de menino mau *versus* homem bom. Era Jared contra todos os outros caras do planeta, e tê-lo por perto novamente me lembrou de como a vida tinha sido horrível sem ele.

Puro e simples, eu ainda o amava.

Percebi isso quando cheguei ao trabalho, na segunda-feira de manhã. Depois passei a noite fazendo compras com Juliet e, quando cheguei em casa, ele não ligou nem bateu na minha porta.

Eu definitivamente esperava que ele entrasse pela minha janela novamente naquela noite, mas, quando acordei na manhã de terça-feira, ele não estava lá.

Então decidi que não havia necessidade de apressar as coisas. Parte de mim ainda não confiava nele. O cara me abandonou duas vezes e, embora tenha visto a prova de que ele cresceu, não havia necessidade de mergulhar de cabeça o tempo todo.

Eu aproveitaria a semana, faria meu trabalho e minhas leituras, prepararia meu carro para o fim de semana e veria o que aconteceria. Sabia que era a minha vez, mas também gostava quando ele me perseguia. Sempre gostei.

Porém, além de alguns olhares de soslaio, ele me deixou em paz.

Quando cheguei em casa ontem, vi ele e Jax parados na garagem com alguns outros caras e o Ford Mustang Boss 302 de Jared. O mesmo carro que ele tinha na escola, e o mesmo em que passei inúmeras horas e fiz inúmeras coisas com ele.

Eu não sabia se eles eram seus amigos ou colegas de trabalho, mas eles claramente trouxeram o carro para ele. Havia outro carro na garagem também, mas, esta manhã, quando saí para o trabalho, ele havia sumido. Imaginei que quem trouxe o carro devia ter ido embora.

Então Jared queria seu Boss aqui. Eu me perguntava por quê.

Sentei-me, peguei a garrafa de água e borrifei meu rosto, pequenas manchas fazendo cócegas em minha pele. Juliet estava deitada na cadeira ao meu lado, de bruços, com a cara enterrada no telefone, enquanto Fallon entrava para pegar água.

Já passava das sete da noite de sexta-feira e, embora o sol estivesse além do horizonte, ainda estávamos deitadas no meu quintal, aproveitando os resquícios do calor e o zumbido dos sons do verão. Cortadores de grama, insetos nas árvores, aparelhos de ar-condicionado... e o zumbido na minha pele, sintonizado com cada pequeno som dele na casa ao lado. Sua música, seu motor de carro...

— O que você está fazendo? — Ouvi Fallon perguntar e me virei para vê-la olhando para Juliet, confusa enquanto colocava as garrafas de água na mesinha redonda.

— O quê? — Juliet olhou para ela.

Fallon recostou-se na cadeira de jardim, seu biquíni verde-esmeralda realçando a cor de seus olhos.

— Esse é o telefone de Jax — apontou, pegando Juliet em flagrante.

Eu sorri, olhando para Juliet com desconfiança tanto quanto para Fallon. Juliet estreitou os lábios, pensativa.

— Ouvi dizer que existe um aplicativo onde vocês rastreiam os telefones uns dos outros. Estou tentando colocar isso no dele.

— Ai, meu Deus. — Fallon estendeu o braço e tirou o aparelho das mãos de Juliet. — Jax corrompeu você. Você está realmente tão preocupada?

Juliet ficou de quatro e se virou, sentando-se.

— Você está me dizendo que não está nem um pouco preocupada que nossos namorados — e então apontou para Fallon — e seu marido vão a um clube de strip hoje à noite?

— Não — Fallon respondeu. — Você sabe por quê? Porque eu conheço

Madoc. — Ela tirou os óculos escuros do topo da cabeça e os deslizou sobre os olhos, continuando: — Assim que ele chegar ao clube, ele vai tirar uma selfie ou algo assim e mandar para mim para se gabar. — O sorriso casual em seus lábios se espalhou ainda mais. — Vinte minutos depois, ele vai me mandar uma mensagem, dizendo que gostaria que eu estivesse no palco dançando para ele. E cerca de uma hora depois, ele vai invadir nossa casa, excitado como um adolescente e querendo quem? — Ela colocou a palma da mão no peito. — Euzinha. E não estarei em casa, porque vamos sair e ele ficará frenético, perguntando-se onde diabos estou.

Eu bufei, encobrindo minha própria preocupação. Jared não era meu namorado. No entanto, embora não estivesse tão preocupada quanto Juliet, também não estava tão calma quanto Fallon.

Limpei a garganta, ajustando o nó do meu biquíni preto na nuca.

— Juliet, você sabe que não é assim — tranquilizei-a. — É a despedida de solteiro de Zack, então dê uma folga aos rapazes. Jax não olhará duas vezes para essas garotas, muito menos fará qualquer coisa com elas.

Seus lábios franziram e olhei para cima dela, vendo Jax aparecer na janela, secando o cabelo com uma toalha.

Ele não conseguia tirar os olhos dela. Especialmente naquele biquíni vermelho.

— Tudo o que vai acontecer — continuei, vendo-o sorrir e ir embora — é que ele vai ficar nervoso pensando na travessura que vai fazer com você quando chegar em casa. Você não vai dormir esta noite.

— E Jared? — retrucou, mudando de assunto.

— O que tem ele?

— Ele é o único sem amarras — ressaltou. — Quando as strippers o deixarem todo excitado… o que elas farão, porque ele é apenas humano… para quem ele vai voltar para casa?

Lancei lhe um olhar aguçado, me perguntando por que ela estava me provocando. Eu estava prestes a atirar o borrifador na cara dela, mas Fallon me poupou o trabalho. Ela jogou uma toalha enrolada na direção da cabeça de Juliet, que jogou uma também, e as duas começaram a rir.

Depois de mais uma hora, limpamos o quintal e fizemos o jantar — já que os caras comeriam com Zack antes de ir para o clube — e então sentamos na varanda da frente para comer. Juliet ainda usava seu biquíni vermelho com saia jeans cortada. Fallon usava um short branco e eu uma saída de praia branca transparente.

ARDENTE

— Ai, meu Deus.

Ergui o rosto e vi que Juliet havia largado o garfo e estava olhando para longe, na varanda. Ela lançou o olhar para baixo, focada para onde o garfo havia caído a seus pés, mas depois esqueceu, voltando a olhar para cima.

Segui sua linha de visão e meu queixo se contraiu com um sorriso.

Jax saiu de casa, parecendo muito diferente, e Juliet estava sem fôlego.

Ele usava calça de terno preto e um paletó da mesma cor com uma camisa branca aberta na gola. Sua altura, devido às pernas longas, tornava sua aparência ainda mais ameaçadora e — eu tinha que admitir — o deixava muito gostoso. Seu cabelo preto, rente ao couro cabeludo nas laterais e mais comprido na parte superior, era penteado em mechas esporádicas empurradas para a frente. Com seus sapatos, seu relógio brilhante, sua fivela de cinto reluzente — Jax parecia elegante e poderoso.

Olhei para a namorada dele, revirando os olhos ao ver sua boca ligeiramente aberta enquanto ela ficava com a dela escancarada.

— Ele não é um pedaço de carne — provoquei.

Ela piscou, voltando a si e então se levantou lentamente, caminhando até o corrimão.

— Ai, meu Deus.

Virei-me, desta vez ouvindo a voz de Fallon.

Assim como Juliet, ela estava olhando para Madoc — que também tinha acabado de sair de casa — como se ela estivesse realmente com dor.

— Ele é um mauricinho. — Ela lhe lançou um olhar melancólico. — Mas é tão fofo.

Soltei uma risada.

Madoc também vestia calça e paletó preto, mas usava uma camisa cinza com gravata prateada. Ele ficava ótimo de gravata. Combinava com seu estilo e seu peito largo, e o fato de que ele tomava cuidado com suas escolhas de roupas, sempre se certificando de que tudo o que usava combinava perfeitamente, só amplificava o fato de que Madoc, sendo formal, não fazia nada para reprimir quão ele gostoso ficava no estilo alternativo ao da esposa.

Fallon enfiou os dedos na boca e assobiou.

— É isso aí, amor!

Juliet se juntou a ela, assobiando para seu homem, ambas se inclinando sobre a grade.

— Vocês são idiotas — provoquei novamente, levantando-me para pegar o garfo.

As duas começaram a rir e os dois homens balançaram a cabeça, sorrindo enquanto se aproximavam.

Cruzei os braços sobre o peito e me encostei na casa, observando as meninas balançarem as pernas por cima do corrimão e se sentarem.

Mas então minha expressão se desfez. Meu estômago embrulhou e minha respiração foi interrompida, e *puta merda.*

Jared saiu de casa, trancando a porta atrás de si, e desviei o olhar, mas não pude resistir.

Olhando novamente para cima, observei-o com o canto do olho, focada na rua enquanto ele apertava uma abotoadura.

Uma abotoadura?

Ele estava usando abotoaduras. Finalmente pisquei, meu coração começou a bater como uma britadeira cada vez mais rápido.

Jared de terno me dava água na boca. Eu o amava de jeans ou calça preta casual e camiseta, mas quando ele se arrumava?

Ai, meu Deus.

Suas calças pretas desciam pelas pernas, caindo casualmente o suficiente para parecer que ele não se importava, mas a camisa passada e o paletó — ambos de um preto profundo e rico — não escondiam seu corpo. Avistei um pedaço de sua clavícula, já que o botão de cima estava desabotoado, e então ele enfiou a mão casualmente no bolso e olhou, fixando-se em mim.

Eu me virei.

— O que vocês, moças, vão fazer esta noite? — Madoc pegou Fallon da grade e segurou-a perto do peito.

— Relaxar — cantarolou. — Fazer pipoca.

— Certo — Jax respondeu, ficando entre as coxas de Juliet enquanto ela se sentava no corrimão.

Jared se aproximou, pegando as chaves do carro.

Madoc estava beijando e sussurrando para Fallon. Jax estava olhando para Juliet, tentando adoçá-la enquanto ela se esquivava dele, fingindo ciúmes.

E Jared ficou indiferente, me ignorando. Eu não sabia se ele estava olhando para mim e não sabia se ele estava bravo por eu não ter estendido a mão, mas ainda sentia sua presença em cada centímetro do meu corpo.

Ele me puxava como um ímã.

Jax puxou Juliet para baixo, beijando seu nariz e depois seus lábios.

— Eu te amo — afirmou, e meu olhar se voltou para Jared, fixando-me no dele. — Estarei em casa à meia-noite. — Ouvi Jax dizer, mas Jared

ARDENTE

165

continuou a me prender. O calor era inconfundível. Mas o que me assustou foi como também vi a frieza.

Uma onda de *déjà vu* me atingiu e foi como se estivesse de volta ao colégio por um momento.

— Se você se atrasar um segundo — Juliet repreendeu Jax —, vou ter um acesso de raiva.

— Eu amo seus acessos de raiva — flertou, puxando os quadris dela contra os seus.

— Estou falando sério — ela enfatizou, tentando parecer durona, mas eu sabia que era apenas um jogo deles. — Vou fazer você sangrar se você se atrasar.

— Promete? — provocou, mergulhando para outro beijo.

Neguei com a cabeça, mantendo o olhar longe de Jared.

— Jax, vamos. — Madoc puxou o amigo pelo pescoço, afastando-o da namorada.

Os três caras caminharam até o carro de Jared, cada centímetro bem-vestido e bem cuidado enfatizando que agora eles eram homens. Ainda era difícil entender isso às vezes, já que cresci com Jared e conheci Madoc e Jax quando eram adolescentes. Eu tinha visto todos eles — na maioria das vezes — de jeans e camisetas. Eu os vi fazer as coisas mais idiotas e até participei algumas vezes.

Mas esses meninos se foram.

— Jared! — Fallon gritou, quando Jared abriu a porta do motorista. — Leve-os para casa em segurança!

Ele arqueou uma sobrancelha, dando-lhe um olhar condescendente.

— Eles chegarão em casa antes de mim — respondeu, olhando para mim. — Eu não tenho toque de recolher.

Meus olhos arderam de raiva repentina enquanto o observava entrar no carro sem dizer mais nada.

Ele ligou o carro e saiu da garagem, sem olhar para trás.

Idiota.

Ah, com certeza. *Vai se divertir. Ninguém está esperando por você em casa. Já que você não tem a mim, vai brincar com uma garota aleatória; afinal, por que não iria, certo?*

Cerrei os punhos e deixei minha cabeça cair para trás.

Merda. Eu estava sendo ridícula.

Madoc e Jax iriam se divertir com os amigos. Para celebrar. Eles voltariam para casa tão apaixonados por Fallon e Juliet como sempre.

E Jared estava me manipulando. Assim como sempre fez, e eu caí nessa. Ele era um homem adulto que ainda achava uma delícia dar uma bela provocada para tirar minha paz de espírito. Ele esperava que eu cedesse e ligasse ou mandasse uma mensagem para dizer o quanto o amava. Ou ele esperava que eu fosse brigar amanhã por causa de algo bobo só para que pudesse irritá-lo. Ele me queria brava, porque queria me atrair.

Quando o som do motor de Jared deixou a vizinhança, permiti que um sorrisinho se espalhasse pelos meus lábios.

Ele estava tão acostumado a brincar comigo. Era como uma segunda natureza. Então por que não reagir e dar-lhe o que ele queria?

— Wicked é um clube de strip duplo, certo? — perguntei às meninas, já sabendo a resposta. — Dançarinas no andar de baixo e dançarinos no andar de cima?

Juliet olhou para Fallon e então as duas se voltaram para mim.

Quando a compreensão chegou, Juliet ofegou e Fallon jogou a cabeça para trás, rindo.

E então todas nós gritamos, correndo até a porta da frente para nos prepararmos.

— Oi — cumprimentei o segurança atarracado com corte militar.

— Olá, senhoras. — Ele nos olhou de cima a baixo e eu parei, o que fez Fallon esbarrar em mim enquanto entrava no clube com Juliet.

— Vocês deixam as mulheres se sentarem lá embaixo, certo? — perguntei. — Se decidirmos assistir as dançarinas mais tarde, quero dizer.

Ele ergueu as sobrancelhas, divertido.

— Amamos nossas clientes mulheres — brincou. — Não importa o que as excite.

Endireitei-me. *Sim, eu realmente não quis dizer isso, mas tudo bem.*

Entrando no clube, respirei fundo, sem saber o que esperar. Cigarros e talvez o cheiro de bebida velha, mas não foi isso que me atingiu assim que entrei.

O aroma de pêssegos dourados, frutas vermelhas e lírios passou pelas minhas narinas, enchendo meus pulmões com seu toque de baunilha e almíscar. O interior preto e bordô da entrada era acentuado com luminárias douradas e provavelmente pareceria berrante em outros lugares, mas aqui prevaleceu a ideia de menos é mais. Não estava extremamente cheio. Os tapetes eram exuberantes, as paredes eram de um tom violeta quente, mas escuro, e a decoração possuía objetos singulares nos quais focar sua atenção, em vez de coisas demais para distraí-lo.

Passamos por um batente de porta sem porta e paramos imediatamente, vendo o teto baixo ceder, e a sala diante de nós quase me deixou sem fôlego.

— Não é à toa que eles se vestiram bem — eu disse baixinho. — Esse lugar...

Eu só tinha ouvido falar do Wicked. Ficava no meio do caminho entre Shelburne Falls e Chicago e era um ponto de parada popular para homens — e mulheres — que voltavam do trabalho para os subúrbios. Dizia-se que tinha boa música, dançarinos mais bonitos — o que era verdade, já que havia cerca de quatro universidades a uma hora daqui com muitos estudantes esforçados e precisando de empregos bem remunerados — e também tinha um *chef* cinco estrelas.

Os caras tiveram que pagar mil dólares por mesa para dar essa despedida de solteiro.

Uma recepcionista com um vestido preto justo — muito parecido com o meu — se aproximou de nós com os cardápios.

— Olá. — Seus longos cabelos castanhos, pele bronzeada e olhos escuros brilhavam à luz das velas ao redor. — O show feminino lá em cima só recomeça daqui a uma hora, mas podemos acomodar vocês.

Eu mal a ouvi, procurando pelos caras. Já passava das dez e, embora fizessem apenas duas apresentações com os dançarinos nas noites de sexta e sábado, as dançarinas se apresentavam 24 horas por dia.

— Na verdade — Fallon falou —, podemos sentar aqui e tomar uma bebida primeiro?

O quê?

— Claro. — Ela sorriu e assentiu. — Me sigam.

Soltei um suspiro e segui, com Juliet ao meu lado, seu olhar percorrendo todos os lugares, provavelmente procurando por Jax.

Embora minha curiosidade fosse apenas dar uma olhada nos caras esta noite, não queria que fosse por eles. Madoc e Jax esperavam que Fallon e Juliet se comportassem com paciência e compreensão — o que elas fizeram —, mas seria uma grande confusão ver como eles se comportariam quando descobrissem que suas mulheres estavam lá em cima vendo um show também.

Esse era o objetivo de vir aqui, afinal.

— Argh — Fallon gemeu quando parou e olhou para o palco. — Olhe para os peitos dela.

Virei a cabeça, olhando para o palco, e imediatamente senti minha expressão morrer.

Merda.

Uma linda loira com mechas no cabelo usava um biquíni dourado que levantava os seios, destacando-os contra a barriga lisa e a pele perfeita. E enquanto ela segurava o mastro com uma das mãos e se inclinava para trás, girando os quadris e levantando as costas da mão para virar o cabelo, meu estômago se revirou.

Eu não queria que Jared a visse. Ela se parecia comigo, só que melhor.

— Achei que você não estava preocupada — disse Juliet a Fallon.

Fallon negou com a cabeça, ainda observando a dançarina.

— Não venha com essa merda agora. Você tem seios lindos.

Juliet sorriu, seguindo a anfitriã.

— Madoc gosta dos seus — ela assegurou Fallon. — Vamos.

A recepcionista nos sentou em uma das mesas em semicírculo de veludo cor de vinho com uma mesa preta e cortinas amarradas em ambos os lados. Uma lâmpada fraca estava pendurada no alto, piscando para parecer uma vela.

— Não há taxa de mesa? — perguntei, deslizando para dentro da cabine.

— Não para vocês três. — Ela piscou, distribuindo cardápios de bebidas. — Mas a *lap dance* custa cinquenta dólares. Aproveitem.

Eu bufei. Sim, porque definitivamente queríamos *lap dances*.

— Como sabemos que eles já estão aqui? — Juliet perguntou, olhando para nós duas.

— Eles estão aqui. — Fallon sorriu, mostrando seu telefone com a selfie que Madoc deve ter tirado do lado de fora do clube. — Ele enviou isso há vinte minutos.

Uma por uma, todas nós deixamos nossos olhos vagarem para o mar de clientes espalhados pelo clube, procurando pela despedida de solteiro, quando eu sabia que não deveríamos. Era para deixarmos os caras sozinhos. Até mais tarde, quando soltássemos por mensagem de texto ou pelas redes sociais que estávamos lá em cima dando uma olhada.

Levei cerca de dois segundos para localizá-los.

Jared e um grupo de outros caras sentaram-se bem na frente do palco, à direita. Zack, Madoc, Jax, seu amigo de colégio Sam e cerca de meia dúzia

ARDENTE

de outros caras que mal conhecia estavam cercados por cerca de três mesas menores enquanto se sentavam em cadeiras almofadadas com bebidas nas mãos. Jax pegou uma garrafa e serviu algumas doses, entregando uma para Jared e Madoc, e Jared inclinou a cabeça para trás, engolindo a dose. Eu inalei uma respiração, animada.

Enterrando meu rosto no cardápio, murmurei para as meninas:

— Ao redor do palco. Com a garota vestida como uma ameríndia dando uma *lap dance* para Zack.

Elas mergulharam atrás da cortina e Juliet se aninhou perto de Fallon enquanto ambas espionavam os rapazes.

Eu ri baixinho.

— Boa noite — uma garçonete nos cumprimentou, parando em nossa mesa. — Vocês gostariam de beber alguma coisa? — perguntou, colocando os guardanapos sobre a mesa.

— Três doses de Jim Beam — pediu Fallon. — Devil's Cut.

— Eu não quero uísque — retrucou Juliet.

— Que bom, porque as três são todas para mim — Fallon respondeu, e me diverti com seu nervosismo. Ela sempre foi tão confiante e durona, mas, afinal, minha garota não gostava de seu homem em um clube de strip.

Abaixei o menu, empurrando os três em direção à garçonete.

— Pineapple e Parrot Bay para ela — ordenei, apontando para Juliet —, as suas três doses e um Newcastle — apontei para Fallon — e eu quero um Red Stripe.

A garçonete assentiu sem escrever nada e saiu, e todas olhamos para os caras. Além de olhares esporádicos para o palco para observar as dançarinas, eles apenas sentaram e brincaram. Jared estava de frente para o palco, mas sua cabeça estava virada para o lado, e eu poderia dizer que ele estava rindo de vez em quando pela forma como seus ombros tremiam. Um garçom trouxe aperitivos e, enquanto alguns caras comiam, outros continuavam apenas bebendo.

O show teve uma apresentação principal — uma dançarina no centro do palco —, mas havia palcos menores espalhados com algumas barras de pole dances.

Juliet recostou-se, parecendo mais calma.

— Eles estão se comportando. — Ela deu um sorriso triste. — Agora me sinto mal. Devíamos simplesmente subir.

Dei de ombros.

— Eu não queria estar aqui de qualquer maneira.

Fallon olhou para mim.

— Sério? Você não está com ciúmes? De forma alguma?

Desviei o olhar, passando a mão nervosa pelo meu cabelo alisado e colocando-o sobre o ombro.

— Jared não é da minha conta — afirmei.

— Você tem certeza sobre isso? — Juliet perguntou timidamente e olhou para o palco, seu corpo estranhamente imóvel.

— Sim — respondi. — Deixe-o se divertir.

— Ok. — Ela assentiu, parecendo desamparada. — Porque ele parece gostar do que está vendo no palco. — E então ela prendeu minha atenção, parecendo séria.

Minhas sobrancelhas se curvaram e imediatamente olhei para onde Jared estava sentado. Ele ainda estava recostado na cadeira, mas toda a sua atenção estava lá em cima e, quando segui seu olhar, quase engasguei.

Meu pescoço esquentou e minha cabeça gritava.

Piper.

Ex de Jared. A garota com quem ele estava dormindo antes de ficarmos juntos no colégio.

Meu vestido preto justo apertava ainda mais meu corpo e me senti mal.

Eu não a via há quatro anos. Por que ele estava olhando para ela?

Ela tinha feito e distribuído um vídeo de sexo meu e de Jared na escola, e ele estava sentado lá, dando-lhe atenção como se estivesse realmente excitado.

Fiquei imóvel, paralisada não por ela, mas por ele. Ele deveria ter se afastado. Deveria ter ido embora.

Depois do que ela fez conosco...

Ela ficava em um palco lateral menor com o mastro nas costas, se abaixando na cintura e depois jogando o cabelo para trás, dando a Jared uma visão próxima e pessoal de seus seios.

Ela então se levantou, colocou uma das mãos atrás do pescoço e a outra atrás das costas e puxou suavemente as cordas de sua blusa, deixando-a cair de seu corpo para expor seus seios bronzeados e perfeitos para ele.

Olhei para baixo, rangendo os dentes.

Não.

Meu rosto doeu, lágrimas brotaram de meus olhos e desviei o olhar, para que Fallon e Juliet não vissem.

Foda-se ele.

Pela maneira como ele a observava — sem fazer nenhum movimento para ignorá-la — e pela forma como ela chamou sua atenção, eles poderiam ter um ao outro.

Respirei fundo e limpei a garganta.

Procurando em minha bolsa, tirei uma nota no momento em que a garçonete nos trouxe nossas bebidas.

Levantei o queixo, piscando para afastar as lágrimas dos meus olhos.

— Quero comprar uma *lap dance* — falei, estendendo o dinheiro. — Mas não para mim.

Ela colocou a bandeja debaixo do braço e pegou o dinheiro.

— Claro. Do que você precisa?

Apoiei-me na mesa, notando que Jared finalmente desviou o olhar, antes de começar a falar com a garçonete novamente.

— Você vê aquele cara de cabelo castanho ali todo vestido de preto? Ele está levando um copo aos lábios agora. — Apontei na direção dele e a funcionária se virou para ver a quem eu estava me referindo.

Ela assentiu.

— Pode mandar para ele aquela dançarina que está no palco na frente da mesa dele quando ela terminar? — perguntei, e senti Juliet enrijecer ao meu lado.

A garçonete sorriu.

— Claro.

Ela saiu e eu fechei minha bolsa, colocando-a no assento ao lado do meu colo enquanto ignorava Fallon e Juliet, que sabia que estavam olhando para mim.

— Tate, o que você está fazendo? — A voz preocupada de Juliet estava desprovida de sua vitalidade habitual.

— Tate, pare ela — Fallon pediu, referindo-se à garçonete. — Não faça isso. Você está armando para ele.

Eu não sabia se Madoc havia contado alguma coisa a Fallon sobre o episódio com Piper no ensino médio, mas, independente disso, ela sabia que comprar uma *lap dance* para Jared era uma má jogada.

Meio vilanesca, na verdade.

Olhei para frente, segurando a garrafa marrom fria na minha frente.

Eu não sabia por que fiz isso. Parecia aqueles momentos em que você quer fazer perguntas ou sente que deveria, mas no final, você realmente não quer as respostas.

Eu não queria Jared com outras mulheres. Eu o amava.

Mas queria um motivo para não fazer isso. Queria que uma coisa me empurrasse para fora. Uma coisa que me fizesse nunca mais confiar nele.

— Você quer que ele erre com você. — A voz calma de Fallon era rouca, e olhei para cima para ver seus olhos se enchendo atrás dos óculos.

Então olhei para Juliet, me encarando como se nem me conhecesse.

— Não — sussurrei, mais para mim mesma, a vergonha aquecendo meu rosto. — Eu quero que doa.

Eu sabia que sempre esquecia a dor que ele causava com muita facilidade. Não mais.

Juliet estreitou os olhos confusos para mim, sem entender. Sem entender que a dor me fortalecia. Essa raiva era boa, e se Jared me machucasse, então poderia me alimentar dela para me sentir superior.

Eu poderia vencer e não ser aquela que ficaria chorando, esperando ou tentando viver e fingir quando o buraco que ele deixou não fosse preenchido.

— Filha da puta.

Ouvi o xingamento de Fallon e olhei para cima, estabilizando minha expressão.

Piper saiu da área dos fundos atrás do palco e estava andando entre as mesas, captando olhares de homens interessados enquanto passava.

Ela ainda era linda. Completando com a postura perfeita de confiança que não diminuiu, embora sua reputação tenha sido arruinada após o vídeo.

Seu cabelo castanho-escuro, mais longo do que lembrava, caía em ondas até o meio das costas, e seu corpo brilhava como o sol na água.

Ela usava um biquíni branco com joias e um fio dental, mas tinha uma rede arrastão dourada em volta da bunda, amarrada nos quadris. No entanto, seu traseiro era quase completamente visível através da série de quadrados na rede, o que tornava a embalagem apenas um showzinho.

Seus olhos estavam em Jared enquanto ela se aproximava, com um olhar tímido no rosto. Pelo que ela sabia, ele ainda estava irritado com o vídeo, mas isso não pareceu diminuir sua confiança.

De pé sobre ele, ela se inclinou lentamente, colocando as mãos nos seus braços, e o vi olhar para ela e ficar imóvel.

Ela estava conversando com ele, e ele estava deixando.

Minha boca ficou seca.

Suas costas arqueavam enquanto ela falava, sua perna dobrada para cima, e eu poderia dizer que ela estava fazendo o seu melhor para fazê-lo notar seus seios enquanto se aproximava de seu rosto.

ARDENTE

Não conseguia ver Madoc ou Jax. Não conseguia mais ver Fallon ou Juliet. Só pude vê-lo abaixar os olhos, parecendo lutar para saber como agir. Talvez ele realmente quisesse.

Afinal, eles estiveram juntos uma vez. Ele gostou do sexo com ela o suficiente para voltar para mais. Quatro anos se passaram, ele havia retornado para Shelburne Falls e eu ainda não lhe dera meu coração. Talvez ele estivesse considerando.

Eu nunca descobriria, certo?

Faça isso.

A parte de trás dos meus olhos ardeu e meu coração disparou, e queria que ele a tocasse. Piper seria uma traição imperdoável depois do que ela fez comigo, e a dor seria extrema. Meu coração endureceria, assim como depois que ele foi embora, e eu seria de aço novamente.

Mas sua mandíbula irritada flexionou como se ele estivesse chateado ou algo assim e, por um momento, pensei que ele não iria, mas...

— Ai, meu Deus. — Fallon desviou o olhar.

Juliet olhou para baixo.

E respirei como se o oxigênio da sala estivesse acabando.

Todos nós observamos quando ele se levantou e ela pegou sua mão, conduzindo-o por uma porta dos fundos para as salas VIP privativas.

Balancei a cabeça lentamente, observando-o desaparecer com ela. Ele poderia fazer uma *lap dance* aqui. Por que ela o estava levando para algum lugar privado?

Tomando um gole lento da minha cerveja, endireitei as costas, recusando-me a deixá-las ver que me sentia como se alguém tivesse arrancado meu coração e enfiado uma faca nele.

Eu queria ir para casa.

Queria ir para a cama, me levantar de manhã para ler, me preparar para a minha corrida e me afastar dele como se ele nunca tivesse importado.

Mas, em vez disso, eu desmoronei.

Ofeguei, abaixando a cabeça e tremendo quando comecei a chorar. As lágrimas escorreram e eu não conseguia respirar.

Ai, Deus, por que eu não conseguia respirar?

Empurrei meu peito sobre meu coração, desejando que ele parasse de tentar bater dentro de mim.

— Tate — Juliet chamou, me agarrando e envolvendo seus braços em volta de mim. — Tate, não.

Ela enterrou a cabeça no meu pescoço, me segurando com força, e não aguentei. Os gritos de repente ficaram presos na minha garganta e precisei de ar.

Dei de ombros e saí do outro lado da cabine.

— Só me dê um minuto. — E corri para o banheiro, pela mesma porta onde Jared e Piper haviam desaparecido.

Mas, assim que entrei no corredor escuro, a mão de alguém tapou minha boca e tentei gritar. Virei-me e lutei quando um braço envolveu minha cintura e me puxou para cima, me carregando por outra porta.

Não!

Meus calcanhares vacilaram quando minhas pernas se debateram acima do chão, e ouvi a porta se fechar, tentando morder e lutar para me afastar, mas ele me apertou demais.

O corpo duro nas minhas costas nos virou e me levou até a porta fechada, sua respiração em meu ouvido.

— Você vai me matar — disse ele, e a respiração instável parecia que estava quase chorando.

Jared.

Parei, respirando fundo por entre seus dedos enquanto ele me colocava no chão.

Seu sussurro ameaçador estava cheio de dor.

— Você realmente vai me matar, Tate.

Ele não estava com Piper. Eu mal tinha visto a sala mal iluminada quando ele me trouxe até aqui, mas notei assentos e uma mesa.

Mas não havia Piper.

Ele estava me esperando. Ele sabia que eu estava aqui.

Apertou o braço em volta da minha cintura e não me movi, exceto pelas mãos tremendo. Eu estava com medo dele. Jared ficou furioso, e não o via assim desde a noite em que encerrei uma de suas festas no último ano, desligando a eletricidade.

— Eu soube no minuto em que você entrou no clube — ele rosnou em meu ouvido. — Eu estava me divertindo. Na verdade, pensei que você estava com ciúmes. — Sua boca foi para o meu cabelo enquanto ele respirava de maneira superficial, claramente irritado e prestes a perder o controle.

— Eu adorei ter você me observando — prosseguiu. — Mas então você teve que fazer essa merda. — Sua voz ficou dura. — Ela veio dizendo que alguém me comprou uma *lap dance* e soube imediatamente que era você. Realmente acha que não sou nada, não é? Pensou que eu iria querê-la?

ARDENTE

Neguei com a cabeça.

— Eu não pensei que...

— Então por que me testar?! — gritou, me interrompendo e batendo com o punho na porta à minha frente, me fazendo pular.

Ele me soltou e me virei, vendo seu peito subir e descer com força — e o tempo todo ele olhou para mim como se o tivesse traído.

A culpa cavou minhas entranhas e não conseguia nem olhar para ele. Estava deprimida e presumi o pior sobre ele, que estava mais do que ferido.

Antes, sempre me senti em pé de igualdade com Jared, ou que estava acima dele. De certa forma, era melhor do que o cara que me intimidou por tanto tempo.

Mas agora, ele era bom demais para mim.

Eu não sabia onde Piper estava, mas ele não estava com ela, e isso era tudo que importava.

Quando ele me encarou, o desdém e a decepção em seus olhos se fecharam sobre mim como um túmulo.

Virando-se, ele agarrou a maçaneta da porta e eu disparei, passando meus braços em volta de seu peito e enterrando o rosto em suas costas.

— Jared, por favor, não vá. — Minha voz tremeu e seu corpo congelou. — Por favor? — implorei. — Não pensei que você faria alguma coisa com ela — sussurrei, mantendo minha testa nas costas dele. — Mas eu queria que você fizesse. Eu queria que doesse.

Ele ficou parado, me ouvindo na sala silenciosa.

— É mais fácil ficar com raiva e julgar do que arriscar. Parece mais forte.

Senti seu peito inflar com uma respiração.

— Sim, eu conheço esse sentimento.

Deitei o lado do meu rosto em suas costas, abraçando-o.

— Nada parece certo sem você. Nem na faculdade nem em casa — choraminguei. — Tudo está me dando ar apenas o suficiente para passar o dia seguinte sem você. Nunca deixei de ser sua.

Ele deixou cair a cabeça para trás, soltando um suspiro.

Engoli em seco, aproveitando a chance.

— Eu te amo, Jared. Sempre te amei e sempre vou te amar.

Não havia ninguém além dele, e mesmo quando não estava por perto, ele estava. Eu nunca me livraria dele, porque não queria.

CAPÍTULO CATORZE

JARED

Abaixei a cabeça, o estresse que se acumulou em meus nervos diminuindo lentamente. Eu não podia acreditar que ela finalmente disse isso.

Todas as noites. Todo o tempo, os telefonemas e mensagens de texto que enviei... A cada dia parecia que ela estava se afastando de mim, e as lembranças dela eram apenas sonhos que nunca foram reais.

Tatum Brandt me amava e nunca mais a deixaria.

— Eu sei o que quero — prosseguiu, com a voz cheia de lágrimas não derramadas. — Sei para onde estou indo. Sei o que defendo e não faço coisas que não quero fazer. — Ela me virou, seus olhos me mantendo imóvel. — E, mesmo assim, sem você na minha vida, não estou feliz. De um jeito ou de outro, você é minha outra metade desde que eu tinha dez anos e não consigo me imaginar desejando um futuro sem você. Você é o amor da minha vida.

Olhando para ela, vendo a expressão tempestuosa em seus olhos se encher de expectativa e nervosismo — o que eu faria ou diria? —, só havia uma maneira de continuar a vida. Uma maneira de seguir em frente.

Não houve mais palavras. Nada a discutir e nada a resolver. Cada centímetro de mim era dela, e estava cansado de viver sem ela por mais um segundo.

— Você ainda me ama? — perguntou baixinho, quando eu não disse nada.

Desviei o olhar, lambendo meus lábios secos ao me ajoelhar, pegando seus saltos do chão. Abaixando-me sobre um joelho, passei a mão em torno de seu tornozelo fino e ajudei seu pé a calçar o sapato, depois o outro.

— Jared, diga alguma coisa — implorou, a preocupação fazendo sua voz ficar grossa.

Mas não o fiz.

Deixe-a suar um pouco. Eu estava muito cansado de falar.

Eu só queria minha garota.

Levantando-me, peguei a mão dela e puxei-a pela porta, voltando para o clube. Ela errou um passo, mas se conteve e acelerou o ritmo para me acompanhar.

A música dançava ao nosso redor e olhei para a mesa de Tate, vendo que Madoc havia encontrado Fallon e estava abraçando-a por trás com os lábios em seu pescoço. Juliet estava perto do palco, sentada no colo de Jax, observando uma dançarina enquanto ele beijava seu ombro.

Que bom. Eles tinham carona para casa, então.

— Para onde estamos indo? — Tate parecia preocupada. — Você ainda está bravo ou algo assim?

Sorri para mim mesmo, levando-a para fora do clube. Caçando minhas chaves, apertei o botão para destrancar o carro logo que chegamos ao estacionamento e me movi rapidamente, abrindo a porta para ela.

— Entre — orientei. Ela piscou, parecendo confusa, mas entrou no carro, balançando as pernas para que eu pudesse fechar a porta.

Movendo-me pelos fundos, abri a porta e imediatamente me sentei e virei a cabeça para olhar para ela.

— Jared. — Ela negou com a cabeça. — Por que você não fala comigo?

Estendi a mão, levantando-a por baixo dos braços, e deslizei seu corpo para sentar de lado no meu colo, com as pernas apoiadas no console.

Suas costas estavam apoiadas na minha porta e seu rosto, a centímetros do meu, virou-se para mim com os olhos arregalados.

Estendi a mão, segurando a lateral de seu rosto.

— Podemos simplesmente pular para o final? — perguntei, suavemente. — Estou cansado de sentir sua falta, Tate.

E era isso. Chega de falar, chega de discutir, chega de negar o que não poderia ser mudado... Eu só vivia na órbita dela e morreria lá também. Não havia escolha a ser feita.

Levantei a mão, passando os dedos por seu cabelo e segurando sua nuca enquanto pairava meus lábios sobre os dela.

— Eu te amo — sussurrei, e a puxei, minha boca afundando na dela, seu gemido chocado vibrando em minha língua.

Seu cheiro doce encheu minhas narinas e chupei sua língua em minha boca, mal a deixando respirar.

Eu adorava brincar com ela. Segurei-a com força, para que pudesse fazer o que quisesse. Durante três anos do ensino médio, neguei a mim mesmo o que queria e, nos últimos dois, ela me impediu de recuperar o que desejava, e minha paz de espírito foi destruída.

Quando eu estivesse satisfeito, ela não conseguiria andar.

Passei por sua boca, afundando meus dentes em seu lábio inferior e puxando-o para fora, depois mergulhando novamente para brincar com sua língua.

Ela choramingou novamente, mas nem tentou resistir enquanto eu controlava o beijo. Meus lábios cantarolavam com a sensação dela, porém, antes que pudesse deslizar minhas mãos em qualquer lugar que eu não quisesse soltar, me afastei, respirando fundo.

Seu peito subia e descia com força, mas ela abriu a boca novamente, vindo em minha direção e pedindo mais.

Eu me afastei, negando com a cabeça, e ela procurou meus olhos, parecendo angustiada.

Antes que ela pudesse protestar, liguei o carro, deslizando a mão sob seus joelhos arqueados para mudar a marcha.

Embora fosse difícil dirigir, eu não a faria se mover. Duvido que a deixasse longe de mim por muito tempo.

Saindo do estacionamento, pulei para a estrada, sentindo-a se acomodar em meu colo e transformar suas lágrimas em um pequeno suspiro de excitação enquanto eu acelerava pela estrada. Ainda estava com a mão esquerda atrás de suas costas e no cabelo dela, então estava mudando a marcha e dirigindo com a direita.

E o tempo todo tentei manter meu pé de chumbo leve no acelerador, porque estava morrendo de vontade de chegar em casa e entrar nela. Meu pau estava dolorosamente restringido enquanto tentava crescer, mas não conseguia. Já estava inchando como se conhecesse a sensação de suas coxas a menos de um centímetro de distância, e sua língua molhada lambendo os lábios agora mesmo.

Ela esfregou o nariz em meu pescoço e segurou minha cabeça com a mão, respirando fundo. E então soltei um gemido, quase fechando os olhos quando ela mordiscou minha orelha.

— Tate — suspirei, me abaixando para ajustar meu pau inchado. *Porra.*

Droga, ela sabia o que estava fazendo. Sua língua saiu, tão suavemente, lambendo e depois beijando meu pescoço e depois deixando beijos em minha bochecha, e me comendo como se eu fosse uma maldita sobremesa.

Inspirei e expirei, colocando a marcha na sexta, enquanto as árvores apareciam em ambos os lados da noite escura. Estávamos no meio do nada e só chegaríamos em casa daqui a meia hora.

— Jared — ela sussurrou em meu ouvido. — Por favor.

ARDENTE

E, antes que eu percebesse, ela alcançou a própria nuca e desfez o nó, deixando a parte de cima do vestidinho preto cair até a cintura, expondo os seios.

Meus olhos brilharam, odiando-a por uma fração de segundo enquanto lançava meu olhar para seus seios, e não podia tocá-la, porque minha maldita mão estava dirigindo o maldito carro.

Girei o volante para a direita e, então, vendo que desviei, soltei um grunhido frustrado.

— Baby, por favor — implorei.

Ela mergulhou em meu pescoço novamente, provocando:

— Você sempre gostou dos meus seios.

O sangue no meu pau correu e estremeci quando ele tentou se esticar sob as minhas calças.

— Eu posso sentir você — disse ela, cutucando minha ereção com sua bunda. — E está tão gostoso.

Jesus, Tate. Pare. Por favor, pare. Eu a queria em uma cama.

Seu nariz esfregou minha bochecha e ela olhou para mim.

— Acho que não posso esperar até chegarmos em casa. — Seus olhos pareciam desesperados. — Por favor — ela implorou novamente.

Neguei a cabeça, deixando escapar um suspiro e olhando nos olhos dela.

— Dois anos, e você vai me fazer te foder em um carro, não é? — Quase fiz beicinho.

Ela sorriu e eu reduzi a marcha, derrapando para uma curva à direita em uma estrada rural, porque não havia nenhuma maneira de vencê-la.

Inferno, eu nem queria mais.

Segui pela estrada de cascalho, ainda andando a quase 130 quilômetros por hora e não me importando que as pedras estivessem sob meus pneus e provavelmente lascando a pintura.

Tate estava devorando meu pescoço, e minhas malditas mãos mal conseguiam ficar firmes na estrada.

— Baby, caramba — ofeguei, pegando seus lábios e beijando-a enquanto tentava dirigir.

Virando novamente para a direita, voei para Tanner Path, que não passava de uma pequena estrada — que mal cabia um carro — e margeava um dos pequenos lagos de entrada que serviam como escoamento do rio. Afundando o suficiente na escuridão, onde nenhum carro se aventuraria a esta hora da noite, diminuí a velocidade e parei, com o barulho dos cascalhos em meus ouvidos.

Acionando o freio de mão, afastei o banco para ter espaço para as pernas enquanto ela tirava os sapatos e passava uma perna sobre minhas coxas, montando em mim.

Seus olhos derramaram fogo, parecendo um animal faminto antes de agarrar minha camisa entre os botões, rasgando-a.

— Droga — rosnei, entre dentes, alcançando suas costas e rasgando seu vestido em dois também, arrancando os pedaços de seu corpo.

Agarrando seu cabelo na parte de trás de sua cabeça, puxei seu pescoço para trás e peguei um punhado de sua bunda com a outra mão, antes de colocar seu mamilo em minha boca.

Ela engasgou, seu corpo tremendo de choque, e me senti em êxtase quando ela derreteu lentamente. Ela se esfregou em mim, usando nada além de sua calcinha fio dental de renda preta, e não conseguia acreditar quão dolorosamente excitado eu estava. Meu pau estava implorando por seu calor.

Mordi e chupei, passando as mãos por ela, apertando e puxando seus quadris.

— Agora — choramingou, se contorcendo contra meu pau e cravando as unhas em meu peito nu. — Jared, agora.

Abri a porta do lado do motorista, me dando mais espaço ao colocar a perna para fora e reclinar o banco apenas alguns centímetros.

— Você ainda toma pílula? — Respirei com dificuldade, abrindo meu cinto.

Ela assentiu freneticamente, inclinando-se para beijar e mordiscar meu peito.

Libertei meu pau, agarrando sua bunda e empurrando-a para cima. Ela respirou fundo, peguei o tecido delicado de seu fio-dental em meu punho e me inclinei em sua testa.

— Sua boceta vai sentir minha língua esta noite — rosnei —, mas, por enquanto... — Puxei, arrancando o material do corpo dela, os fios patéticos desaparecendo no interior preto do carro.

Ela envolveu seus dedos macios em volta do meu pau, que estava duro como um mastro de bandeira, e o posicionou embaixo dela, me trabalhando em seu corpo tenso. Meu queixo caiu com meu suspiro quando a coroei.

Olhando em seus olhos, seus lindos e cheios seios implorando por minha atenção, levantei meus quadris e embainhei meu pau tão profundamente dentro dela que Tate gritou, batendo no teto com a mão enquanto gemia e respirava rapidamente.

— Jared!

ARDENTE

Segurei seus quadris, meu corpo tenso, e fechei os olhos, afundando ao máximo.

Meu pau latejava dentro dela, e lascas de prazer dispararam da minha barriga e coxas, todas levando direto para a minha virilha.

Porra, ela era apertada.

Peguei sua bunda em minhas mãos e a embalei contra mim, meus lábios colados aos dela.

— Me fode, Tate — suspirei, implorando contra sua boca. — Me fode como se você me odiasse.

Ela puxou os quadris para trás e depois voltou em mim de novo, jogando a cabeça para trás com um gemido.

— Sim — rosnei.

Suas costas estavam pressionadas contra o volante e eu mergulhei, chupando um mamilo em minha boca enquanto ela me fodia.

Seus quadris rolaram para dentro de mim, moendo seu calor úmido em meu corpo, então senti cada centímetro apertado dela. Ela subia e descia em meu pau, cada vez mais rápido, para frente e para trás, seus quadris rolando para frente e para trás, para frente e para trás novamente, e segurei seu doce corpo, já brilhando de suor enquanto ela me montava como se eu fosse a porra do seu brinquedinho.

Ela se inclinou para trás, me dando um sorriso antes de rasgar minha camisa e paletó, trazendo-os para baixo em meus braços.

— Tire isso — ordenou.

Tirei o paletó e a camisa, meu pau latejando a mil por hora dentro dela enquanto eu jogava minhas merdas não sei onde. Ela se abaixou, reclinando o assento totalmente e enganchando a coxa na minha, pendurando-a para fora da porta aberta.

E me montou com força. Sua mão agarrou a alça do cinto de segurança na lateral da porta, enquanto a outra agarrou meu peito, e segurei seus quadris, observando-a tão linda que quase doía.

— Ai, Cristo — gemi, agarrando um de seus seios com tanta força que provavelmente estava machucando-o. — Baby, seus quadris são uma máquina do caralho.

Sua cabeça caiu para trás e eu tensionei todos os músculos do meu peito e abdômen, arqueando a cabeça para trás também. Ela era implacável, sem diminuir o ritmo nem por um segundo.

— Você não gosta? — perguntou, e eu abri meus olhos para ver seu rosto inclinado para o teto. Ela ofegou. — Sinto muito, amor — ela disse sem fôlego, sorrindo —, mas te amando ou te odiando, é assim que eu te fodo.

E então ela se levantou, descendo ainda mais forte sobre mim, não mais girando os quadris, mas saltando.

Apertei meus olhos fechados, recebendo seus golpes. *Merda.*

O sangue inundou meu pau, mas eu não queria gozar ainda.

— Todo o resto pode mudar, mas nunca o jeito que eu te amo — sussurrei, mais para mim mesmo do que para ela.

Retomando velhos hábitos, quando ela queria gozar de um jeito e eu queria tê-la de outro, me vi assumindo o controle para levá-la ao limite. Arqueando meus quadris, empurrei entre suas coxas, segurando sua cintura com força e trazendo-a para baixo, preenchendo-a com a mesma força com que ela estava me recobrindo.

— Ai, Deus — gemeu, e me inclinei para mais perto dela, chupando a carne de seu seio e a fodendo por baixo. — Amo quando você faz isso.

Sorri contra a sua pele e deitei-me, assumindo o controle, empurrando e roçando, fodendo-a profundamente, e esfregando o meu polegar sobre o seu clitóris.

— Vamos — insisti, sentindo seu cabelo e seu suor acariciarem meus dedos em suas costas. — Eu quero que você se espalhe para mim no capô, para que eu possa provar quão molhada você está.

— Sim — suspirou. — Meu Deus, eu te amo, Jared.

E ela me montou mais rápido, pressionando cada vez mais quando meu pau encontrou o lugar perfeito, massageando-a até que todo o seu corpo se contraiu e ela começou a gemer.

— Jared! — gritou. — Oh… — Seus quadris me foderam de novo, de novo e de novo, e ela cravou as unhas em meu peito, jogando a cabeça para trás e gozando em cima de mim.

Os seus músculos apertaram ao redor do meu pau, seu orgasmo passando por ela, e agarrei seu seio, cada músculo do meu corpo em chamas por tentar não gozar.

Seus quadris pararam e sua respiração desacelerou quando ela mergulhou a testa sob meu queixo.

— De novo — implorou. — Por favor.

Peguei sua boca, beijando-a com força. Comi o sabor da doçura e do suor e queria prometer a ela mil coisas que eu sabia, sem dúvida, que lhe daria. Não importa o que eu tivesse que fazer, ela valia tudo. Nada nem ninguém era tão perfeito quanto nós dois juntos.

ARDENTE

Sentei-me, segurando-a pela cintura para tirá-la do carro e passar pela porta. Ela envolveu as pernas frouxamente em volta de mim e segurou enquanto eu a colocava no capô, meu pau deslizando para fora dela.

Então se deitou, levantando os joelhos e fechando as pernas.

Mas eu disparei, agarrando seus joelhos e abrindo bem suas coxas.

— Você acabou de me foder como um animal incansável — provoquei, adorando a visão de seus seios rechonchudos prontos e esperando. — Não seja modesta agora.

Minhas calças estavam soltas na minha cintura, e envolvi meu pau, não que precisasse de muita ajuda para ficar duro.

Inclinando-me, pressionei minha língua em seu clitóris molhado e movi-me em círculos rápidos, massageando-a, porque sabia exatamente do que ela gostava, mas tinha medo de pedir.

Tate gostava da minha língua. Ela não queria tanto os dedos, e mesmo que eu estivesse fazendo isso para ela — lambendo, sacudindo e fodendo com a boca —, também estava fazendo isso por mim.

Era um ato tão simples, mas nada que fizemos juntos era simples. Era um momento em um oceano de momentos que nos mantiveram vivos de um minuto para o outro, e era o paraíso.

Passei minha existência vivendo e me alimentando da dor. O descaso causado pelo alcoolismo de minha mãe, o sangue derramado por meu pai e a perda e a solidão que causei a mim mesmo ao negar o que era tão simples e necessário para mim, como respirar.

Ignorei a verdade e a razão, porque era mais fácil acreditar que meu poder me definia, em vez de admitir que precisava de alguém. Em vez de admitir a realidade.

Que eu amava Tate.

Que ela me amava.

E que juntos éramos invencíveis.

Levei anos para aprender, mas passaria o resto da minha vida compensando isso.

Arrastei minha língua pelas laterais de seu corpo e depois desci, sugando-a em minha boca. Ela gritou e agarrou meu cabelo, me puxando para trás e se sentando.

— Agora. — Ela puxou meus quadris, envolvendo as pernas em mim.

Tomando-a por baixo das coxas, deslizei-a até a borda do capô e empurrei de volta para dentro dela, seus gemidos viajando pela minha garganta enquanto nos beijávamos.

Ela passou os braços em volta do meu pescoço e apoiei a mão no capô, nossos peitos colados um no outro.

Bombeei forte e rápido, dois anos de desejo para liberar ao fazermos amor no capô do meu carro. Sua cabeça caiu para trás, seus gritos enchendo o ar da noite, e empurrei fundo, devorando seus lábios e pescoço enquanto ela lutava para respirar.

— Tate — gemi, sentindo o fogo dentro de mim pronto para explodir. — Eu te amo, baby.

E me soltei, empurrando tão fundo e forte que ela mordeu meu lábio. Eu gozei, derramando dentro dela, seu corpo me segurando quente e perfeito.

Ofeguei, suor escorrendo pelas minhas têmporas, respirando contra seu ombro. Soltei meus dedos, percebendo que estava apertando seus quadris, provavelmente a ponto de sentir dor.

Eu a ouvi resfolegar.

— De novo — exigiu, e soltei uma risada cansada.

Era bom que ela estivesse tão necessitada. Eu também não me cansaria dela.

— Em casa. — Inclinei-me e beijei sua bochecha e depois sua testa. — Eu quero uma cama.

— Na casa de quem?

Beijei seu nariz.

— Na nossa.

CAPÍTULO QUINZE

TATE

Jared pegou minhas chaves, destrancando a porta da frente da minha casa — ou da casa dele, agora que eu sabia que ele havia feito uma oferta — e fiquei muito agradecida por estar escuro lá fora.

Meu vestido e minha calcinha estavam em pedaços em algum lugar do carro dele, e eu usava apenas o seu paletó, enquanto ele entrava na casa atrás de mim de calça preta e a camisa aberta, já que eu havia arrancado os botões.

— Não acredito que você comprou a casa — comentei, cruzando os braços sobre o peito para manter o paletó fechado. A única vez que não era modesta era durante o sexo. — Você não precisava fazer isso — continuei, mantendo minha voz gentil, embora tivesse que piscar para conter as lágrimas ao olhar ao redor da minha casa.

— Não comece a procurar algo novo com que se preocupar. — Ele fechou e trancou a porta, vindo me abraçar. — Você está indo para Stanford — afirmou ele — e quem sabe aonde vamos nos estabelecer, mas eu simplesmente não poderia deixar esta casa ainda.

Ele olhou em volta, uma expressão pensativa no rosto. Eu me sentia da mesma forma. Também não estava pronta para dizer adeus.

— Se vendermos mais tarde — ele me tranquilizou —, então a decisão será nossa quando estivermos prontos, mas...

Corri para frente, interrompendo-o, passando meus braços em volta dele e o apertando com força.

— Obrigada — falei, engasgada, com lágrimas presas na minha garganta. — Muito obrigada.

Eu sabia que ele estava preocupado com o que eu pensava. Isso significava que iríamos nos estabelecer aqui depois da faculdade de medicina? Isso significava que eu não seria capaz de cogitar a possibilidade de praticar medicina em outro lugar se surgisse uma oportunidade?

Mas eu não estava preocupada com isso. Ele estava apenas me garantindo que não precisávamos tomar nenhuma decisão ainda. A casa seria nossa para cuidar dela quando estivéssemos prontos, e não a perderíamos a menos que quiséssemos.

Meu pai conseguiria um novo lugar com a senhorita Penley — Elizabeth — e, enquanto não me acostumasse, sabia que seria estranho visitá-lo em um lugar onde nunca morei.

Agora — olhei em volta para as paredes quentes e o piso de madeira brilhante — eu sempre teria a casa onde cresci para manter vivas minhas memórias.

Nosso primeiro Dia de Ação de Graças, quando convidamos Katherine e Jared, e ele comeu meus vegetais por mim, desde que eu aceitasse seu molho de cranberry, que ele odiava.

No dia quente de verão em que meu pai correu atrás de nós fora de casa, quando Jared e eu decidimos provar que nada era realmente inflamável.

As manhãs no ensino fundamental, quando ele voltava furtivamente por entre a árvore para seu próprio quarto depois de dormir lá, apenas para aparecer meia hora depois para me acompanhar até a escola.

Suspirei em seu pescoço, sorrindo.

— Eu comprei algo para você também — revelei, com uma voz doce.

— Comprou? — Ele parecia achar divertido. — Hoje?

Neguei com a cabeça e me inclinei para trás, olhando para ele.

— Cerca de um ano atrás — esclareci. — Eu vi e imediatamente soube que precisava comprar para você. Tenho guardado desde então.

Sua boca sexy se curvou em um sorriso, um olhar curioso em seu rosto.

— Sou um cara difícil de presentear — alertou.

Recuei.

— Suba em cinco minutos. — E me virei, subindo as escadas correndo.

Assim que entrei no meu quarto, joguei o paletó dele na cadeira do canto e fui ao banheiro para me refrescar.

Ele tinha feito uma bagunça comigo. Meu cabelo estava emaranhado, meu corpo estava dolorido e eu tinha marcas vermelhas de suas mãos nos quadris.

Mas estaria mentindo se dissesse que não amei. Jared me devorou como se fosse comida. Ninguém me amava como ele, e eu o vivi. E o amei.

Pulando no chuveiro, passei talvez quinze segundos enxaguando o suor e o sexo, antes de pular de volta e escovar meu cabelo.

Indo até a gaveta de cima do meu baú, alcancei a parte de trás e tirei a lingerie que sabia que ele não precisava que eu usasse, mas que definitivamente adoraria.

A blusa rendada preta era um cruzamento entre uma regata e um espartilho — no entanto, enquanto os espartilhos tradicionais eram amarrados

ARDENTE

nas costas, este era amarrado na frente. Coloquei o fio dental combinando e deslizei meus braços por cima, prendendo a longa fita de seda preta nas alças, de modo que elas se cruzassem na frente, deixando a pele da minha barriga exposta através da fita, que subia para amarrar entre meus seios.

Sempre tive vergonha de tentar coisas assim. Jared era um homem simples e nunca deu a impressão de que não estava perfeitamente feliz com meu short de pijama e minha regata. E eu tinha tido intimidade com Gavin tão raramente que nunca tive tempo de experimentar uma lingerie.

Mas Juliet me inspirou. Ela e eu fomos até uma loja um dia, e no dia seguinte tivemos que voltar, porque Jax destruiu a camisola que ela comprou e lhe deu seu cartão de crédito com instruções para substituir a peça e comprar mais também.

Fiquei com ciúmes na época. Sua vertigem e felicidade me fizeram desejar sentir isso novamente.

Olhei para cima, vendo uma luz cair no chão e fui até a janela, espiando através das cortinas transparentes a casa ao lado. Jax puxou o vestido de Juliet para expor suas costas nuas e então estendeu a mão por trás dela para fechar as cortinas.

Sorri para mim mesma, lembrando-me do dia, há quase dois anos, em que tive que dizer a eles: "Ei, eu posso ver tudo. Vocês se importariam...?"

Desde então, eles tiveram o cuidado de se certificar de que a janela estava fechada — porque eles faziam barulho também — assim como as cortinas.

Fiquei feliz porque Juliet encontrou o seu "felizes para sempre", mas também sabia que já passava da hora de ser feliz. Virando-me, caminhei até a porta do quarto, não querendo perder nem mais um segundo dos cinco minutos que eu disse a ele para esperar.

— Tate, amor — uma voz sonolenta sussurrou contra meu cabelo. — Seu telefone.

O braço de Jared apertou minhas costas e me empurrou suavemente para me acordar. Pisquei os olhos, percebendo que meu telefone estava tocando na mesa de cabeceira. Levantei minha cabeça de seu peito e olhei para ele, minha nuvem sonhadora não saindo do meu cérebro enquanto sorria.

Sua cabeça estava de lado, de frente para as portas francesas, e seus olhos estavam fechados enquanto ele respirava pacificamente.

Virando-me relutantemente, segurei o lençol para cobrir meu peito e estendi a mão para pegar meu telefone.

— E aí, tudo certo? — atendi, vendo o nome de Juliet na tela. Olhando para o relógio, vi que eram apenas seis e meia da manhã. Jared e eu estávamos dormindo há apenas algumas horas.

— Desculpe — ela disparou. — Eu vi o carro de Jared ali, então tenho certeza de que você está... — hesitou, apenas o suficiente para fazer uma insinuação — ocupada — terminou.

Um sorriso puxou meu queixo.

— Nãooo — falei, lentamente. — Eu estava dormindo. O que você quer? Ela limpou a garganta.

— Sei que você queria malhar hoje, mas preciso cancelar. Estou esgotada esta manhã, ok?

— Sem problemas — suspirei, virando a cabeça ao ouvir o som do trovão lá fora. — Eu também não vou a lugar nenhum. Você pode mandar uma mensagem para Fallon para avisá-la?

— Sim, claro. — Ela bocejou.

Se fosse chover, seria um dia ruim para um treino ao ar livre.

— Você está bem? — perguntei, notando que ela parecia estranhamente cansada para uma pessoa matinal.

— Sim — me assegurou. — Só fiquei acordada até tarde. Te vejo depois.

— Tudo bem, até mais — disse a ela, arrepios iluminando minha pele enquanto a mão de Jared subia pela parte interna da minha coxa.

— Tchau. — E ela desligou.

Desliguei o telefone e olhei, vendo Jared ainda meio adormecido, sua mão errante subindo pela minha perna.

Aninhando-me novamente em seus braços, tracei as linhas de sua mandíbula e lábios com meus olhos. Descendo minha mão pelo seu peito e indo até seu abdômen, observei a tatuagem na lateral do torso que ele fez quando eu estava na França, cinco anos atrás: "O ontem dura para sempre. O amanhã nunca chega" e o "Até você" que pediu para Aura, sua tatuadora, adicionar mais de um ano depois, quando finalmente ficamos juntos no último ano.

Ele adicionou mais tatuagens desde que nos separamos.

Havia duas penas do outro lado de seu torso, uma inscrita com *Trent* e a outra com *Irmãos*.

E olhando para seu peitoral esquerdo, me levantei, lutando para respirar superficialmente enquanto lia a escrita.

Eu existo como sou, isso é o suficiente.

Bem ali, minha citação inscrita em seu coração. Lágrimas de felicidade brotaram dos meus olhos. Eu não pude acreditar. Ele se lembrava do poema.

Abaixando a cabeça, descansei sobre seu peito, prometendo a mim mesma que nunca o deixaria ir embora.

Sua mão subiu e começou a acariciar meu cabelo enquanto ele começava a se mexer, e o senti roçar minha perna, sua excitação ficando cada vez mais forte.

Inclinei-me para o lado da cama, pegando minha lingerie agora inútil, que tinha dois ganchos arrancados porque ele ficou impaciente mexendo nas fitas em sua pressa louca.

— Eu gostei dessa coisa — murmurou, me fazendo largar a renda. — Quem diria que eu gostaria mais de você vestida do que gosto de você nua?

Inclinei-me sobre ele, lançando lhe um olhar insultado.

Ele soltou uma risada.

— Eu não quis dizer exatamente isso — voltou atrás. — Mas definitivamente melhorou seus pontos de interesse.

Revirei os olhos e passei a perna sobre seu corpo, montando nele, um trovão estalando no céu.

Inclinei-me, sussurrando em sua boca.

— Deixe-me ver o que posso fazer para melhorar os seus pontos de interesse.

E serpenteei por seu corpo, ouvindo-o respirar fundo e agarrar meu cabelo enquanto eu o levava em minha boca.

Jared estava na pia da cozinha, parecendo ainda mais sexy lavando a louça do que quando trabalhava no carro.

Fiz o café da manhã e depois ele começou a limpar, como sempre. Quando criança, Jared se tornou autossuficiente e era bom em limpeza, mesmo quando moramos juntos por alguns anos na faculdade. Graças a Deus isso não mudou.

Juntei-me a ele na ilha e coloquei meus pratos na pia.

— Jax pegou meu cooler emprestado no mês passado — eu disse a ele, segurando seus quadris por trás e beijando suas costas suavemente. — Eu já volto, ok?

Hoje sairíamos com um grupo de outros pilotos para um agradável cruzeiro até Chestnut Mountain para almoçar. Mesmo com a leve garoa lá fora, nada me impediria de fazer a viagem. Jared comigo em um carro. E uma longa viagem com música. Na chuva.

Um dia perfeito.

Ele virou a cabeça, me beijando.

— Minha mochila está no meu antigo quarto — murmurou, entre beijos. — Veja se ele pode pegar uma muda de roupas para mim, ok?

Assenti, mergulhando em sua boca novamente antes de me afastar para sair pela porta dos fundos.

Minhas roupas ficaram encharcadas assim que saí da varanda dos fundos, mas não apressei a corrida. Nunca me apressava na chuva. Meus jeans cobriam minhas pernas, mas meus dedos dos pés estavam nus em meus chinelos pretos, e embora minha camisa polo preta justa não ficasse transparente ao me molhar, meus braços — nus em suas mangas curtas — já brilhavam com a leve garoa.

Passando pelo portão, perambulei pelo quintal reformado de Jax e Juliet, completo com um deck acabado e um cenário paisagístico. Fallon usou sua experiência em engenharia e design para testar o espaço, tornando-o ainda mais bonito e convidativo.

Abri a porta dos fundos e gritei:

— Jax! — Entrei, fechando a porta atrás de mim. — Juliet!

— Aqui. — Ouvi a voz dela vindo do banheiro ao lado da cozinha.

O trovão ondulou lá fora, e reprimi meu sorriso enquanto quase saltava para o banheiro.

Mas parei ao ver Juliet debruçada sobre o vaso sanitário, tossindo.

— Uau, você está bem? — Corri para segurá-la.

— Ai, estou bem — resmungou, dando a descarga e inclinando-se para trás e enxugando a boca com uma toalha de mão. — Uma bebida. Uma maldita bebida ontem à noite — reclamou — e acordo me sentindo um lixo. Por que sou tão fraca?

— Você é. — Eu ri, pegando um copo de água para ela. — Lembro-me do ensino médio.

ARDENTE

Ela arqueou uma sobrancelha, olhando para mim.

— Eu não quero reviver isso. Você parecia gostosa e eu estava tentando ser legal.

— Jogando uma cerveja em mim? — respondi, entregando-lhe o copo. — Para me refrescar, você disse?

Ela bufou e balançou a cabeça ao se lembrar de como até mesmo um pouco de bebida a deixava embriagada antes de tomar um pouco de água. Ela nunca bebeu muito, o que provavelmente era bom, porque Jax também não.

— Preciso pegar meu cooler — disse a ela por cima do ombro enquanto ela me seguia para fora do banheiro. — Presumo que esteja na garagem?

Ela assentiu, pousando o copo e ajeitando a delicada blusa camponesa vermelha, enfiando a bainha frouxamente no short jeans.

— E preciso pegar uma muda de roupa para Jared. Jax está no quarto? — perguntei, não querendo invadir.

— Ele está no escritório. — Ela apontou com o queixo para a escada. — Você pode muito bem pegar tudo de Jared. Ele provavelmente não passará mais noites aqui — brincou.

É, provavelmente não vai.

Virei-me para sair, mas ela pegou minha mão.

— Estou feliz por você — afirmou, em um tom calmo e sério. — Você e Jared… Nem sempre achei que ele era bom o suficiente para você, Tate — admitiu. — Mas houve um tempo em que eu também não achava que eu era.

Fiquei ali, feliz por ela ter se surpreendido.

Ela apertou minha mão.

— Ele é um bom homem.

Sorri e beijei-a na bochecha.

— Obrigada.

Subindo as escadas correndo, entrei no quarto de Jax e Juliet e vi a mochila preta de Jared no canto perto da janela.

Enfiei rapidamente as roupas espalhadas dentro, levantei a mochila pelas alças e joguei-a sobre o ombro, grata por seu tempo no ROTC ter pelo menos lhe ensinado como fazer malas leves.

Fui até a porta, mas parei, avistando uma caixa circular de couro preto na cômoda.

Minha mandíbula formigou com energia e excitação quando a peguei. Eu sabia que não deveria abri-lo, mas tive a sensação de que Jax faria o pedido a Juliet em breve. E se o anel estava ali em cima, então ele já deve ter feito. Eu queria ter visto.

Mas então, se ele fez isso, por que ela não me contou?

Olhei para a porta, não vendo ninguém no corredor, e depois para baixo, abrindo a caixa.

Meu coração batia forte no peito e senti uma onda de excitação em meus membros.

O anel tinha uma faixa de platina incrustada com pequenos diamantes, enquanto a peça central era um corte princesa cercado por lascas menores. Eu não sabia nada sobre quilates, mas a pedra devia ter quase a largura do dedo dela.

— Uau. — Levei minha mão à boca, cobrindo meu sussurro. — Puta...

— Merda? — Ouvi Jax terminar a frase e olhei para cima para vê-lo entrando no quarto.

Sorri para ele através das lágrimas de felicidade em meus olhos.

— Você vai pedir ela em casamento? — perguntei. — Ou você já pediu? Eu estava tão animada por Juliet.

Ele desviou o olhar, as palavras presas na garganta.

— Sim, na verdade — gaguejou. — Mas esse não é o anel que farei o pedido. Ao meu olhar confuso, ele fechou a porta atrás de si e falou baixo.

— Esse é do Jared — revelou. — Ele deixou aqui quando voltou para casa, há um ano e meio.

Do Jared...? O quê?

— Ele deixou aqui quando voltou para casa para pedir você em casamento — terminou, o olhar sério em seu rosto claramente esperando pela minha reação.

Meus pulmões se esvaziaram e eu simplesmente fiquei ali. Não conseguia me mover.

Jared voltou para casa há mais de um ano para me pedir em casamento?

Deixei cair a mochila, encostando-me na cômoda, e fechei os olhos, repassando o que ele deve ter sentido quando me viu com outra pessoa. Comprar um anel, voltar para casa ainda tão apaixonado por mim como quando foi embora e ver...

Jax agarrou meu rosto, virando-me para ele.

— Olhe para mim, Tate. — Nossos olhos se encontraram. — Pare, ok? Você não fez nada de errado. Como acontece com tudo, o *timing* foi ruim. — Suas mãos seguraram meu rosto com firmeza e eu inspirei e

ARDENTE

193

expirei, tentando superar a dor do arrependimento. Nunca quis machucar Jared. Mas ele me machucou quando foi embora e tive que afastá-lo.

— Você é o amor da vida dele — continuou Jax — e nunca houve qualquer dúvida de que ele voltaria para você e lutaria por você, mais cedo ou mais tarde. O importante é que vocês dois sigam em frente. Vocês têm uma vida para viver, memórias para criar um com o outro e bebês para ter. — Ele balançou meu rosto com suas últimas palavras, me trazendo de volta. — Não perca mais um minuto.

Ele estava certo. Ele sempre estava certo.

Eu poderia passar horas ou dias me sentindo mal por Jared querer se casar comigo há muito tempo, mas não tive a intenção de partir seu coração. Estava simplesmente tentando proteger o meu.

Agora ele estava aqui. Ele me amava e eu o amava. E estávamos felizes. Caso encerrado e sem olhar para trás.

— Jax! — Juliet gritou lá embaixo.

Ele deixou cair as mãos, correndo para o corredor.

— O que está errado? — Espiou por cima da grade.

— Olhe seu telefone! Madoc acabou de mandar uma mensagem — disse ela, parecendo preocupada. — Katherine acabou de entrar em trabalho de parto. Ela vai ter o bebê agora!

CAPÍTULO DEZESSEIS

JARED

Entramos no elevador, Jax e eu com as garotas ao nosso lado, e meu telefone prestes a quebrar sob a pressão do meu punho.

Depois da mensagem de Madoc, Tate entrou pela porta dos fundos carregando minha mochila, e a pedi para ligar o carro enquanto vestia algumas roupas. Jax e Juliet partiram imediatamente, enquanto eu passei pela casa de Madoc e peguei Pasha. Ela estava bastante ocupada, saindo com Jax no Loop e caminhando com Madoc, Fallon e Lucas — seu irmão mais novo do programa de mentoria com "irmãos mais velhos" — na semana passada, mas, por algum motivo, não queria deixá-la fora das coisas.

Então fiz um pequeno desvio, peguei-a e caí na estrada.

E de todos os malditos inconvenientes, minha mãe estava em Chicago no fim de semana com Jason, já que seus amigos da cidade a convenceram a ir a alguma besteira de exposição de bebês quando ela deveria estar descansando.

Aceleramos todo o caminho e alcançamos Jax.

Uma vez dentro do hospital, mandei Pasha à loja de presentes para comprar flores. Considerei que ter certeza de que minha mãe e minha irmã estavam bem era mais importante do que escolher pessoalmente suas flores. Então, enquanto ela fazia isso, o resto de nós correu até o terceiro andar.

Meus músculos se contraíram em antecipação e pude sentir uma gota de suor escorrendo pelas minhas costas. Eu não sabia por que estava tão nervoso.

Não era preocupação ou desconforto. Definitivamente era nervosismo. Esfreguei a boca na camiseta que estava no ombro, enxugando a fina camada de suor.

O que eu deveria fazer com um bebê? Duvido que houvesse alguma conexão. Nossas diferenças de idade provavelmente nos impediriam de criar laços.

E era uma menina. O que eu deveria fazer com uma menina?

Felizmente, ela era pequena e demoraria muito até que realmente interagisse com alguém.

Mas, em partes, também fiquei deprimido com esse fato.

Madoc, e até mesmo Jax, sem dúvida aprenderiam muito rapidamente como brincar e conversar com ela, mas entreter, muito menos tolerar, as pessoas nunca foi meu forte.

Só que eu queria que ela estivesse perto de mim. Simplesmente não tinha ideia do que diabos fazer para que isso acontecesse.

Madoc tinha mandado uma mensagem dizendo que minha mãe estava na suíte sete e, como levamos quase uma hora para chegar a Chicago, navegar pelo trânsito até o hospital e estacionar, o bebê já estava aqui, assim como Madoc e Fallon, já que eles partiram antes de nós.

Eu não bati. Entrando no quarto, porém, diminuí a velocidade, vendo meu amigo parado ao lado da cama da minha mãe com o bebê já nos braços.

— Eu a peguei primeiro — brincou. — Foi mal.

Ele não estava nem um pouco mal, a julgar pelo sorriso de merda em seu rosto, mas tudo bem. Olhei para o pacote rosa bem embrulhado nos braços grandes de Madoc, parecendo nada mais do que um pequeno pedaço de pão, e tentei entender o fato de que aquela era minha irmã.

Eu nem conseguia vê-la, pois estava mega enterrada em cobertores.

Tate ficou ao meu lado, e pude sentir minha mãe me observando enquanto Jax se virava para ir para o lado de Madoc.

— Ei, Quinn Caruthers — cantarolou, colocando sua mão gentil na cabeça dela.

Madoc olhou para ela com admiração, já apaixonado, enquanto Jax apareceu ao seu lado, e eu poderia dizer que ele estava ansioso para tê-la em seus braços.

Eu não sabia por que me sentia como uma vela. Olhei para minha mãe, que estava me observando com paciência.

— Todos os seus irmãos — lembrou-me, incentivando-me com os olhos a olhar mais de perto o bebê.

Respirei fundo e me aproximei, flanqueando o outro lado de Madoc, e baixei os olhos, observando um pouco. O pouco de nada que já estava conseguindo fazer meus joelhos dobrarem.

— Ela não é perfeita? — Madoc comentou, segurando-a pelos antebraços na frente do corpo, para que todos pudéssemos ver.

E tudo dentro de mim cedeu.

Meu peito se partiu em centenas de fissuras diferentes, minhas mãos formigaram e o que senti foi quase uma vontade de abraçá-la.

Suas pálpebras brilhantes cobriam seus olhos durante o sono, então eu não poderia dizer a cor deles, mas o resto dela tinha uma tonalidade avermelhada que a fazia parecer que tinha passado por um período difícil hoje.

Suas novas bochechas rechonchudas pareciam macias e frágeis, seu nariz não era maior que minha unha do mindinho, e o pequeno espaço triangular entre seus lábios enquanto ela respirava — cada coisinha — parecia estar cavando seu caminho até meu coração. Estendi a mão, incapaz de resistir a deslizar meu dedo em seu punho.

Como algo poderia ser tão pequeno?

Os dedinhos — frágeis como palitos de fósforo — envolveram o meu, e minha garganta inchou; tentei engolir contra a dor excruciante, mas foi demais.

— Nós somos seus irmãos, garotinha — Jax contou.

— Sim. — Madoc riu. — Você está tão ferrada.

Todos riram, entusiasmados com a alegria de um novo bebê, mas eu estava caindo. O cobertor se mexeu e olhei para baixo para ver seus pezinhos saindo.

— Jesus, ela é pequena — suspirei, espantado. Olhei para cima. — Mãe, eu...

Mas minha mãe estava chorando, com lágrimas escorrendo pelo rosto, e imediatamente me senti um merda por não ter ido até ela primeiro.

— Você está bem? — perguntei, tentando escapar do pequeno punho de Quinn, mas não adiantou.

Ela balançou a cabeça, sorrindo.

— Estou no topo do mundo — garantiu. — A imagem que estou vendo agora não poderia ser mais perfeita. — E começou a chorar de novo, olhando para Madoc, Jax e eu. Jason colocou a cabeça dela em seu peito, parecendo completamente desgrenhado.

— Ela vai ser loira — ressaltou, referindo-se à nova filha.

— Como você sabe? — Jax perguntou, curioso.

— Porque ela é praticamente careca. Assim como Madoc era.

Madoc bufou e lançou ao pai um olhar irritado.

Coloquei a mão no topo de sua cabeça, surpreso com a forma como ela cabia na palma da minha mão. Senti Tate me observando e olhei para cima para ver um sorriso em seus olhos.

— Quer segurá-la, Jared? — minha mãe falou.

Neguei com a cabeça.

— Eu não acho...

ARDENTE

Mas Madoc já estava atrás de mim, entregando-a. Levantei meus braços, sentindo-os tremer sob o peso de sua leveza.

— Ai, merda. — Respirei com dificuldade.

— Olha a boca. — Eu ouvi o murmúrio fraco da minha mãe.

Madoc afastou os braços, abaixando lentamente a cabeça dela na dobra do meu, e mesmo que ela não pesasse nada, tive medo de não conseguir segurá-la.

Diferente de qualquer outro sentimento que já tive.

Juntei as sobrancelhas, estudando cada centímetro de seu rosto doce.

— Ela é tão pequena — eu disse mais para mim mesmo do que para os outros.

— Ela vai crescer — comentou Jax, olhando por cima do meu ombro.

Neguei com a cabeça, não acreditando que já fui tão pequeno.

— Tão indefesa…

Tate finalmente apareceu ao meu lado e beijou sua testa.

— Uma garota com vocês três como irmãos será tudo menos indefesa. — Ela riu.

Meu peito tremeu de repente, vendo sua boca se abrir em um formato oval enquanto ela bocejava e — *puta merda* — eu ia morrer. Ela poderia ficar mais fofa?

Eu ri para não chorar.

— Sinto que meu coração está partido e não sei por quê. Que diabos?

— É amor. — Ouvi minha mãe dizer. — Seu coração não está partido. Está crescendo.

Tate passou o braço em volta da minha cintura e apoiou a cabeça no meu braço, nós dois observando Quinn.

Inclinei-me, dando um beijo em sua bochecha e inalando seu perfume de bebê.

Jesus, eu era patético.

— Minha vez — Jax disparou, cutucando.

Relutantemente, eu a entreguei, tomando cuidado para apoiar sua cabeça. Fiquei nervoso com o quanto não queria desistir dela.

Inferno, eu até odiava a ideia de ter que deixar Shelburne Falls novamente.

— Ai, meu Deus!

Todos nós nos viramos, saindo do transe de bebê, quando Juliet mergulhou na cesta de lixo e vomitou, afastando-se de nós para esconder seu ato.

— Juliet! — Jax gritou, entregando o bebê para nossa mãe enquanto ele e Tate corriam para ajudar. — Amor, você está bem? — perguntou, enquanto minha garota puxava o cabelo para trás.

— Ai, meu Deus — ela gemeu, vomitando sobre o lixo. — Sinto muito. Não quero deixar o bebê doente se pegar alguma coisa.

— Aqui. — Jax entregou-lhe um lenço de papel para limpar a boca e apoiou seu corpo com o braço.

Ela o empurrou, cambaleando novamente e esvaziando quase todo o resto que tinha no estômago.

— Ah, não. — Uma enfermeira entrou, empurrando a jarra de água para mim e correndo para o lado de Juliet.

— Sinto muito — Juliet murmurou, colocando a mão sobre a boca, um rubor rosa se instalando em sua pele.

Coloquei a jarra na mesinha de jantar da minha mãe e servi um pouco de água para ela e Juliet.

— Problema nenhum — a enfermeira a acalmou. — Venha comigo. — E colocou a mão nas costas dela, guiando-a para fora.

Jax e Tate fizeram menção de segui-los, mas Juliet os deteve.

— Não, você fica. Vocês dois — ordenou. — Eu vou ficar bem. Fiquem com Quinn. Vejo vocês na sala de espera.

— Você não está bem — Jax disparou.

— Fique — exigiu. — Por favor, vou me sentir mal. De qualquer forma, só vou ao banheiro. Vejo vocês em um minuto.

Jax ficou na porta, observando-a ir embora, e o resto de nós se sentou no sofá, rindo de Madoc tirando selfies com Quinn.

— Parece que o cruzeiro foi filmado — comentei, notando que a hora no meu celular já era depois das quatro da tarde.

Quando chegamos ao hospital e visitamos minha mãe, Jason e Quinn, já estava quase na hora de voltar para casa para a corrida de Tate hoje à noite.

Felizmente, o tempo melhorou, então Jax esperava uma arquibancada cheia.

— Tudo bem. — Tate aninhou-se debaixo do meu braço, envolvendo o seu em minha cintura. — Este foi um dia muito melhor de qualquer maneira.

Ela olhou para Jax do outro lado e depois para mim.

— Sua irmã é uma garota de muita sorte. Vocês dois sabem disso, certo? Jax e eu trocamos um olhar, rindo sozinhos.

— O quê? — Tate olhou para frente e para trás entre nós.

Neguei com a cabeça, sabendo o que ela queria dizer, mas...

— Bem — comecei —, meu primeiro pensamento foi que ela precisa de outras crianças para crescer. Ela ficará sozinha.

— Sim — Jax entrou na conversa, levando sua garrafa de água aos lábios e concordando comigo.

— Ah, vocês podem se surpreender com o quanto todos vocês garantirão que ela *não* esteja sozinha — Tate argumentou.

— Bom ponto — acrescentei. E ela provavelmente estava certa. Minha mãe estava certa sobre nossos papéis com nossa irmã.

Assim que segurei seu corpo frágil e indefeso, soube que correria para o meio de uma boiada por ela.

— Ei. — Jax se aproximou do posto de enfermagem. — Minha namorada estava doente. Uma enfermeira a levou para algum lugar, mas não a vi nem tive notícias.

— Juliet Carter? — indagou, de imediato. — Sim, ela está no quarto dois.

— Eles a colocaram em um quarto? — perguntou, confuso, e Tate me lançou um olhar preocupado.

A enfermeira assentiu e gesticulou para a esquerda com a mão.

Estreitei as sobrancelhas, um pouco preocupado.

Embora tivesse passado a gostar muito de Juliet, ela normalmente ainda estava fora do meu radar. Seus interesses, hobbies e bem-estar não estavam no topo da minha lista de prioridades, então nunca prestei muita atenção nela. Mas tinha que admitir que ela era louca por meu irmão, além de leal e carinhosa. E trabalhava duro, nunca esperando que as coisas lhe fossem entregues de mão beijada.

Ela o merecia, e ele a merecia.

Jax correu para o quarto dois, abrindo a porta, enquanto Tate e eu o seguimos rapidamente.

— Jesus — Jax xingou, assim que entrou na sala. — Ela está bem?

Entramos correndo, vendo-a dormindo em cima das cobertas, parecendo tranquila e ainda usando as mesmas roupas de antes.

Ele correu para o lado dela, olhando-a de cima a baixo.

— Que droga é essa? — sussurrou, virando-se para a enfermeira que veio atrás de nós.

Ela parou, com um olhar atordoado no rosto.

— Perdão, senhor?

— O que há de errado com ela? — eu disse suavemente, tomando cuidado para não acordar Juliet.

Tate se aproximou de Jax, olhando para sua amiga.

— Acabei de começar o plantão — explicou. — Até onde eu sei, ela está bem. Eles só queriam que ela descansasse e se hidratasse. — Olhou em volta para todos nós. — Ela ficará bem para sair daqui a pouco. Sem problemas.

— Bem, há algo errado? Ela é minha namorada. — Os olhos preocupados de Jax estavam tentando ligar os pontos assim como todos nós. Mas sem sorte.

— De jeito nenhum. — Sua voz parecia leve. — É muito comum ter dificuldade em segurar alguma coisa no estômago no primeiro trimestre. Ela vai ficar bem. Apenas certifique-se de que ela beba o máximo de água possível.

Os olhos de Jax praticamente saltaram das órbitas e quase engasguei com a minha própria respiração.

— Tri… o quê? — forcei-me a dizer.

— Jax — Tate ofegou, olhando entre nós, sorrindo com a mão sobre a boca.

— Desculpe. — Jax balançou a cabeça, concentrando-se na pobre jovem enfermeira. — O que diabos você acabou de dizer?

A compreensão ocorreu e ela se endireitou.

— Ah — soltou, como se tivesse sido pega. — Desculpe. Achei que um médico tivesse falado com você. — Ela avançou até a cama, o constrangimento aquecendo seu rosto.

— Ela está grávida? — Jax deixou escapar.

A enfermeira assentiu, verificando a jarra de água sobre a mesa.

— Sim, cerca de cinco semanas. Pelo que a outra enfermeira disse antes de sair, também não parece que sua namorada sabia. — Ela se virou para sair e depois enfrentou Jax novamente. — E sinto muito novamente. Achei que você tinha sido informado.

Ela saiu do quarto e Jax se inclinou na cama, olhando para Juliet. Tate apertou minha mão e senti uma necessidade repentina de ficar a sós com ela. Foi um dia louco.

Jax ergueu a mão, acariciando o rosto da namorada, e depois colocou-a em sua barriga, parecendo que estava tentando entender a notícia.

— Vamos — sussurrei para Tate. Meu irmão precisava ficar sozinho com sua garota agora.

ARDENTE

Segurando a mão de Tate, levei-a para fora da sala e caminhei pelo corredor, encontrando o banheiro individual. Com todo o caos hoje, sem mencionar que ainda tínhamos a corrida dela esta noite, precisava roubar alguns minutos com ela.

Puxando-a para dentro, apoiei-a na porta e peguei-a pelo pescoço, esmagando minha boca na sua.

Ela gemeu, surpresa ao deslizar as mãos por baixo da minha camiseta para segurar nas minhas costas. Sua boca estava tão quente... mordi seus lábios, com muita fome para colocar minha boca no resto de seu corpo.

— Então — tentou falar entre beijos — uma criança para Quinn crescer. Exatamente como você queria.

Desabotoei sua calça jeans e deslizei-a sobre sua bunda, agarrando sua carne nua em minhas mãos e continuando a atacar seus lábios.

— Eu te amo — sussurrei. — Quero tudo com você, Tate.

Então me ajoelhei, tirando a calça jeans e a calcinha de suas pernas, levando junto os chinelos.

Ela enfiou os dedos no meu cabelo e deixou cair a cabeça para trás, ofegando quando passei a sua perna por cima do ombro e a língua sobre seu clitóris.

— Você terá tudo comigo. — Ela respirou fundo. — Eu sou sua, Jared.

— Com certeza você é — rosnei, lambendo a pele lisa de seu calor delicado. Peguei-a entre meus lábios e chupei.

— Ah — gemeu, olhando para baixo para me observar.

— Eu vi o anel no quarto de Jax — admitiu, com a voz trêmula. — Eu sei sobre quando você voltou para casa. Sinto-me péssima e não sei se deveria, mas...

A ponta da minha língua cutucou sua entrada enquanto ela falava, e ela se contorceu contra meus lábios, querendo mais.

Afastei-me, esfregando círculos sobre a ponta de seu clitóris com meu polegar.

— Fiquei arrasado quando tive que te deixar — expliquei. — Eu me odiava, mas tive que ir. Eu tive de fazer isto. Assim como você teve que tentar seguir em frente e viver em um mundo que eu não tentava dominar o tempo todo.

Agarrei sua bunda sexy como o inferno e a trouxe novamente, comendo e tomando-a com força.

— Jared — choramingou. Depois: — Por que você queria se casar comigo?

Oi?

Recostei-me, vendo seus olhos desesperados, em chamas de amor, mas cheios de necessidade.

Levantando-me, passei meus braços em volta dela e segurei seu corpo perto.

— Como eu poderia não querer?

Como ela poderia não saber que era tudo para mim?

— Doze anos — continuei —, e nunca parei de te querer, Tate. Nem por um único dia estive livre de você. — Coloquei-nos testa com testa, nariz com nariz. — Eu quero tudo. Quero que você termine a faculdade. Quero o casamento com nossos amigos e familiares. Quero a casa e quero nossos filhos, Tate.

Pressionei meus lábios nos dela até sentir meus dentes cravando-se no interior dos meus lábios.

— E se você não quiser algo disso ou nada disso — apontei —, então vou me curvar, porque, acima de tudo — olhei nos olhos dela —, eu quero você.

Suas lindas tempestades azuis se acumularam como os dias chuvosos que ela viveu, e me afastei, desabotoando meu jeans, nunca satisfeito por ter o suficiente dela.

Levantando-a pela parte de trás das coxas, deslizei-a pelo meu pau, beijando-a para abafar seu grito repentino.

Empurrando dentro dela, sussurrei contra sua boca:

— Para sempre.

Ela fechou os olhos, um rubor cruzando suas bochechas.

— Para sempre — concordou. — Depois de acertarmos contas antigas, é claro.

E levantei os olhos, vendo seus lábios se curvarem com uma ideia.

— Contas antigas?

— Uhuuumm — confirmou, mantendo os olhos fechados. — Você e eu temos assuntos inacabados, Jared Trent.

Merda.

ARDENTE

CAPÍTULO DEZESSETE

TATE

— Não entendo o objetivo disso. — Jared vestiu seu moletom preto. A chuva esfriou tudo consideravelmente.

— Simples — expliquei. — Tivemos duas corridas e ainda não ganhei nenhuma. Quero mais uma chance antes de começarmos uma nova fase.

— Do que você está falando? — retrucou, passando a mão pelos cabelos castanhos e deixando-os em perfeita bagunça. — Você ganhou a primeira que tivemos há quatro anos — ressaltou.

— Ganhei?

Sua expressão se desfez e ele pareceu irritado, arqueando uma sobrancelha para mim.

Eu sorri, estendendo a mão pela janela traseira aberta e pegando meu próprio moletom.

— Tate. — Ele se aproximou, colocando as mãos na minha cintura. — Você e eu não precisamos correr.

— Nós precisamos. — Finquei meu pé no chão. — Esta é minha última corrida, Jared.

Ele ficou em silêncio e me virei, olhando para ele me estudando. Pegando sua mão, recostei-me no carro e puxei-o para perto, querendo privacidade da multidão do Loop a poucos metros de distância.

— Sempre compartilharemos nosso amor por carros — comecei, mantendo a voz calma. — E nos divertiremos muito dirigindo e fazendo nossas próprias acrobacias nos próximos anos, mas... — Respirei fundo, tentando encontrar as palavras certas para fazê-lo entender. — Quando criança, sempre pensei em compartilhar isso com você — admiti. — Desde a primeira vez que você mencionou o Loop, quando tínhamos dez anos, seríamos Jared e eu na corrida. Jared e eu em nosso carro. Jared e eu somos uma equipe. — Engoli o sonho que realmente nunca se concretizou. Limpei a garganta. — Quando você foi embora, era como o que você falava quando estava de moto na pista... sobre ser o único momento que temos juntos. Lembra?

Ele ficou imóvel, me estudando com cautela. Eu poderia dizer que ele estava preocupado com a possibilidade de eu desistir de algo que amava pelos motivos errados.

— Bem — assenti —, é assim que o Loop tem sido para mim desde que você partiu. Uma maneira de estarmos perto quando me enganei pensando que isso me ajudaria a sobreviver sem você. — Neguei com a cabeça, baixando os olhos. — Não aconteceu — confessei. — Não tenho mais nenhuma glória para buscar aqui e não tenho interesse em procurar algo mais avançado. A medicina é onde residem minhas ambições e, embora eu adore dirigir, a única maneira que quero seguir nesta pista de agora em diante — encontrei seu olhar — é se estivermos no mesmo carro.

Eu gostava de dirigir, mas não era amor para mim como era para Jared. E eu não queria mais aproveitar isso sem ele.

Apertei meus braços em volta de sua cintura.

— Sei que seu coração está no caminho certo, mas não preciso e não quero isso, a menos que esteja sentada ao seu lado. Já é hora de minhas energias irem para outro lugar.

Ele passou os dedos pelos dois lados do meu rosto, causando arrepios nos meus braços.

— Mas você ama isso aqui — afirmou, olhando para mim com preocupação.

— Eu *gosto* disso — corrigi. — Eu *amo* isso com você.

Ele levantou meu queixo, me beijando e, em menos de um momento, meu corpo esquentou. Eu amava o gosto dele.

— Então... — Afastei-me, piscando para me livrar da névoa que ele criou. — É minha última corrida, e a última vez que você e eu seremos oponentes... ou inimigos, aliás... e eu quero que seja contra você. Ninguém mais.

O canto de sua boca se ergueu.

— E o que faz você pensar que não vou te deixar vencer?

— Porque também é uma aposta — retruquei, com a malícia na minha voz. — Se eu ganhar, posso propor casamento na frente de todas essas pessoas.

Ele revirou os olhos, se afastando de mim.

— E isso vai fazer você se sentir a mulher da relação na frente da enorme multidão e das câmeras dos telefones — continuei, falando de costas

ARDENTE

para ele. — E será uma história superinteressante… se não pouco masculina… para contar aos nossos filhos algum dia. E meu pai provavelmente perderá todo o respeito por você, mas, quando eu me ajoelhar, amor — provoquei —, você simplesmente vai derreter e desmaiar.

— Meu bom Deus — choramingou, virando-se e parecendo ter comido algo ruim. — Acho que perdi um testículo ouvindo isso. — E então ele se virou, ordenando por cima do ombro: — Você não vai me pedir em casamento.

— Mas, amor! — gritei, chamando a atenção dos outros. — Você adora quando eu sou alfa.

Os espectadores riram e eu sorri quando Jared balançou a cabeça e se afastou de mim, provavelmente buscando escapar ao ir ao encontro de Jax e Madoc.

Tranquei meu carro e coloquei meu moletom, caminhando até Juliet sentada em uma cadeira de desmontar ao lado do carro de Jax.

— Como você está se sentindo? — perguntei, vendo um cobertor de lã e duas garrafas de água caídas ao lado da cadeira no chão.

— Trêmula — admitiu. — Mas estou bem. Jax queria que ficássemos em casa, mas quando soube que você e Jared correriam, insisti para que viéssemos.

Peguei o cobertor e o dobrei, colocando-o no carro de Jax.

— Como ele recebeu a notícia? — perguntei, encarando-o e vendo Madoc falando merda com ele.

— Muito melhor do que eu. — Ela suspirou. — Ele tem uma caixa de água no porta-malas e até colocou um cobertor em mim, como se não fosse verão — reclamou, parecendo fofa. — Ele já pesquisou no YouTube como fazer um parto em caso de emergência, então acho que aceitou a ideia bem rápido — brincou, rindo.

— E você?

Ela encolheu os ombros, deixando escapar um suspiro.

— Estou tomando pílula. Ou estava — acrescentou. — Nunca fomos descuidados, mesmo depois de dois anos juntos. Eu definitivamente não estava preparada para isso. — Ela desviou o olhar e segui o seu para vê-la observando o namorado. Um leve sorriso enfeitou seu rosto. — Mas ele continua tocando minha barriga, como se já fosse capaz de senti-la se mover. — Ela riu. — Eu nunca teria tentado um filho agora, mas apenas olho para ele e, de repente, mal posso esperar. Vamos realmente ter um bebê juntos.

Inclinei-me, dando-lhe um grande abraço. Era bom saber que Jax estava planejando propor casamento antes de saberem sobre o bebê. Vendo seu dedo ainda nu, imaginei que ele faria disso uma ocasião.

E graças às notícias inesperadas de hoje, provavelmente aconteceria mais cedo ou mais tarde.

— Todo mundo está aqui para ajudá-la, você sabe disso, certo? — indaguei. — E Fallon estará grávida em breve, então você não estará sozinha.

Ela olhou para mim, confusa.

— Como você sabe disso?

Suspirei.

— Sempre acontece em três. Katherine, você e não serei eu, então…

Nós rimos, sabendo muito bem que poderia ser eu, mas com Jax tendo um bebê, eu tinha certeza que Madoc jogaria até fazer Fallon desistir.

— Tatum Brandt! — alguém gritou. — Apareça aqui!

Levantei-me, olhando para a multidão com os olhos arregalados. *O que…?*

Olhei para Juliet e ela apenas sorriu, reconhecendo a voz de Jared também.

Permanecendo congelada no lugar — porque eu não respondia a esse nome, e ele sabia muito bem disso — finalmente o vi se elevar acima da multidão ao ficar de pé… no que eu só poderia presumir ser sobre o capô do seu carro.

Sua cabeça inclinou para o lado e os espectadores olharam entre nós. A música foi interrompida e observei sua linguagem corporal fácil e satisfeita ao falar:

— Você quer correr comigo ou não quer? — questionou, a mesma atitude desafiadora e arrogante em sua expressão que eu odiava e amava no ensino médio.

Meu coração acelerou e cruzei os braços sobre o peito, avançando em direção à multidão.

— Você sabe que sim — respondi, com atrevimento. — Por que está agindo como se tivesse coisas melhores para fazer de repente?

— Com você? — devolveu. — Definitivamente temos coisas melhores para fazer.

A multidão riu da clara insinuação de Jared, mas eu sorri, sem vergonha. Eu aprendi a revidar há muito tempo.

Olhei para a multidão.

— Acho que ele está com medo de que eu ganhe, não é? — Fiz minha pergunta retórica e ouvi a multidão divertida se voltar para ele para saber sua reação.

Ele saltou do carro e caminhamos um em direção ao outro em meio à multidão que se separava.

ARDENTE

Ele zombou:

— Você ganhar? Já corri aqui duas vezes mais que você. Acho que aguento ver você no meu espelho retrovisor, Tatum — brincou, fazendo meu coração bater mais rápido com seus insultos simulados, o que me deu um *déjà vu*. E, imagino, era por isso que ele estava me incentivando.

Para me deixar animada.

Coloquei a mão no coração, fingindo simpatia.

— Ah, mas querido? Ninguém te contou? — Aproximei-me dele, sorrindo. — Esta é uma corrida de galinhas — informei-o. — Eu não estarei atrás de você. Não estarei ao seu lado. — Inclinei-me para sussurrar: — Irei na sua direção, querido.

O sorriso em seu rosto lentamente caiu em seus pés, e eu reprimi a vontade de rir.

Impagável. Nossa, eu sou boa.

Os olhos aquecidos de Jared ficaram ferozes e ele olhou em volta em busca de seu irmão.

Eu bufei quando Jax se aproximou, revirando os olhos.

— Obrigado, Tate — falou, sarcasticamente. — Eu ainda não tinha contado a ele.

— Sobre o que ela está falando? — A voz dura de Jared parecia tensa e tentei não sorrir. Não era sempre que eu conseguia surpreendê-lo.

— Hm, sim — Jax avançou, parecendo se desculpar. — É uma novidade aqui, irmão. Vocês dois partem da linha de partida, mas em direções opostas — explicou, olhando para mim. — Vocês têm todo o trajeto para trabalhar até passarem um pelo outro, o que farão em suas próprias pistas — Jax disse, me dizendo especificamente, já que eu também nunca tinha feito isso antes, e ele queria ter certeza de que eu entendi.

Levantei as sobrancelhas, olhando para Jared.

— Mas na linha de chegada… — eu sugeri.

— Na linha de chegada — Jax aproveitou minha deixa —, na última curva, você tem que cruzar entre as barreiras para fazer a chegada valer.

Ele apontou para as barreiras de plástico na altura da cintura, às vezes usadas na construção de estradas, que estavam sendo posicionadas atrás dele para formar uma faixa única na pista.

— A pista fica larga o suficiente para apenas um carro — observou Jax.

Eu não conseguia controlar meus pés batendo.

— Exatamente — comentei.

— Quem fizer primeiro... — Jax assentiu. — Bem, você entendeu.

Eu me virei, indo em direção ao meu carro enquanto Jax apitava, liberando a pista.

— Tate! — Jared gritou, sua voz sendo abafada pela multidão. — Eu não vou fazer isso!

— Se você não fizer — gritei por cima do ombro —, outra pessoa o fará, e não estarei tão segura com eles quanto estarei com você, certo?

Abri meu carro e entrei.

— Você é uma teimosa! — Eu o vi rosnar no meio da multidão.

Inclinei a cabeça, colocando-a para fora da janela.

— Eu te amo — respondi, provocando.

E, graças a Deus, ele não resistiu mais. Hesitando apenas por um momento, ele negou com a cabeça, parecendo derrotado, antes de se virar e seguir para seu próprio veículo, que já estava na pista.

O carro de Jared era uma obra de arte, e todo mundo já tinha visto isso desde que chegamos aqui.

Liguei a ignição, acelerei o motor e levantei as mãos, apertando o volante contra a onda quente em meu sangue.

A multidão havia se dissipado, indo para a margem ou para as arquibancadas, e soltei a embreagem, subindo na pista. Virando-me, parei ao lado de Jared, nós dois voltados para direções opostas e os assentos do motorista um ao lado do outro.

— Você nunca pegou leve comigo — eu disse a ele, meu tom sério. — Não se contenha agora.

Ele olhou pelo para-brisa dianteiro, claramente odiando o que eu queria dele.

Estendendo a mão, aumentei o volume da música e depois prendi meu cabelo, amarrando-o em um rabo de cavalo.

Ele finalmente olhou para mim e um sorriso surgiu quando também estendeu a mão e aumentou o volume da música.

— Sejam todos bem-vindos! — Ouvimos a voz de Zack no alto-falante.

Olhei para ver Madoc e Fallon sentados na arquibancada, enquanto Jax e Juliet cruzavam a pista na frente do meu carro, indo até lá também.

A multidão, uma mistura de estudantes do ensino médio e amigos de longa data, pegou os celulares para começar a filmar. Muitos deles estavam bem cientes da minha história com Jared, então tinham interesse em ver esse pequeno confronto.

ARDENTE

A boca de Jared se curvou em um sorriso, e não pude evitar bater o pé com a ansiedade que causava arrepios na minha espinha.

Ele sabia que eu gostava do jeito que ele olhava para mim e estava tentando me despistar. Ok, talvez não de propósito, mas tanto faz.

— Esses dois — começou Zack, erguendo a voz no alto-falante — não precisam de apresentações. É um confronto que rivaliza com qualquer outro que já tivemos aqui, e eles nunca deixam de trazer fogos de artifício para o Loop.

A multidão aplaudiu e verifiquei a marcha para ter certeza de que estava em primeira.

— Jared e Tate? — Zack continuou. — Boa sorte.

Os espectadores aplaudiram e soltei um suspiro profundo enquanto Jared fechava a janela.

Fiz o mesmo, abaixando a música por um momento.

— Preparar! — Zack explodiu, já que da posição em que eu estava não conseguia ver as luzes de sinalização. — Apontar! — Eu ouvi, engolindo em meio à secura na boca.

Jared e eu pisamos no acelerador, animados demais para nos conter.

— Vai! — O rugido percorreu meus ouvidos, e Jared e eu nos afastamos um do outro, o barulho dos nossos pneus fez a multidão gritar mais alto.

Desci para a segunda e depois subi para a terceira, ganhando velocidade de forma rápida e suave. Jared e eu nos afastamos cada vez mais um do outro e, assistindo pelo espelho retrovisor, fiquei surpresa por não ter gostado muito de ver a distância dele aumentar. Eu quase podia sentir isso na minha pele.

Assim como ímãs.

Suas luzes de freio piscaram e eu apertei ainda mais o volante, vendo-o derrapar na próxima esquina.

Merda.

Pisando no acelerador, mudei direto para a quinta marcha, pulando completamente a quarta e girando na curva. O ruim do meu carro era que ele pesava cerca de 130 quilos a mais que o dele, então ele podia manobrar com mais rapidez e facilidade.

Voltando para a terceira marcha, pisei no acelerador, avancei e voltei para a quinta e depois para a sexta. O carro potente de Jared parecia um foguete espalhando água da chuva na pista e avançando em direção à próxima curva.

Endireitei os músculos das coxas, sentindo um arrepio percorrer meu interior.

Droga, ele era gostoso. Eu não conseguia vê-lo através das janelas escuras, mas ele ainda estava conseguindo me excitar.

Surfando na próxima curva, segui em frente, permanecendo à minha direita enquanto Jared vinha em minha direção, e soltei uma risada quando ele passou.

Adorava competir com ele. Sempre senti a velocidade e, não importava com quem eu tivesse corrido, nada parecia tão bom.

Um arrepio se espalhou pela minha pele, apesar do moletom, e não hesitei em fazer a próxima curva, avançando.

Eu não queria ou precisava vencer, mas desejava ter isso com ele.

Minha música foi cortada e meu telefone começou a tocar na tela sensível ao toque. Pressionei *aceitar chamada.*

— Sim? — respondi.

— O que acontece se eu ganhar? — Jared perguntou, e sua voz aveludada acariciou minha pele.

Hesitei, sem saber como responder.

— Então... — Procurei palavras. — Então acho que confio que você sempre me dará o seu melhor.

Ele estava quieto e eu podia ouvir a multidão à frente.

— E se eu perder? — perguntou, parecendo estranhamente triste. — Você ainda vai confiar que lhe dei o meu melhor?

Um nó subiu na minha garganta e pisquei para afastar as lágrimas repentinas.

— Jared. — Pressionei meus lábios entre os dentes, tentando não chorar. Ele queria saber se eu confiava nele.

— Não posso prometer que vou acordar todos os dias operando a cem por cento, Tate — admitiu. — Ninguém pode.

Ouvi sua voz mudar enquanto ele lutava para fazer a última curva, e mudei de marcha, fazendo o mesmo, o volante tentando puxar contra mim enquanto eu derrapava.

— Mas — respirou com dificuldade devido ao esforço — posso prometer que sempre colocarei você em primeiro lugar.

— Então, prove — insisti, com uma voz pensativa. — Seja um adversário à altura.

Subi para a quinta e depois desci para a sexta, vendo as luzes à frente.

ARDENTE

Era isso. Um de nós estava passando entre as barreiras, e o outro seria forçado a pegar a pista para fora; ele estava fodendo com a minha cabeça agora, e eu só queria que ele corresse.

— Tate... — chamou, com uma voz hesitante.

— Jared, só vai — pressionei. — É você. É só você. Você é o único que me desafia, então me desafie! Não se contenha. Eu confio em você.

Apertei o volante, franzindo as sobrancelhas enquanto me pressionava de volta no assento.

Vai, vai, vai...

Disparando para a linha de largada, pisei no acelerador, vendo-o avançar, nós dois no caminho marcado pelas barreiras.

— Tate! — ele latiu.

— Vai! — gritei.

Jax tinha linhas marcadas na pista, avisando os pilotos sobre sua última chance de sair, mas julgando meu espaço, eu sabia que conseguiria.

Eu conseguiria e não queria que Jared relaxasse. *Vem com tudo!*

Segurei o volante, meu braço parecia uma barra de aço, e respirei fundo enquanto meu coração batia como uma britadeira.

— Porra! — Jared xingou, correndo direto para mim. — Tate, pare!

O carro dele, o meu carro, uma pista, um para o outro, as barreiras em três... dois... um... e...

Não!

Eu gritei, girando o volante para a direita, cada músculo do meu corpo em um pesadelo de dor enquanto eu desviava do caminho dele e passava pelas barreiras, quase choramingando de medo e estremecendo.

Ai, Deus!

Respirei uma e outra vez, olhando rapidamente para trás várias vezes para ver que ele também estava do outro lado das barreiras.

Ele bateu. Assim como eu.

Merda. Deixei cair a cabeça para trás, aterrorizada com o que quase tinha acontecido, enquanto reduzia a velocidade para parar.

Negando com a cabeça, horrorizada e aliviada ao mesmo tempo, percebi a ironia.

Ele me colocou em primeiro lugar. Assim como havia prometido.

A multidão desceu e eu saí do carro, sentindo-me trêmula e fraca.

— Você é absolutamente maluca! — Eu o ouvi gritar, atravessando a multidão. — Stanford sabe quão imprudente você é? — atacou.

Endireitei-me, mas desviei os olhos, sentindo-me um pouco arrependida. Ele tinha todo o direito de estar chateado. Baguncei com a cabeça dele, dizendo-lhe para me dar o melhor de si, o que também colocaria nós dois em perigo. Que escolha eu esperava que ele fizesse? Mas antes que tivesse a chance de me desculpar, ele jogou uma caixinha em mim.

— Aqui.

Levantei as mãos para pegá-la.

— Abra — ordenou.

Estudei a caixa cilíndrica de couro preto e soube imediatamente o que era.

Ele ficou alguns metros para trás, mas a multidão nos cercou e vi nossos amigos se aproximando da plateia.

Fiz o que ele disse e abri, revelando a aliança de platina, o diamante com lapidação princesa que foi feito para mim. Suspiros explodiram na multidão e até mesmo alguns gritos, provavelmente das meninas do ensino médio que acharam sua grosseria fofa.

Movi meus lábios para o lado, observando sua sobrancelha arqueada e irritada.

— Então é assim que se faz um pedido? — perguntei, severamente. — Porque eu meio que tenho um problema com um anel sendo jogado na minha cara e você não se ajoelhando como meu pai esperaria. — Olhei para Jax e para Madoc, que estavam rindo, e continuei: — Não que eu esperasse que Jared se ajoelhasse, sei que ele não é desse tipo, mas espero muito bem um gesto e...

Olhei para baixo, vendo Jared na minha frente com um joelho no chão.

— Opa — sussurrei, calando a boca.

Bufadas podiam ser ouvidas na multidão, e deixei que ele segurasse minha mão enquanto sorria para mim.

Meu coração batia forte e um frio na barriga se espalhava.

— Tate — falou devagar, olhando nos meus olhos de uma forma que ainda era muito parecida com o garoto com quem cresci, porém mais parecida com o homem que aprendi a amar. — Você está escrita em todo o meu corpo — continuou, só para nós. — Tatuagens nunca podem ser apagadas. Você guarda o meu coração, que nunca poderá ser substituído.

Pressionei meus lábios, tentando manter a compostura.

Ele continuou:

— Eu só vivo quando estou com você e peço seu coração, seu amor e seu futuro. — Ele sorriu. — Você poderia, por favor, ser minha esposa?

ARDENTE

Meu queixo tremia e meu peito também, e não pude evitar. Cobri meu sorriso com a mão e deixei as lágrimas caírem.

A multidão ao nosso redor começou a aplaudir e acariciei seu rosto enquanto ele se levantava e me tirava do chão.

— É assim que se faz um pedido — brinquei entre meus tremores.

— Vai me responder, então?

Eu ri.

— Sim. — Assenti freneticamente. — Sim, eu amaria me casar com você.

Depois do Loop, escapamos.

Só nós dois para um jantar tardio no Mario's e depois para casa. Eu não consegui parar a vibração em meu peito.

Acho que foi o dia mais feliz que já tive.

Jared colocou o anel no meu dedo e me segurou perto, debaixo do queixo, enquanto ligávamos para meu pai pelo Skype com seu telefone.

Aparentemente, ele pediu ao meu pai há um ano e meio, e fiel à moda, meu pai não compartilhava o que não era dele para compartilhar, nem interferia em situações que ele sabia que precisavam acontecer. Também descobrimos que foi por isso que ele nunca aceitou outras ofertas pela casa. Ele sabia que Jared voltaria para cá eventualmente.

Olhei para Jared, apoiando minha cabeça em seu braço atrás de mim.

— Sinto muito pela árvore — pedi, me sentindo mal quando estávamos sentados no meio dela, eu entre suas pernas e encostada em seu peito.

— Eu sei. — Sua voz era gentil. — Vai sarar. Tudo sara com o tempo.

Olhando para baixo, estudei o anel, sentindo feliz o seu peso em meu dedo. Ainda havia muitas coisas para resolver — arranjos de moradia enquanto eu estudava, sua carreira —, mas eram pequenas coisas, considerando o que havíamos sobrevivido para ficarmos juntos. Duas garantias que percebi sobre a vida: quase nada acontece exatamente como você planeja, mas eu só ficaria feliz se ele estivesse ao meu lado. Não havia escolha.

— Se você não gostar, podemos trocar — falou, me vendo admirar o anel.

— Não, eu amei — assegurei a ele. — É perfeito. — E então sorri. — Minha nova rota de fuga.

Jared bufou, lembrando-se das minhas rotas de fuga no ensino médio. As coisas que eu sempre fazia questão de levar comigo quando saía, caso precisasse escapar dele.

Ele se inclinou, beijando meu cabelo.

— Não quero esperar para me casar com você — sussurrou, e me aninhei nele, amando-o demais.

Eu também não queria esperar.

CAPÍTULO DEZOITO

JARED

Três meses depois...

— Pare com isso. — Afastei-me das mãos de Madoc, que mexia na minha gravata.

— Mas está torta — argumentou, me puxando de volta. — Está uma merda.

Eu cedi, ficando parado e tentando não me sentir assustado quando outro cara ajeitou minha gravata.

Todo o meu terno era preto, é claro, mas adicionei um colete para dar um efeito extra.

Madoc se inclinou, sua boca a centímetros da minha.

— Hmmm, você cheira bem — ronronou.

Recuei, estremecendo.

— Saia de cima de mim — resmunguei, empurrando-o para longe, e ele se curvou, seu rosto ficando vermelho de tanto rir.

Jax correu para o meu lado, sorrindo.

— Ela está aqui.

Eu sorri, mas escondi na hora. Agarrando minha nuca, abaixei a cabeça e tentei controlar meu pulso. Inferno, tinha que manter minha temperatura sob controle, por falar nisso. Senti suor nas costas, embora fosse final de setembro e o tempo já tivesse começado a esfriar.

Olhei ao redor do lago — nosso viveiro de peixes — e me concentrei na pequena cachoeira artificial com pequenas corredeiras caindo em cascata pelas rochas, e me lembrei dela aqui quando éramos pequenos.

Foi aqui que pensei tê-la perdido quando tinha quatorze anos, então, como medida para garantir que nenhuma lembrança ruim nos controlasse novamente, nós dois concordamos que era aqui que nos casaríamos.

Este era o início de novas memórias e novas aventuras.

Jason e Ciaran, o pai de Fallon, que empregou meu irmão por um tempo e de certa forma se tornou parte da família, ficaram de lado, conversando casualmente — o que era surpreendente, considerando que trabalhavam em lados opostos da lei. Minha mãe — radiante e com energia recém-descoberta — sentou-se em uma ponta, segurando Quinn nos braços, enquanto Pasha estava ao lado da beira do lago, usando um vestido apertado prateado e preto, destacando-se entre todos os presentes.

Lucas, o "irmão mais novo" de Madoc, brincava em seu telefone, enquanto sua mãe e a senhorita Penley — ou Lizzy, como tínhamos permissão para chamá-la agora, embora me recusasse, porque era estranho — brincavam com minha nova irmã mais nova.

James, o pai de Tate e sua nova noiva compraram uma casa entre Chicago e Shelburne Falls, um trajeto fácil que não atrapalharia nenhum dos seus empregos. Eles estavam planejando uma cerimônia de verão no próximo ano.

Juliet, Fallon e James estavam todos com Tate, acho, e Madoc e Jax estavam ao meu lado.

— Sabe, você não precisava fazer isso — Madoc falou, ajeitando a própria gravata. — Jax é seu irmão. Faria sentido que ele ficasse do seu lado no seu casamento.

Vi o celebrante se aproximando e apontei para Madoc:

— Você também é meu irmão. Não posso escolher entre nenhum de vocês, assim como Tate não poderia escolher entre Fallon e Juliet.

Quando tivemos que dizer ao celebrante os nomes do meu padrinho e de sua madrinha, não tivemos dúvidas. Fallon e Juliet para ela, Jax e Madoc para mim.

— Você sabe que poderíamos ter feito isso na minha casa — sugeriu. — Há muito espaço no terreno e você não teria que limitar a lista de convidados.

— Nós limitamos por preferência — corrigi —, não por necessidade. Tate e eu queríamos algo pequeno e privado — justifiquei, sabendo que ele preferia algo grande e chamativo. — E nós queríamos isso aqui — acrescentei.

— Ok. — Ele abandonou o assunto, aceitando meu raciocínio. E eu sabia que ele entendia.

Embora Madoc tivesse tido um casamento improvisado em um bar, não acho que ele se arrependeu nem por um segundo. Meu amigo amava Fallon e eles só queriam se casar. O resto não importava.

Tate e eu esperamos um pouco mais do que ele e Fallon, mas não muito.

ARDENTE

Passamos o resto do verão entre Shelburne Falls — relaxando com nossos amigos e curtindo nossa família — e a Califórnia, procurando um apartamento perto de Stanford e passando um tempo na minha loja.

Assim que as aulas começaram, Tate se acomodou enquanto eu ia para casa dela o máximo possível. A data do casamento e os detalhes aqui já estavam definidos, então tudo o que tivemos que fazer foi pegar um voo.

No Natal, passaríamos uma semana aqui com a família e depois uma semana trancados em uma cabana no Colorado para uma lua de mel atrasada. Tate tinha na cabeça que esquiaríamos.

É, não.

Só de pensar nela andando por uma cabana aconchegante vestida com nada além de um longo suéter que exibia suas lindas pernas à luz do fogo...

Eu poderia esquiar. Se ela fosse realmente boazinha.

Depois da cerimônia de hoje, teríamos um jantarzinho privado e depois voltaríamos para nossa casa; já estávamos nos divertindo planejando o que reformar sempre que pudéssemos voltar para cá no futuro.

— Você não convidou um monte de gente para uma festa em sua casa hoje à noite, não é? — Atirei a Madoc um olhar astuto. Ele adorava festas e procurava qualquer desculpa para fazer uma.

Mas ele parecia insultado.

— Claro que não — respondeu e então ergueu o queixo, endireitando-se. — Aqui vamos nós, cara.

Virei a cabeça, ouvindo a música começar, e de repente meu pulso começou a disparar — bombeando como uma metralhadora sob minha pele — e me concentrei no caminho próximo às pedras. De onde eu sabia que ela estava vindo.

Quatro violoncelistas estavam sentados acima de nós em um patamar de pedra, tocando a versão de *Nothing Else Matters*, do Apocalyptica, e tudo doeu quando olhei em volta. No bom sentido, eu acho. Eu queria tanto vê-la.

Juliet veio primeiro, com um vestido rosa-claro na altura dos joelhos, o cabelo espalhado ao redor, e ouvi a respiração profunda de meu irmão. Sua pequena barriga era visível sob o vestido de cintura alta, mas ela estava ótima, tendo superado os enjoos matinais.

Fallon seguia atrás dela com um vestido cinza semelhante ao de Juliet, seu cabelo em longos cachos, e peguei sua piscadela para Madoc antes de ficar ao lado da amiga, do outro lado do celebrante.

Lancei meus olhos para as pedras novamente, mantendo-as coladas ali.

Eu não via Tate há mais de 24 horas porque nossos amigos decidiram que nos manter separados tornaria o dia do casamento mais especial. Mas eu não podia mais esperar.

Eu esperei por anos.

Ela apareceu, de braços dados com o pai, e eu sorri, fixando os olhos nos dela.

— Ela está linda. — Ouvi Madoc dizer.

Soltei um suspiro lento, sentindo meus olhos arderem e minha garganta se apertar.

Pisquei para afastar as lágrimas e cerrei a mandíbula, tentando de tudo para me manter firme.

— Basta olhar para ela, ok? — Jax sussurrou. — Segure nos olhos dela e você ficará bem.

Engoli as agulhas na garganta e olhei para ela novamente, vendo a alegria e a paz em seu rosto.

Por que era como se eu estivesse com dor?

Ela nunca pareceu mais bonita.

Seu vestido sem alças tinha um decote em forma de coração — não pergunte como eu sabia dessa merda agora — que apresentava joias brilhantes no corpete que realçavam o brilho da pele lisa de seu pescoço e braços. A barra do vestido branco antigo era de tule que segurava camada após camada até o chão, e mesmo que o vestido fosse lindo, eu não me importava com cada detalhe. Tudo que eu sabia era que ela partiu meu coração parecendo um sonho que era todo meu.

Seu cabelo estava perfeito em cachos soltos e ela usava maquiagem leve realçando cada pedacinho seu. Olhando para baixo, vi Chucks brancos espiando para fora do vestido enquanto ela andava, e não pude deixar de rir sozinho.

Ela se aproximou, sem tirar os olhos de mim, e seu pai beijou sua bochecha e a entregou.

Eu sabia que não era mais uma prática politicamente correta — pais transferindo a responsabilidade pelos cuidados de uma filha para um homem —, mas isso significava algo para mim.

E nunca duvidei que ela cuidaria de mim tanto quanto eu dela.

Segurei a sua mão na minha e senti a de James agarrar meu braço de forma tranquilizadora antes de ele se afastar.

Olhei para o celebrante, acenando para ele prosseguir.

ARDENTE

— Você pode se apressar? — insisti, ouvindo Madoc e Jax rirem ao meu lado.

Eu não queria ser rude, mas Tate era uma refeição que eu estava sendo forçado a encarar enquanto estava morrendo de fome.

O cara sorriu e abriu sua pasta para começar.

Olhei para Tate, mal ouvindo suas palavras.

— Eu te amo — sussurrei.

Eu também te amo, ela murmurou, sem fazer som e sorrindo.

As pessoas ao nosso redor ouviram o breve discurso do celebrante sobre amor e comunicação, confiança e tolerância, mas não tirei os olhos de Tate por um único segundo.

Não é que não precisássemos ouvir. Tínhamos consciência de que não sabíamos tudo e brigaríamos. Aprendemos muitas lições da maneira mais difícil para dar como certo o quão longe chegamos.

Mas eu não conseguia deixar de olhar para ela. Foi um dia perfeito demais.

O celebrante passou para mim enquanto Jax lhe entregava os anéis, e ele me deu o de Tate.

Coloquei-o no dedo dela, deslizando-o apenas até a metade enquanto falava apenas com ela.

— Como minha amiga, gostei de você — sussurrei. — Como minha inimiga, eu ansiava por você. Como lutadora, eu te amei, e como minha esposa — deslizei o anel o resto do caminho — ficarei com você. — Apertei a mão dela. — Para sempre — prometi.

Lágrimas silenciosas escorreram por seu rosto e ela sorriu, embora seu peito tremesse. Tirando meu anel da mão do homem, ela colocou-o em meu dedo.

— Quando você me deixou pela primeira vez, fiquei arrasada — disse ela, falando de quando tínhamos quatorze anos. — E quando você me deixou pela segunda vez, eu fui desafiadora. Mas nas duas vezes me arrependo — admitiu, mantendo a voz baixa. — Sempre lutei com você em vez de lutar por você e, se eu me comprometer a fazer algo diferente pelo resto de nossas vidas, Jared — ela respirou fundo, firmando a voz —, será para ter certeza de que você sempre saiba que lutarei por você. — Ela piscou, enviando mais lágrimas pelo seu rosto. — Para sempre.

Eu sabia disso sem precisar ouvi-la dizer, mas ainda assim foi bom. Ser criança foi difícil. Ser uma criança sem ninguém com quem contar mudou minha vida. E a dela. Ela sabia o quanto eu precisava dela.

Poupei o trabalho do celebrante e peguei sua nuca em minha mão antes de puxá-la para um beijo.

Passando um braço em volta de sua cintura, pressionei seu corpo contra o meu e beijei minha esposa por quase mais tempo do que o necessário, me perdendo em seu sabor e cheiro, antes de me afastar um pouco para encostar minha testa na dela.

Risadinhas surgiram ao nosso redor, mas não me importei. Tinha esperado o suficiente, na minha opinião.

Após a cerimônia, Madoc me deu um tapa no ombro enquanto todos seguíamos em direção aos carros.

— Eu vou liderar — instruiu, mas o que queria dizer eu não sabia.

Tínhamos muitos carros entre todos nós, mas não vi motivo para fazer um desfile.

Mas tanto faz.

Subindo na limusine preta atrás de Tate, fechei a porta e instruí o motorista a seguir o GTO. Ele então fechou o vidro de privacidade e não perdi tempo puxando Tate para meu colo.

Arrumei o vestido para permitir que suas pernas montassem em mim, e a pobre garota afundou em uma nuvem como se fosse um pedaço de areia movediça. Eu vi apenas o rosto dela.

— Eu realmente amei esse vestido — deslizei as mãos por suas coxas sedosas —, mas é um pé no saco.

Peguei seus quadris em minhas mãos e puxei-a para um beijo, sem me importar que ela estivesse bagunçando meu cabelo, que minha mãe me fez pentear com perfeição hoje.

A limusine decolou atrás do GTO, seguida por todos os demais.

— Nosso casamento me excitou — admiti, deslizando a mão por dentro de sua calcinha. — Você vai me deixar chegar à terceira base agora? — provoquei.

Ela se aninhou em meu pescoço, beijando e brincando, e — fechei os olhos, gemendo — *foda-se o jantar*. Precisávamos de um quarto.

Mas buzinas soaram lá fora e Tate sentou-se e espiou pela janela.

— Mas que droga é essa? — soltou, deslizando do meu colo.

Estremeci, meu pau esticando dolorosamente contra minhas calças.

Olhando pela janela, abaixei-a imediatamente e vi a rua da cidade repleta de todos os nossos amigos. Todos que não foram convidados para a cerimônia, pois era apenas familiar.

ARDENTE

O quê? Buzinas soaram, pessoas assobiaram e até notei alguns dos antigos companheiros de pista de Tate aplaudindo.

Embora tenha sido uma surpresa, foi comovente ver as pessoas com quem crescemos compartilhando isso.

— Ah, ele não fez isso… — Tate ferveu, pensando exatamente a mesma coisa que eu.

Madoc.

Ele contou para todo mundo.

E falando no diabo. Inclinei-me para fora da janela, vendo que Madoc havia feito meia-volta e passado por nós, sorrindo de orelha a orelha.

— Eu menti — admitiu, muito orgulhoso de si mesmo. — Festa enorme na minha casa. — E ele saiu rindo.

Os olhos arregalados de Tate encontraram os meus e ela balançou a cabeça, espantada.

Todas essas pessoas estariam lá, aparentemente.

Fechei a janela e Tate deslizou de volta no meu colo, suspirando.

— Ele tem quartos — zombou, sobre a minha boca, olhando pelo lado positivo. — Muitos quartos para nos perdermos.

E me inclinei, agarrando seus lábios com os meus enquanto tirava meu paletó.

— Quem precisa de um quarto?

CAPÍTULO DEZENOVE

TATE

Um ano depois...

— Você precisa relaxar — Pasha repreendeu, parando ao meu lado. — É a última corrida dele, então pare de se preocupar.

Estiquei o pescoço enquanto mexia com as mãos, vendo Jared contornando todas as voltas e curvas, e eu realmente odiava como sua moto sempre parecia estar prestes a tombar quando ele se inclinava em uma curva.

— Eu não consigo — engasguei, enfiando a unha do polegar na boca. — Odeio quando ele está lá fora.

Todos nós ficamos de lado — Pasha, Madoc, Jax, Juliet, Fallon e eu —, com sorte de não ter que ficar nas arquibancadas com a multidão, mas infelizmente também não tínhamos uma visão tão boa. A mãe e o padrasto de Jared estavam lá, e Addie, a governanta de Madoc, estava no hotel com Quinn e Hawke, filhinho de Jax e Juliet. A pista de Anaheim estava lotada de fãs querendo ver a última corrida de Jared e, embora ele fosse sentir falta das corridas, decidimos que ele precisava concentrar toda a sua atenção no seu negócio, a JT Racing.

Ele fez bons contatos durante seu tempo aqui, e enquanto eu terminava a faculdade de medicina — quando terminei — ele tinha plena confiança de que seríamos capazes de levar o negócio de volta para casa e seus clientes conosco.

— E pode ser ruim se ele tiver que se preocupar com a sua preocupação — reclamou Pasha. — Deixe-o aproveitar.

Tentei, mas correr de moto sempre me deixou nervosa. Pelo menos o carro oferecia algum tipo de proteção. Como uma armadura. O motociclismo não era assim e os pilotos se dividiam em dois grupos: os que sofreram acidentes e os que sofreriam acidentes.

Era apenas uma questão de tempo. É por isso que fiquei em êxtase com a aposentadoria de Jared.

— Estou bem — menti. — Eu simplesmente me sinto mal.

Fallon se aproximou e passou um braço em volta do meu ombro, tentando me acalmar.

— Cerveja, por favor! — Pasha gritou para a arquibancada, e olhei para vê-la indo até um dos caras que vendiam nas arquibancadas. — Querem uma? — perguntou, olhando para nós.

— Água — respondi. — Obrigada.

Ela trouxe as bebidas e as motos passaram por nós, o zumbido agudo em meus ouvidos enquanto meu cabelo voava.

Eu não consegui olhar.

— E você sabe — continuei falando com Pasha — tão bem quanto eu que ele participará de uma corrida esporádica aqui e ali. Ele ainda é muito jovem. Vai querer fazer isso de novo.

— Vocês dois voltarão para casa na próxima semana, certo? — Jax perguntou, desviando o olhar da corrida para mim.

— Sim. — Assenti com a cabeça. — Vamos dirigindo. Devemos chegar na quinta-feira.

Eram férias de verão e, embora eu tivesse muito que fazer para avançar nas aulas, estávamos ansiosos para voltar para casa e relaxar com nossa família e amigos.

— Que bom. — Ele olhou para trás, para a corrida, mas continuou falando: — Eu inscrevi Jared para algumas coisas off-road no Loop no próximo fim de semana, então não planeje muito, ok?

Torci meus lábios.

— Você sabe que Jared odeia off-road — eu o lembrei. — Se não for rápido...

— Eu só quero que ele conheça a configuração do terreno — disparou, me apaziguando. — Juliet e eu iremos para a Costa Rica em alguns meses, e confio nele para cuidar das coisas melhor do que confio em qualquer outra pessoa.

Isso mesmo. Eu quase esqueci.

Jax e Juliet não deixariam um bebê atrasá-los. O filho deles iria em suas aventuras com eles. Juliet tinha um contrato de ensino de um ano — que ela adiou quando engravidou — enquanto Jax conseguiu um emprego na Outward Bound lá e também continuou a realizar trabalhos de informática paralelamente. Trabalho de informática legalizado.

Jared ficaria de olho nas operações do Loop em sua casa quando estivéssemos na cidade.

— Estou levando Lucas — disse Madoc a Jax. — Se Jared estiver disposto, ele pode levá-lo para fazer off-road. Quanto mais mentores a criança tiver, melhor.

Eu sorri, pensando em como Lucas era ótimo. Madoc e Fallon tratavam seu "irmão mais novo" como se fosse um deles, e eu não tinha dúvidas de que o garoto tinha um futuro promissor pela frente com o sistema de apoio que ganhou. Ele tinha uma boa mãe e ótimos amigos.

— Vamos! — Todos começaram a gritar ao ver Jared em seu traje de corrida vermelho e branco super chamativo, que ele era forçado a usar.

Ele cruzou a linha de chegada e parecia que aqueles pneus estavam passando por cima do meu coração.

— Sim! — Jax e Madoc rugiram, levantando os braços e depois cumprimentando duas vezes.

Coloquei uma das mãos sobre o coração e outra sobre a barriga, dolorida de preocupação.

A multidão aplaudiu quando a corrida terminou, e eu sorri, vendo Jared ignorar todos que tentavam falar com ele enquanto corria até mim, jogando o capacete no chão.

— Viu? — Ele me levantou no ar. — Estou sempre seguro.

E então ele me abaixou, esmagando seus lábios nos meus de uma forma que me deixou cambaleando. Quase me encolhi ao ouvir as câmeras dispararem enquanto nos beijávamos, mas considerei isso um avanço por não estar de toalha dessa vez.

Ele me colocou no chão, envolvendo seus braços em mim.

— É — encolhi os ombros —, não estou mais tão preocupada com a sua segurança — menti.

Ele ergueu as sobrancelhas.

— Não?

— Não. — Neguei com a cabeça. — Só de você ter vencido. — Inclinei-me, passando os dedos pela parte de trás de seu cabelo e inalando o cheiro de seu sabonete líquido. — E eu queria você de bom humor — prossegui. — Não posso lhe dar boas notícias em um dia infeliz.

Ele inclinou a cabeça, olhando para mim, confuso.

— E o prêmio em dinheiro vai ajudar — continuei —, já que você é o único membro que trabalha na casa e estou prestes a custar-lhe muito dinheiro — provoquei.

Ele me lançou um sorriso arrogante.

ARDENTE

— E por que isso?

Quando me inclinei para lhe dizer por que precisava dele seguro, por que nenhum obstáculo poderia me impedir de ser feliz agora, senti sua respiração falhar e seu peito ceder.

Lágrimas imediatamente brotaram dos meus olhos quando ele se ajoelhou na frente de todos — câmeras piscando ao fundo e suspiros de nossos amigos ao nosso redor — e beijou minha barriga, dizendo olá para seu filho.

EPÍLOGO

TATE

Sete anos depois...

Abanando-me com o exemplar da Newsweek, resmunguei enquanto me abaixava para pegar os sapatos de Dylan do tapete.

O calor de julho me deixou tão irritada que fiquei tentada a grampear os cadarços dos sapatos no chão se ela continuasse jogando seus pertences por toda parte.

Jared quase não ajudava em nada quando se tratava de desenvolver o senso de responsabilidade de nossa filha. Sim, ela tinha apenas seis anos, mas não queríamos que ela fosse mimada, não é? Eu constantemente tinha que lembrá-lo de que um dia ela seria uma adolescente, e então ele se arrependeria.

Mas Dylan Trent era uma filhinha do papai, e Deus o ajudasse quando ela começasse a querer namorados e toques de recolher tardios em vez de doces e brinquedos.

— Por que está tão frio aqui?! — Ouvi Madoc gritar no corredor.

Balancei a cabeça e joguei os sapatos da minha filha em cima do cesto do banheiro privativo, apagando a luz ao sair.

— Está quente como o inferno — resmunguei baixinho, para que ele não pudesse ouvir.

Dei uma longa olhada ao redor do quarto, finalmente convencida de que estava limpo e a roupa guardada. Eu sabia que Madoc e Fallon não se importavam com bagunça, mas eu me importava quando estava na casa de outra pessoa.

Puxei do peito a camisa social listrada azul e branca de mangas compridas de Jared e continuei soprando ar fresco pela abertura na gola enquanto me sentava na beira da cama. Sua mãe comprou para ele um monte de camisas elegantes da Brooks Brothers para suas viagens de negócios, mas ele usava apenas as pretas ou brancas. As listradas de azul e rosa eram minhas e, junto com meu short de pijama de algodão, eram meu uniforme atualmente.

Madoc parou do lado de fora da porta do meu quarto, olhando para mim com as mãos nos quadris.

— Está frio aqui — acusou, olhando para mim como a culpada, já que era eu quem estava pegando fogo ultimamente e mantendo a casa dele em temperaturas abaixo de zero.

Soltei um suspiro falso de simpatia enquanto continuava me abanando.

— Não faça dos seus problemas meus problemas, cara — respondi, sarcástica.

Ele tinha acabado de voltar de seu escritório em Chicago e ainda estava vestido com sua calça preta listrada e camisa branca com as mangas arregaçadas. Sua gravata prateada pendia solta em seu pescoço, que sempre parecia ter sido puxada até quase a morte quando ele chegava em casa todos os dias.

Madoc adorava o trabalho, mas também era difícil para ele. Indo na contramão, ele decidiu trabalhar no setor público, prendendo os criminosos que seu pai trabalhava para manter livres. Você poderia pensar que seria difícil para o relacionamento deles, mas, na verdade, os dois homens Caruthers prosperaram no "jogo", como o chamavam. Acho que o confronto direto no tribunal ou na sala de conferências os aproximou.

Ele revirou os olhos para mim e então me lançou um olhar sarcástico, seus olhos percorrendo meu corpo de cima a baixo.

— Jared diz o quanto você está gostosa mesmo estando acima do peso? Eu me endireitei.

— Não estou acima do peso. Estou grávida.

— Boa tentativa — zombou. — Mas você só tem um filho aí.

Joguei a revista nele assim que voltou para o corredor.

Espalhando minha mão sobre meu estômago, eu suspirei. *Idiota.*

Sendo médica, eu sabia o que era um ganho de peso aceitável durante a gravidez e estava em uma forma fantástica, muito obrigada.

Madoc virou a cabeça novamente.

— A propósito, Jared está na chamada de vídeo — ele disse. E então se foi.

Eu sorri, amando o som daquelas palavras. Coloquei meu braço atrás de mim para me levantar da cama.

Estando grávida de quase nove meses do meu segundo filho, concordei com Jared que não deveria ficar em nossa casa — a casa onde cresci — sozinha com Dylan. Como Fallon estava tirando um ano de folga do trabalho em um escritório de arquitetura na cidade para desenvolver alguns projetos independentes que queria explorar, ela era a babá perfeita se eu "decidisse" entrar em trabalho de parto antes do previsto. Com Jared ausente por vários dias, ele não queria correr nenhum risco.

Desci as escadas, o peso em minha barriga fazendo minhas pernas e costas doerem. Mais uma vez prometi a mim mesma que esta seria a última vez que ficaria grávida.

Eu fiz a mesma promessa a mim mesma depois de Dylan, mas Jared e eu sabíamos quão solitário era ser filho único, então decidimos ter outro. Claro, ele teve seu irmão, Jax, mas isso só foi mais tarde.

Ouvi rosnados em algum lugar da casa e passos acima, e olhei para lá, sabendo quem era. Eu teria que subir ao terceiro andar depois da ligação com Jared e manter as crianças sob controle. Os filhos gêmeos de Madoc, Hunter e Kade, faziam Dylan saltar pelas paredes ultimamente. Fallon e Addie tinham saído para fazer compras, e eu esperava que Madoc estivesse lá em cima tentando acalmar as crianças.

Com Quinn aqui também, a casa era um antro de loucura e barulho hoje.

Puxando a cadeira da mesa da cozinha, sentei-me em frente ao laptop. Jared sorriu para mim.

— Ei, baby.

Meu estômago se agitou.

— Oi. — Sorri de volta, adorando sua camisa branca amassada, cabelo bagunçado e gravata solta. — Meu Deus, você está lindo — provoquei, pronta para comê-lo com batatas fritas.

Alguém no fundo deu a ele uma prancheta para assinar, e ele olhou para mim enquanto a pegava.

— Não comece comigo — alertou. — Eu tenho te desejado como um louco. Estou cansado, com fome, com tesão e mal posso esperar para embarcar naquele avião esta noite.

— Shhh… — Eu ri, procurando por Madoc e as crianças. — Esta casa está cheia de gente. Você pode falar sacanagem comigo mais tarde — avisei.

Jared estava na Califórnia e, pela visão ao fundo — com grandes caixotes e empilhadeiras —, estava em seu armazém. Ele tinha um escritório lá, que Pasha normalmente dirigia, mas precisava fazer visitas a cada poucos meses para reuniões e verificações de controle de qualidade da JT Racing — JT significava Jared e Tate, como descobri mais tarde.

Ele estava em uma mesa com a agitação do armazém atrás de si, e não me cansaria daquilo. Mesmo aos trinta, meu marido era gostoso.

ARDENTE

Mais gostoso, na verdade. Por que os homens envelhecem tão bem?

— Então, como está meu filho? — Jared devolveu a prancheta ao cara ao seu lado e olhou para mim com toda a atenção.

— Sentado desafiadoramente na minha bexiga — brinquei, dando um tapinha na minha barriga. — Fora isso, ele está bem.

— E você está tranquila? — ele perguntou. — O hospital resolveu todos os seus pacientes?

— Sim. — Assenti. — Minha atenção total estará voltada para minha família nos próximos meses.

Eu só havia saído de licença maternidade recentemente, já que o hospital estava com falta de mão de obra. Mas como estávamos começando a trabalhar agora, fiquei feliz quando finalmente contrataram pessoal extra. Agora poderia tirar uma folga sem me preocupar.

Gritos atingiram meus ouvidos, e estremeci quando me virei, vendo Kade e Hunter perseguindo Dylan com um... eu apertei os olhos... isso era um desentupidor?

Dylan desviou ao redor da ilha, seu cabelo castanho macio balançando sobre os ombros enquanto se afastava do avanço deles.

Ela bateu ao meu lado, claramente procurando abrigo, e coloquei um braço ao seu redor.

Os meninos — ambos com seis anos — correram e pararam, olhando furiosamente para ela.

— Me deixem em paz! — gritou, chutando o pé direito para mantê-los afastados.

Kade ergueu o desentupidor e estendi minha mão enquanto Dylan gritava.

— Ah, não, não faça isso. Largue — ordenei a ele.

Só então, Madoc entrou correndo, respirando com dificuldade e parecendo chateado.

— Madoc! — Jared latiu, esticando o dedo indicador. — Mantenha seus filhos longe da minha filha. É sério.

Os olhos de Madoc se arregalaram.

— Manter os *meus* filhos afastados? — indagou, surpreso. — Seu me... — ele cerrou os dentes, mas depois parou. Aproximando-se para cobrir os ouvidos de Dylan, sussurrou para Jared: — Eu a amo. Eu a amo de verdade, mas ela é uma víbora, cara — rosnou baixo. — Ela encheu a pistola com água do vaso sanitário e estava atirando neles!

Jared bufou e se virou para rir.

Revirei os olhos e balancei a cabeça, dizendo a Madoc para levar seus loucos para outro lugar.

Este era um exemplo clássico de como Jared e Madoc eram pais. Nenhum dos dois jamais admitiria que seu filho pudesse fazer algo errado. Madoc tinha tanto orgulho de seus meninos quanto Jared de Dylan.

E eu avisei a Jared sobre não rir de suas travessuras na frente dela. Isso apenas encorajava aquele comportamento.

Não importava quão engraçado fosse. Ou o quanto os gêmeos provavelmente mereciam.

Puxei Dylan para o meu colo, seus pequenos tênis amarelos esfregando em minhas canelas.

— Oi, papai — saudou. — Sinto sua falta.

Sorri para sua voz doce, amando suas bochechas rosadas e seu grande sorriso.

— Ei, Olhos Azuis — ele a cumprimentou de volta. — Tenho algumas surpresas para você.

— Jared — gemi, minha bunda começando a disparar adagas na minha espinha da cadeira dura. — Baby, o quarto dela está cheio de surpresas suas. Menos é mais, ok?

Ele me lançou seu sorrisinho arrogante como se eu devesse saber que não era assim.

Ele sempre pagava taxas extras por excesso de bagagem em suas viagens de volta. Sempre pelos presentes que trazia para ela. Camisetas, globos de neve, bichos de pelúcia, fotos autografadas de pilotos com quem trabalhou... a lista continuava. Ela estava lotando seu quarto.

Meu antigo quarto.

— Madoc! — Ouvi um grito e me virei para ver Lucas saindo da piscina pelas portas deslizantes de vidro com um Gatorade na mão e Quinn com os braços em volta da cintura dele.

Dylan e seu pai conversavam enquanto eu observava Madoc voltar para a cozinha.

Mas Lucas disparou antes que pudesse dizer qualquer coisa.

— Cara, tire sua irmã de cima de mim, por favor.

Quinn apertou os braços em volta de Lucas, e eu sorri com a dor que ela estava causando a ele ultimamente. Aos vinte anos, Lucas não tinha paciência para uma criança de oito anos apaixonada.

ARDENTE

— Eu amo Lucas — disse ela, rindo. — Vou me casar com ele.

— Vai o caramba! — Ele olhou para ela com intolerância... e talvez um pouco de medo também. — Cara, sério — insistiu com Madoc. — É assustador.

— Vamos. — Madoc se inclinou e puxou a irmã do corpo de Lucas. — Você vai fazer Lucas voltar correndo para a faculdade. — Ele a empurrou em nossa direção. — Sua mãe e seu pai estarão aqui em breve. Vá dizer oi para Jared.

Quinn — com os olhos cor de chocolate da mãe e o cabelo loiro do pai — se aproximou, saudou Jared e depois agarrou a mão de Dylan, as duas correndo de volta para fora.

Seu relacionamento com Jared era de poucas palavras. Acho que Quinn era mais próxima de Madoc. Ela o via mais. E ela se divertia muito com Jax.

Mas acho que ficava um pouco nervosa perto de Jared. Ela buscava a aprovação e o respeito dele, embora sua preocupação fosse desnecessária.

Jared estava maravilhado com ela.

Ele pode não ter sido tão tranquilo quanto Madoc, mas adorava ensinar-lhe coisas e fazia questão de que estivéssemos em todos os seus recitais e festas de aniversário.

— Jax disse quando ele e Juliet estariam em casa neste verão? — perguntei, finalmente a sós com meu marido.

— Amor, perdi a noção de em que país eles estão. — Ele suspirou. — Butão ou Bangladesh ou...

— Brasil! — Ouvi Madoc gritar da geladeira, onde sua cabeça estava enterrada.

Estalei meus dedos.

— Brasil. Você chegou perto — provoquei Jared. — Era algo com B.

— Eu gostaria que ele ficasse em casa. — Jared parecia irritado. — Gostaria de conhecer meu sobrinho mais do que apenas por fotos.

— Em breve — eu o acalmei, olhando para a parede da cozinha com fotos de família. Jax estava sentado em frente a uma cachoeira, a cabeça voltada para a câmera, com Juliet abraçando suas costas, os dois sujos, suados e sorrindo.

E sentado, abraçando as costas de Juliet, estava o filho deles, Hawke, agora com sete anos.

— Vou ligar para ele hoje — disse a Jared. — A casa precisa ser preparada.

Jax e Juliet finalmente decidiram se estabelecer em Shelburne Falls, na antiga casa de Jared, ao lado da nossa. Nos últimos anos, foram viagens e trabalhos quase ininterruptos para eles com organizações sem fins lucrativos que criavam escolas em todo o mundo. Hawke também não os atrasou. Quando ele tinha um ano, eles o carregavam nas mochilas. Agora ele acelerava, abrindo a trilha diante deles.

No entanto, eles sentiam cada vez mais saudades de casa e estavam determinados a que todos nós criássemos nossos filhos juntos. Hawke amava sua prima Dylan e queria conhecer mais os meninos de Madoc.

Então eles estavam voltando para casa, e Fallon, Addie e eu estávamos assumindo a responsabilidade de deixar a casa pronta, já que ela não era limpa há muito tempo e precisava ser abastecida com comida. Tudo o que me preocupava agora era ficar de olho em Dylan tentando usar a árvore para sair com seu primo.

Limpei o suor da testa e estiquei a camisa, tentando respirar.

— Mal posso esperar até ele nascer — gemi, falando sobre nosso filho. — Estou morrendo de vontade de voltar para sua moto. Sinto falta do vento.

Jared se apoiou nos cotovelos, seus olhos sorrindo para mim.

— Eu também — sussurrou. — Precisamos de um encontro noturno. E logo.

Abanei-me com mais força, pensando em nosso último encontro noturno. Jared e eu nos atacávamos sempre que podíamos, mas de vez em quando arranjávamos tempo para apenas nós dois sairmos de casa para passear a noite. Geralmente terminava conosco no banco de trás do carro dele.

Algumas coisas nunca mudam.

A porta de vidro deslizante se abriu atrás de mim novamente e ouvi Dylan.

— Kade, quer nadar?

Virei-me para ver o filho de Madoc se afastando dela.

— Deixe-me em paz — rosnou. — Eu não ando com garotas.

Seus olhos caíram e meu coração se partiu um pouco. Eu estava prestes a ir até ela, mas Hunter, o outro filho de Madoc, apareceu atrás dela.

— Vou nadar com você — ofereceu.

Ela fez uma pausa e então lhe ofereceu um sorrisinho com um aceno de cabeça, dando uma última olhada em direção ao corredor onde Kade havia desaparecido antes de seguir Hunter de volta para fora.

Eu sabia que Lucas estava lá com eles, então não me preocupei.

Neguei com a cabeça para Jared e soltei uma risada.

ARDENTE

— Percebe que Hawke, Kade, Hunter, Dylan e Quinn estarão todos no ensino médio ao mesmo tempo, certo? — comentei, prevendo um futuro muito tumultuado pela frente. — Por pelo menos dois anos dos quatro? — Eu o lembrei.

Quinn era a mais velha aos oito anos. Hawke estava um ano atrás dela, e Dylan, Kade e Hunter estavam apenas um ano atrás dele.

— Relaxa. — Ele pegou sua jaqueta e a vestiu. — Não acho que alguém possa ter tantos problemas quanto nós.

Olhando para ele, pensei em todos os anos de altos e baixos e em quanta merda nós dois tínhamos feito um ao outro passar.

Tivemos tantos problemas.

O ensino médio teria sido mais divertido para mim se eu tivesse enfrentado Jared antes, mas quem sabe? Talvez não estivéssemos aqui de outra forma. Eu não mudaria nada disso, porque não importava o que tinha acontecido antes ou o que viria a seguir, eu sempre o escolheria.

Jared era minha casa.

Minha garganta doeu quando engoli.

— Eu vou te amar para sempre, Jared Trent — sussurrei, meus olhos cheios de lágrimas.

Ele estendeu a mão e passou o dedo pela tela do computador, e eu sabia que ele estava traçando meu rosto.

— E eu te amei desde sempre, Tatum Trent.

FIM

Caro leitor,

Jared, Tate, Madoc, Fallon, Jaxon e Juliet representam um pedaço de quem eu sou. Coloquei muito do meu coração em criá-los, e eles não são imaginários para mim. É uma despedida difícil, mas acho que a maioria das despedidas é.

Todos os personagens da série *Fall Away* representam um momento confuso em nossas vidas, quando fazer escolhas rápidas é mais fácil do que conviver com elas. Agora, como adultos, entendemos que, embora a adolescência seja difícil, é necessário errar.

Pais, professores e mentores tentam manter-nos no caminho certo e afastar-nos de decisões erradas, mas sem essas lições difíceis não crescemos. Os casais de *Fall Away* foram feitos para nos lembrar disso.

Minha única esperança é que você tenha saído desta série sabendo que todo mundo tem uma história, que os erros são inevitáveis e que a vida continua.

Abrace suas imperfeições. Suas lições tornam você melhor.

Nenhum de nós é único em nosso sofrimento. Mas somos únicos em nossa sobrevivência.

Terei gratidão eterna por você ter me proporcionado um fórum para compartilhar algumas de minhas próprias lições de vida, que tive de aprender da maneira mais difícil, e não posso dizer o quanto suas palavras de encorajamento significaram para mim.

Embora as viagens de Jared, Tate, Madoc, Fallon, Jax e Juliet continuem agora fora da página escrita, você deve ter notado que deixei um dedo no livro, para que ele não feche completamente. Posso explorar as histórias de seus filhos algum dia. Não há planos para fazer isso, mas tenho interesse em deixar a possibilidade aberta.

Por enquanto, porém, outras histórias estão querendo vida própria, e espero que você continue lendo meu trabalho por muito tempo no futuro. As aventuras estão apenas começando.

Agradeço por ler esses livros. Agradeço por me dar uma chance de estar em suas vidas. E agradeço por se juntar a mim nesta jornada.

Com amor,
Penelope

NOTA DA EDITORA

Depois da publicação de *Ardente*, Penelope decidiu publicar mais dois livros dentro da série *Fall Away*: Quase nunca, que conta a história da Quinn, e Adrenalina, com diversos conteúdos extras da série. Além disso, desenvolveu uma série com os filhos dos personagens, que começou a ser escrita em 2023.

AGRADECIMENTOS

Ao meu marido e à minha filha, que se sacrificaram para ver esses personagens ao vivo. Agora podemos ir para a Disneylândia!

Ao meu sistema de apoio na New American Library, que aguentou minhas intermináveis perguntas e trabalhou duro para proteger minha visão para a série *Fall Away*. Gratidão Kerry, Isabel, Jessica e Courtney pela sua confiança, conselhos e ajuda.

A Jane Dystel da Dystel & Goderich Literary Management, que me encontrou, e graças a Deus por isso! Você está sempre trabalhando e eu sempre me sinto importante. Gratidão a você, Miriam e Mike por ficarem por dentro de tudo e cuidarem de mim.

À minha equipe de rua, a House of PenDragon, que é um grupo maravilhoso de mulheres — e um cara — que se apoiam e criaram uma comunidade de amizade e momentos divertidos. Agradeço por me ajudarem neste livro!

A Eden Butler, Lisa Pantano Kane, Ing Cruz, Jessica Sotelo e Marilyn Medina, que estão disponíveis num piscar de olhos para ler uma cena ou fornecer feedback rápido de emergência. Agradeço por me acompanharem neste processo e serem honestas.

Para Vibeke Courtney. Puro e simples, isso é tudo graças a você. Se eu nunca tivesse te conhecido, talvez nunca tivesse tentado escrever um livro. E sem você, nunca teria tido sucesso. Minha escrita era quase toda narração antes de você colocar as mãos nela e me ajudar a criar minha voz. Gratidão, gratidão, gratidão.

Aos leitores e resenhistas, agradeço por manterem meu trabalho vivo e demonstrarem seu amor e apoio! Preciso de suas palavras mais do que você imagina e agradeço por dedicar seu tempo para me dar seus comentários, pensamentos e ideias. Espero poder continuar a dar-lhes personagens que vocês desejam reler continuamente!

SOBRE PENÉLOPE

Penélope Douglas nasceu em Dubuque, Iowa. Obteve o bacharelado em Administração Pública e, em seguida, o mestrado em educação na Loyola University, em Nova Orleans. Junto do marido, têm uma filha e moram em Las Vegas.

OUTROS LIVROS DA SÉRIE

JÁ PUBLICADOS NO BRASIL:

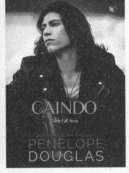

A SEGUIR:

A The Gift Box é uma editora brasileira, com publicações de autores nacionais e estrangeiros, que surgiu no mercado em janeiro de 2018. Nossos livros estão sempre entre os mais vendidos da Amazon e já receberam diversos destaques em blogs literários e na própria Amazon.

Somos uma empresa jovem, cheia de energia e paixão pela literatura de romance e queremos incentivar cada vez mais a leitura e o crescimento de nossos autores e parceiros.

Acompanhe a The Gift Box nas redes sociais para ficar por dentro de todas as novidades.

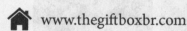 www.thegiftboxbr.com

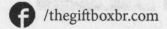 /thegiftboxbr.com

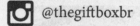 @thegiftboxbr

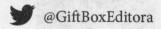 @GiftBoxEditora